Celle qui avait peur d'aimer

Du même auteur
aux Éditions J'ai lu

Dans la collection
Promesses

Les Kendrick et les Coulter
1 – BABY LOVE
N° 8597

2– CELLE QUI AVAIT PEUR D'AIMER
N° 6213

3 – LIBRE D'AIMER
N° 6214

4 – DANS LE BLEU DE TES YEUX
N° 9532

5 – POUR L'AMOUR DE NATHALIE
N° 7864

6 – LE SOLEIL DE MA VIE
N° 8020

LA CHANSON D'ANNIE
N° 4488

L'AMOUR POUR CHÂTIMENT
N° 4917

CARESSE INDIENNE
N° 7343

LA ROBE DE LEURS RÊVES
N° 8180

LE SACRIFICE DE MARILEE
N° 8629

CATHERINE

ANDERSON

LES KENDRICK ET LES COULTER

Celle qui avait peur d'aimer

ROMAN

Traduit de l'américain
par Isabelle Tolila

J'AI LU

Titre original :
PHANTOM WALTZ

Éditeur original :
Onyx Books, an imprint of New American Library,
a division of Penguin Putnam Inc., New York

À Steven Axelrod, mon agent, et à Ellen Edwards,
mon éditrice, avec mon respect et ma gratitude
pour leur soutien durant toutes ces années.

Et à Chris Jansen, l'extraordinaire infirmière du
Dr Fred Black, en qui j'ai trouvé une véritable amie.
Le monde serait bien meilleur si tous les
professionnels de la santé possédaient sa bonté.

1

Ryan Kendrick était hors de lui. Un de ses tracteurs était en panne et les pièces nécessaires à sa réparation auraient dû être livrées depuis deux jours. Mais ce matin-là, elles n'étaient toujours pas arrivées à son ranch, le Rocking K.

Il poussa d'un coup d'épaule la porte de Works, le plus grand magasin de fournitures pour ranch de Crystal Falls. Harv Coulter, un ancien fermier, avait démarré cette affaire plusieurs années auparavant et les frères Kendrick, comme de nombreux autres fermiers de la région, étaient devenus des clients habituels de l'établissement. Mais l'immense magasin semblait de moins en moins à la hauteur de son succès. Plus les ventes augmentaient, plus la qualité du service s'en ressentait.

Si Harv ne secouait pas ses employés, il risquait de perdre des clients. De tels retards de livraison en pleines semailles de printemps étaient intolérables. Dans cette région, les neiges tardives réduisaient déjà la période où ils pouvaient s'y consacrer et chaque journée de travail perdue risquait d'entraîner des pertes financières importantes.

Ryan se dirigea vers le secteur des « Pièces et Réparations » au fond du magasin. Il poussa les catalogues éparpillés sur le comptoir, posa ses bras sur le Formica maculé de taches de graisse, et fixa un regard furieux sur la jeune femme concentrée sur son ordinateur près de la caisse.

Une longue chevelure brune dissimulait en partie son visage. Ses doigts fins et parfaitement manucurés couraient avec dextérité sur le clavier. Ryan n'attendit pas qu'elle daigne lui prêter attention.

— Excusez-moi. Ça ne vous dérangerait pas trop de m'aider ? demanda-t-il d'un ton acerbe.

La jeune femme leva la tête. Ryan se figea. Elle avait les plus beaux yeux du monde, immenses, bordés de cils sombres et épais. Des yeux d'un bleu profond. Leur couleur était si intense qu'elle lui rappelait les violettes sauvages qui poussaient au ranch.

— Je ne m'occupe pas de la vente normalement, toutefois je peux essayer de vous aider, répondit-elle d'une voix aussi chaleureuse que son sourire.

Ryan ne pouvait détacher son regard de la jeune femme. Elle avait un visage en forme de cœur, avec des pommettes joliment rehaussées, un menton pointu qui lui donnait un air obstiné, et une bouche tendre. Des taches de rousseur parsemaient son petit nez délicatement dessiné.

— Quel est le problème ? demanda-t-elle.

Il voulut lui répondre, mais sa tête tournait soudain à vide, et il avait carrément oublié la raison de sa présence ici.

Un étrange sentiment l'étreignit, comme s'il n'avait attendu qu'elle toute sa vie, comme s'il la reconnaissait. Complètement *dingue*. Le coup de foudre était plutôt le genre de son frère Rafe. Ryan, lui, avait besoin de temps avec les femmes avant d'envisager une relation à long terme, sans parler d'un engagement pour la vie.

— Je…

Il se gratta le lobe de l'oreille, une habitude quand il était nerveux ou pensif.

— Je suis Ryan Kendrick du Rocking K, déclara-t-il stupidement.

— Ravie de vous rencontrer. Et ne vous inquiétez pas. Ça m'arrive aussi, et c'est parfois pire. Au moins, vous vous souvenez de votre nom.

— Il vous arrive d'oublier votre *nom* ? s'étonna-t-il en riant.

Elle sourit. Une adorable fossette creusa sa joue.

— Récapituler peut être utile. Vous êtes Ryan Kendrick du Rocking K, et vous êtes ici pour… ?

— Mes pièces détachées.

— Vos pièces détachées ?

— Oui. J'aimerais bien savoir où elles sont passées.

— Si vous me donniez un numéro de commande, je pourrais peut-être localiser ces petites fugueuses.

Elle se moquait ouvertement de lui, mais il ne réagit pas. Peut-être était-ce la douceur de son sourire, ou cette lueur candide dans son regard, mais quelque chose lui disait qu'elle n'était pas aussi pimbêche qu'elle voulait le faire croire.

Tout en plongeant la main dans la poche de sa chemise bleue, il laissa errer son regard sur elle. Une jeune femme fine et délicate, à l'aspect presque fragile, ce qui expliquait peut-être pourquoi ses yeux semblaient manger son visage. Néanmoins, elle possédait de bien agréables rondeurs juste aux bons endroits. La perfection en miniature !

Son corsage laissait voir un long cou gracieux, des épaules fines aux contours harmonieux, et des bras d'un blanc laiteux qui paraissaient étonnamment fermes pour une si légère corpulence. Deux petits seins aux contours parfaits se devinaient sous le tissu léger. Oubliant toute bienséance, il regarda plus bas et regretta que le comptoir l'empêche d'en voir plus. Il avait un faible pour les jambes des femmes : c'était souvent ce qu'il regardait en premier.

Espérant qu'elle se lèverait à un moment ou à un autre, il lui tendit le bon de commande. Pendant qu'elle effectuait ses recherches sur l'ordinateur, ils continuèrent à bavarder avec entrain. Il apprit ainsi qu'elle avait 26 ans, personne dans sa vie à part une chatte nommée Cléo, et qu'elle était la benjamine d'une famille de six enfants. Ses cinq grands frères la gâtaient énormément.

Ryan prenait plaisir à discuter avec elle. Il était rare de trouver à la fois la beauté, l'intelligence et une personnalité originale chez une seule et même personne.

— Et… comment vous appelez-vous ? se hasarda-t-il à demander.

— Bethany.

Elle se détourna de l'ordinateur et se pencha vers lui.

— L'heure de vérité, cow-boy. Devinez où sont vos pièces détachées.

— Où ?

— En route pour le Rocking K. Et le retard n'est pas *notre* faute. La saison bat son plein. Ces pièces sont particulièrement demandées, et il nous faut deux jours de plus que d'habitude pour les obtenir.

Ryan avait déjà entendu ce refrain au téléphone, mais venant d'elle il lui semblait soudain plus crédible. Il rabattit le bord de son chapeau d'une chiquenaude avant de se diriger vers la sortie.

— Heureusement que je n'ai pas fait trop de grabuge, hein ?

— Il faut plus qu'un cow-boy râleur pour m'impressionner. Avec cinq frères, vous comprenez… Bonne journée, et bonne chance pour votre tracteur. Dommage que vous ne soyez pas un employé, vous auriez pu profiter du temps libre.

Cette remarque fit comprendre à Ryan qu'elle savait qui il était. Rien de surprenant. Pratiquement tout le monde à Crystal Falls avait entendu parler de la famille Kendrick. Il la salua en portant l'index à son chapeau.

— Merci, Bethany. Ce fut un vrai plaisir.

— Pour moi aussi, lui lança-t-elle alors qu'il atteignait presque la porte.

Il s'arrêta et se retourna. Pourquoi s'en irait-il alors que, en trente ans de vie, il n'avait encore jamais rencontré une femme aussi intéressante et aussi attirante ? Elle était belle, douce et drôle. Les seules autres femmes capables de le faire rire étaient sa mère et sa belle-sœur. Pas question de partir avant d'obtenir au moins son numéro de téléphone, sinon un rendez-vous.

— Je sais que ça peut paraître déplacé, commença-t-il en revenant au comptoir.

Déjà replongée dans son travail, elle leva les yeux, son air concentré laissant place à un magnifique sourire.

— Vous avez encore perdu vos pièces détachées, *déjà* ?

— Ce serait grave, commenta-t-il en riant. Je me demandais juste…

Il ne s'était jamais senti aussi nerveux devant une fille depuis l'école primaire.

— … si vous étiez libre samedi soir.

Devant son regard interloqué, il ajouta :

— Eh ! je suis un gars fréquentable ! Votre patron, Harvey Coulter, serait le premier à vous le confirmer.

— Oh ! je n'en doute pas, mais…

— Si on allait dîner et danser ? Je suis le roi de la country et je connais un super groupe.

Bethany eut un sourire plein de mélancolie.

— Vous aimez danser, n'est-ce pas ?

— J'adore danser. Et vous ?

Elle détourna le regard. Ryan se maudit d'avoir trop précipité les choses. Maintenant, il n'avait plus qu'à espérer que cela se termine bien.

— J'aimais beaucoup ça à une époque.

Elle tapota la surface du bureau avec son stylo. Elle le tenait si serré que les jointures de ses doigts étaient blanches.

Ryan repoussa le bord de son chapeau. Son regard au charme légendaire l'aiderait peut-être à la convaincre.

— Allez, ne me dites pas non. On va bien s'amuser. Et je vous donne ma parole de me conduire en parfait gentleman.

— Ce n'est pas le problème.

— Où est le problème, alors ?

Ses yeux s'étaient assombris, ne reflétant plus aucune gaieté ni la moindre étincelle d'espièglerie. Il sentait qu'il avait dit ou fait quelque chose qui avait provoqué ce changement, mais il ne voyait vraiment pas de quoi il pouvait s'agir.

— Si vous craignez de manquer d'entraînement, je suis facile à suivre. En moins de dix minutes, vous aurez l'impression d'avoir des ailes aux pieds.

Elle recula son fauteuil, croisa ses mains sur ses genoux, et le regarda, le menton fièrement levé.

— J'ai de solides raisons d'en douter.

Elle souriait, mais ses joues enflammées par l'embarras contredisaient son sourire.

Ryan demeura un instant sans comprendre. Puis il vit qu'elle était assise dans un fauteuil roulant.

Le choc lui coupa le souffle. Ce n'était pas possible. Elle était si belle, si parfaite. La femme de ses rêves. Cela ne se pouvait pas, absolument pas.

Il voyait bien ses jambes à présent. Le bord de sa jupe noire lui arrivait juste au-dessous des genoux, révélant des bas couleur chair, de très jolies chevilles, et des pieds menus dont la pointe était tournée vers l'intérieur, position typique chez les paraplégiques.

Ryan n'avait jamais été aussi gêné. Sa première envie fut de s'excuser poliment et de fuir.

Puis il eut honte de sa propre réaction. Le voile sombre dans les yeux de Bethany lui disait qu'elle avait déjà vécu cette situation, sans doute avec un bon nombre d'idiots dans son genre qui avaient pris leurs jambes à leur cou à la vue du fauteuil roulant.

Il ne pouvait pas lui faire ça. Ce n'était que l'affaire d'un rendez-vous.

Bethany s'attendait à voir Ryan Kendrick déguerpir ou se mettre à bégayer. C'était ce qui se passait d'ordinaire. Observant son visage, elle dut reconnaître qu'il ne s'en sortait pas trop mal ; il parut médusé pendant un moment, mais il se ressaisit assez vite.

— Eh bien, j'imagine que c'est fichu pour la danse, déclara-t-il avec un sourire en coin plutôt craquant. À moins, bien sûr, que je vienne avec une paire de roues et qu'on fasse un tango pour fauteuil roulant.

D'ordinaire, les hommes évitaient de mentionner son fauteuil et surtout ne savaient plus quoi dire tant ils étaient obnubilés par le désir de s'enfuir. Cela la mettait toujours dans un embarras indicible, mais la réaction de Ryan Kendrick était encore pire. Cet homme avait une sacrée carrière d'acteur devant lui.

— On peut passer de très agréables soirées sans pour autant danser.

Il énuméra quelques idées, pour finalement conclure :

— Nous pourrions dîner, puis aller au cinéma, qu'est-ce que vous en dites ?

Bethany était terrifiée. Elle badinait souvent avec les hommes. Il fallait bien qu'elle s'amuse un peu. Mais aucun ne l'avait jamais prise au mot. Et pour finir de tout compliquer, chaque fois qu'elle rencontrait son regard d'un bleu incroyablement métallique, son esprit se vidait littéralement. Il était tellement beau. Un visage aux traits durs mais harmonieux, des cheveux de jais, des yeux à vous faire tomber à la renverse, et une musculature tout en souplesse et en longueur…

Crystal Falls était une ville moyenne, et Bethany avait cependant eu l'occasion de croiser Ryan, en particulier lors de rodéos et déjà, à l'époque, elle le trouvait très séduisant. Il l'était encore davantage aujourd'hui. Rien d'étonnant à ce que son nom soit quasiment devenu une légende et à ce que nombre de cœurs battent pour lui.

— Je… hum…

Elle haussa les épaules. Pour la première fois de sa vie, elle était à court de mots. Il la regardait, réprimant manifestement un sourire.

— Dîner et aller au cinéma, ce n'est pas très original, je le sais, s'excusa-t-il. J'essaierai de trouver quelque chose de mieux la prochaine fois.

La prochaine fois ? Pourquoi perdait-il son temps avec elle ? Peut-être parce qu'il était désolé pour elle ? Elle ne voulait pas de sa pitié.

Elle aurait dû se débrouiller pour qu'il voie le fauteuil roulant dès le début. Les choses n'en seraient pas là maintenant. Elle ne pouvait pas sortir avec lui. Ses jambes étaient peut-être inertes, mais sa tête fonctionnait parfaitement, et Ryan Kendrick était un peu trop séduisant. Ces yeux pétillants et ce sourire en coin qui la désarmait auraient vite fait d'avoir raison d'elle.

Elle lissa sa jupe pour s'assurer qu'elle couvrait bien ses genoux. Il devait y avoir une manière élégante de se tirer de ce mauvais pas.

— En fait, j'hésite, monsieur Kendrick, parce que je ne suis pas sûre d'être libre samedi.

Il n'eut aucune hésitation.

— Alors vendredi soir ? Non, se reprit-il aussitôt, vendredi, ce n'est pas possible. Je parraine un tracteur qui participe à une course dans la boue et je dois absolument y assister.

— Une course de tracteurs ?

Bethany regretta aussitôt ses paroles.

— Vous êtes amateur de ce genre de spectacles ? s'étonna-t-il, ravi.

Elle remit nerveusement quelques objets en place sur le bureau.

— J'aimais beaucoup ça à une époque.

— Vous me surprenez. En général, ce sont plutôt les hommes qui apprécient les tracteurs et la boue.

Elle haussa les épaules.

— J'avais sans doute des goûts bizarres pour une fille.

— Pourquoi en parler au passé ? Si vous aimez ça, j'adorerais vous y emmener.

Il n'était visiblement jamais sorti avec une handicapée.

— C'est impossible.

— Pourquoi ?

— Entre le parking et la piste il y a quelques centaines de mètres de boue et de gravier.

— Qu'est-ce que ça peut faire ?

Le cœur de Bethany s'emballa. Elle se força à inspirer profondément pour essayer de se calmer. Il ne s'intéressait pas vraiment à elle ; il se montrait juste gentil. Elle devait se concentrer sur cette idée, garder son sens de l'humour, et prendre tout cela avec légèreté.

— Pour une personne qui marche, la boue et le gravier ne sont pas un problème, expliqua-t-elle posément. Mais mon fauteuil n'est pas tout-terrain.

Il l'évalua du regard.

— Est-ce que vous avez mal quand on vous porte ?

— Pardon ?

— Ressentez-vous une quelconque douleur quand quelqu'un vous porte ?

— Vous plaisantez. C'est ça ? Vous n'avez pas l'intention de me porter !

— Pourquoi pas ?

Il ne se rendait vraiment pas compte.

— La question n'est pas de savoir si j'aurais mal, mais si votre dos tiendrait le coup. C'est très gentil de me le proposer, vraiment, monsieur Kendrick, mais…

— Ryan, rectifia-t-il. Et je ne suis pas « gentil ». Je tiens vraiment à vous y emmener.

— Eh bien… Ryan, votre amabilité me touche, mais vous n'avez pas idée des difficultés auxquelles vous vous heurteriez. Je connais l'endroit. Il n'y a ni allées ni gradins.

— Et alors ? Vous avez un fauteuil, et j'emporterai un tabouret pliant pour moi.

— Non, vous ne comprenez pas. Je ne m'inquiète pas pour cela, mais du fait que vous auriez à transporter mon fauteuil. Il est très lourd, difficile à manipuler, et ensuite il faudrait aussi me transporter moi.

Elle secoua de nouveau la tête.

— Et puis, le temps que je sois installée, j'aurais de la chance si le besoin ne me prenait pas d'aller aux toilettes, qui se trouvent près de l'entrée. Vous en seriez quitte pour refaire le chemin en sens inverse avec mon fauteuil et moi. Croyez-moi, à la fin de la soirée, vous vous mordriez les doigts de m'avoir invitée.

— Vous ne devez pas peser plus de 50 kg. Mon dos tiendra.

— Exactement 55 kg, précisa-t-elle, pensant au poids mort que représentait la partie inférieure de son corps, donc plus lourde et plus difficile à porter.

— Tant que ça ? ironisa-t-il, ses yeux bleus brillant d'amusement. Vous savez, je porte le double de votre poids des douzaines de fois par jour.

— Non, je...

— Rendez-vous est pris, décréta-t-il.

Il poussa vers elle un bloc de papier.

— Je passerai vous chercher à 18 heures vendredi. Si vous voulez bien noter votre adresse et votre numéro de téléphone.

— Je ne crois pas que...

— S'il vous plaît, insista-t-il d'un ton enjôleur. Ce n'est pas si souvent que je rencontre une femme qui aime les courses de tracteurs. Où vous cachiez-vous jusqu'ici ?

Elle ne put s'empêcher de rire, mais tenta encore une fois de le décourager.

— Vous n'êtes pas obligé. Franchement.

Il poussa un peu plus le bloc-notes vers elle.

— Nom, prénom, adresse et téléphone. Si vous ne me les donnez pas, je n'aurai aucun mal à les obtenir de Harv Coulter. Le Rocking K est son plus gros client.

Bethany sourit en imaginant la réaction de son père.

— Je devrais vous laisser faire. Ça pourrait s'avérer intéressant. J'imagine que vous n'êtes pas homme à parier ?

— Ça dépend. Quel est le pari ?

— Que non seulement mon patron ne vous donnera pas mon adresse mais qu'il pourrait bien vous faire déguerpir d'ici avec un fusil. Papa a tendance à surprotéger sa petite fille chérie.

— Vous êtes la fille de Harv ?

— Sa seule et unique.

Avec un soupir résigné, elle inscrivit sur le papier les informations qu'il avait demandées.

— Ne venez pas m'accuser ensuite de ne pas vous avoir prévenu. Je ne tolérerai aucune plainte.

— Il n'y en aura pas.

Elle détacha la feuille du bloc, la lui tendit et ajouta :

— Si jamais vous êtes forcé d'annuler, vous pouvez me joindre ici durant la journée. J'apprécierais un coup de fil. Pour quelqu'un comme moi, se préparer pour une sortie n'est pas une mince affaire.

Il plia le papier et le glissa dans sa poche.

— Je viendrai. Vous pouvez y compter.

Elle haussa les épaules, espérant le convaincre qu'elle se moquait bien que leur rendez-vous ait lieu.

— J'accepte toutes les excuses, ajouta-t-elle.

— Vendredi, 18 heures, répéta-t-il. Il me tarde d'y être.

Alors qu'il s'en allait, Bethany entendit des bruits de pas derrière elle. Elle regarda par-dessus son épaule et vit son frère Jake approcher. Comme Ryan, il portait la tenue typique des ranchers : jean délavé et chemise de toile bleue. Comme lui, il était grand, mince mais néanmoins musclé, et il avait le visage rude d'un homme qui a vécu au grand air la majeure partie de sa vie.

Les yeux bleu clair de Jake étaient rivés à la silhouette de Ryan Kendrick qui s'éloignait.

— Qu'est-ce qui se passe ?

— Quelque chose se passe ? demanda-t-elle d'un air innocent.

Jake posa sur elle un regard inquisiteur.

— En descendant, je vous ai vus en grande conversation, et on aurait dit qu'il te draguait.

Bethany haussa les sourcils.

— Me draguer ? Depuis quand n'as-tu pas fait vérifier ta vue ?

— Tu es paralysée, Bethie, pas morte. Et tu es une très jolie fille. Je sais que les hommes te draguent parfois.

— Et alors, où est le problème ?

— Cet homme a une certaine réputation. Tu dois l'éviter.

Encore célibataire à trente et un ans, Jake avait lui aussi une certaine réputation. Bethany se retint de le lui faire remarquer.

— Une réputation de quoi ?

— De bourreau des cœurs.

Jake passa derrière le comptoir, ouvrit un catalogue et sortit un stylo de la poche de sa chemise.

— Et je ne veux pas que ma petite sœur soit sa prochaine victime.

2

Vendredi soir. Ryan n'avait pas téléphoné pour se décommander, donc leur rendez-vous tenait toujours. Bethany avait eu beau se raisonner et se faire la leçon, elle était tellement excitée qu'elle ne tenait pas en place. Pour la première fois depuis huit ans elle allait sortir avec quelqu'un. Un *vrai* rendez-vous. Pas avec un membre de sa famille, ou un ami de ses frères, mais avec Ryan Kendrick, l'homme le plus convoité de la ville.

C'était absurde de se mettre dans un état pareil. Il ne s'agissait que d'une soirée qu'il lui avait proposée par sympathie. Mais tout de même. Ils allaient assister à un spectacle vraiment amusant et elle avait l'intention de savourer chaque seconde de la soirée.

Était-elle bien coiffée ?

Elle fonça dans la salle de bains pour vérifier. Malgré la difficulté d'enfiler un jean moulant, elle avait opté pour le style western. Évidemment avec un fauteuil roulant ce n'était pas terrible, surtout sans chapeau et sans bottes. Les siennes étaient dans le grenier de ses parents, enfouies sous une couche de poussière.

Elle s'examina dans le miroir d'un œil critique. Le plaid rouge et le jean ne formaient-ils pas une association ridicule ?

Quelque part dans la maison, son chat renversa quelque chose. Le fracas fit bondir le cœur de Bethany. Elle posa une main sur sa poitrine et ferma les yeux. Elle devait absolument se calmer.

Elle n'était pas stupide au point d'espérer que Ryan soit réellement attirée par elle. Cette seule idée l'effrayait. Une sortie, juste pour s'amuser, était une chose, tomber amoureux en était une autre.

Prenant une profonde inspiration, elle ouvrit les yeux et regarda attentivement son reflet, déterminée à se voir telle que les autres la percevaient. Elle était sans doute jolie, mais n'avait rien d'exceptionnel.

La chose la plus frappante chez elle était son fauteuil roulant. Quand Ryan la regarderait, c'est ce fauteuil qu'il verrait et non la femme qui y était assise. Elle ne devait jamais l'oublier. Elle avait eu foi en quelqu'un un jour, s'imaginant que sa paralysie importait peu, mais finalement cela seul avait compté.

De toute façon, après cette soirée, elle ne le verrait plus. Pour une fois qu'elle pouvait se rendre à une course de tracteurs, elle en profiterait pleinement, point final.

Elle retourna au salon et regarda la pendule au-dessus de la cheminée : 18 heures. Sa gorge se serra. Elle redressa les épaules, écoutant la pendule égrener les secondes. Il était juste un peu en retard. Sinon il aurait téléphoné.

Et puis s'il ne venait pas, il n'y avait pas de quoi en faire une maladie. Elle avait une famille fantastique, un boulot sympa, et des activités intéressantes qui occupaient largement son temps. Son épanouissement et son bonheur ne dépendaient de personne.

Tic tac, tic tac. La pendule donnait sans pitié la mesure des minutes qui passaient, et chacune semblait interminable. Elle feuilleta un magazine, le reposa sur la table basse. 18 heures 20.

Bon. Qu'y avait-il de surprenant, finalement ? Au fond, elle n'avait pas vraiment cru qu'il viendrait. Et puis, il faisait froid. Qui avait envie de se geler en regardant des tracteurs glisser dans la boue ?

Elle alla à la fenêtre et contempla le jardin où la nuit commençait à tomber sur les arbres dénudés.

Les bourgeons n'étaient pas encore sortis. À cause de l'altitude, le printemps arrivait tard pour les habitants de Crystal Falls.

Et pour certains, il n'arrivait jamais…

Bethany serra les poings et ferma les yeux pour retenir le flot de larmes prêt à jaillir, haïssant Ryan pour lui avoir donné de l'espoir et se haïssant elle-même pour y avoir cru.

Plus jamais ! Après tout, cela lui servirait de leçon. Les rêves n'étaient pas pour elle. Seule la réalité comptait.

Ryan regarda sa montre et poussa un juron. Encore un feu rouge. La vieille dame dans sa Chrysler roulait comme un escargot. Il frappa le volant du plat de la main. Puis il attrapa le téléphone sans fil et refit le numéro. Toujours occupé.

Le feu passa enfin au vert. Ryan doubla la Chrysler à l'intersection, le moteur de son nouveau Dodge grondant alors qu'il fonçait sur la ligne droite.

Il aurait probablement une amende pour excès de vitesse, mais il s'en moquait. *Bethany.* Il revoyait sans cesse le voile de tristesse dans ses yeux quand elle avait dit qu'elle accepterait n'importe quelle excuse. Elle s'était attendue à ce qu'il lui fasse faux bond, et il avait une demi-heure de retard. Elle allait sûrement croire qu'il ne viendrait pas.

La sonnette retentit. Bethany sécha hâtivement ses joues trempées de larmes. Elle était sans doute horrible à voir. Elle envisagea de ne pas ouvrir, mais c'était stupide. D'ailleurs, c'était sans doute l'un de ses frères qui passait voir si tout allait bien.

Elle se frotta les yeux pour éliminer toute trace de mascara. Puis elle passa rapidement les mains dans ses cheveux. Elle n'était pas du genre coquette, mais elle avait sa fierté. Si, par hasard, c'était Ryan, elle ne voulait pas qu'il s'aperçoive qu'elle avait pleuré.

Elle gagna l'entrée, se pencha pour enclencher l'éclairage du porche, défaire la chaîne de sécurité que son frère Zeke lui avait installée et ouvrir la porte. La première chose qu'elle vit fut une paire de bottes poussiéreuses. Son regard glissa vers le haut tandis qu'elle se redressait dans son fauteuil, admirant les longues jambes moulées dans un jean.

— Oh ! fit-elle d'une manière qu'elle détesta aussitôt. Je croyais que c'était l'un de mes frères.

— Perdu.

Il était plus grand que dans son souvenir, plus large d'épaules aussi. Ce soir, il portait un blouson de jean doublé de laine par-dessus sa chemise bleue. Une légère et pas déplaisante odeur de chevaux flottait autour de lui. Le Stetson noir, basculé vers l'avant, plongeait ses yeux dans l'ombre. Ces mêmes yeux d'un bleu métallique qui la regardaient avec ce même irrésistible pétillement.

Grands dieux ! Il devait s'exercer devant son miroir pour que toutes les femmes lui succombent. Eh bien, ce serait sans elle. Il était très attirant, il fallait le reconnaître, mais il y avait bien d'autres choses attirantes en ce bas monde, et beaucoup moins dangereuses.

— Il vous faut un judas, remarqua-t-il. Ce n'est pas prudent d'ouvrir sans savoir qui est derrière la porte, surtout la nuit.

Elle avait l'impression d'entendre parler ses frères. D'une certaine façon, cela l'aida à calmer les battements fous de son cœur.

— Un judas à ma hauteur ? Il est plutôt difficile d'identifier un homme à son ceinturon.

— Pas tant que ça, dit-il, la première surprise passée.

Il saisit la boucle argentée de son ceinturon et la tourna vers la lumière pour qu'elle la voie.

— Le mien porte mes initiales.

Il se tourna un peu pour lui montrer le dos de sa ceinture, qui était aussi gravé.

— Vous pouvez m'identifier, à l'arrivée comme au départ.

— Je vois ça, dit-elle alors qu'il se retournait vers elle.

Il poussa son chapeau vers l'arrière, posa une main sur le montant de la porte.

— Je suis désolé d'être tellement en retard.

Il avait l'air sincère.

— Je suis sûre que vous avez une bonne raison.

Aucune excuse ne serait assez bonne. Il avait quarante minutes de retard, il n'avait pas téléphoné. C'était impardonnable.

— J'ai essayé de vous téléphoner. C'était constamment occupé.

— Ah bon ?

Elle l'aurait cru plus imaginatif.

— Comme c'est bizarre ! Je n'ai passé aucun coup de fil.

Il la regarda si longuement que Bethany frissonna. Elle aurait pu jurer qu'il savait qu'elle avait pleuré.

— Je ne me suis pas trompé de numéro. J'ai vérifié deux fois.

Bethany comprit soudain ce qui avait dû se passer.

— Mon chat, murmura-t-elle.

— Comment ?

— Je l'ai entendu heurter quelque chose tout à l'heure. Sûrement le poste de la chambre d'amis.

— Eh bien, voilà le mystère éclairci !

— Entrez, Ryan. J'en ai juste pour une minute.

Elle imagina ses frères arriver en force parce qu'ils n'avaient pas pu la joindre. Jake n'apprécierait certainement pas de voir Ryan ici.

Elle alla raccrocher le téléphone dans la chambre d'amis tout en se faisant la leçon. D'accord, il avait essayé de téléphoner, et il avait sûrement une bonne raison pour expliquer son retard, mais elle ne devait pas pour autant se faire des illusions. Profiter de la soirée, ne rien espérer, ne rien souhaiter de plus.

Quand elle revint, il se tenait toujours dans l'entrée. Il examinait ses tableaux accrochés aux murs par les bons soins de son frère Hank.

— Vous avez beaucoup de talent.

— Merci, mais on ne peut pas vraiment parler de talent. J'ai surtout eu beaucoup de temps pour perfectionner ma technique.

Elle s'arrêta à quelques pas de lui et croisa les mains.

— J'espère que mes frères n'ont pas essayé de me téléphoner. Ils ont une peur bleue que je tombe ou qu'il m'arrive un accident. J'ai beau leur dire que j'ai vécu six ans seule à Portland sans aucun problème, autant m'adresser à un mur.

— Protecteurs ?

— Terriblement. Si l'un d'eux n'arrive pas à me joindre, il prévient les autres, et ils rappliquent tous.

Il sourit.

— Est-ce un avertissement ?

— En quelque sorte. Ils me trouvent trop confiante.

— Et vous l'êtes ?

— Mes frères surestiment mon pouvoir de séduction. Il y a beaucoup moins de loups autour de la proie qu'ils ne semblent le croire.

Ryan la trouvait diablement séduisante, et il comprenait tout à fait ses frères. Elle ne savait sans doute pas très bien juger les hommes, ce qui la rendait vulnérable. Il voyait bien qu'elle avait pleuré à cause de lui.

— Je suis vraiment désolé de ne pas avoir pu arriver à l'heure. J'espère que vous ne m'en voulez pas trop.

— Pas du tout. J'ai pensé que vous aviez eu un empêchement.

Il l'imaginait les yeux rivés sur la pendule, puis finalement renoncer à l'attendre, convaincue qu'il n'était pas là parce qu'il ne voulait pas la voir.

— J'ai eu une journée horrible. Et, pour couronner le tout, l'une de mes juments a mis bas. C'était la première fois et elle a souffert.

— Oh, non ! Est-ce qu'elle va bien ?

Son inquiétude avait l'air sincère.

— Oui, ça va maintenant. Heureuse et fière de son bébé.

— Tant mieux. Quel était le problème ?

— Le poulain se présentait mal.

— Avez-vous dû appeler un vétérinaire ?

À la surprise de Ryan, elle paraissait vraiment intéressée.

— Je l'ai fait venir par précaution, mais j'ai réussi à retourner le poulain moi-même. Cette jument est particulière pour moi. Peu après sa naissance, je l'ai nourrie au biberon parce que sa mère n'avait plus de lait. Ça crée des liens.

C'était bien la première fois qu'il prenait la peine de s'expliquer. Il dirigeait un ranch et quand une urgence se présentait il devait régler le problème, c'était tout.

— Elle avait vraiment peur, ajouta-t-il.

— Ça a dû rendre les choses encore plus difficiles.

Ryan hocha la tête.

— Notre contremaître et le vétérinaire auraient pu gérer la situation. Mais je n'ai pas eu le cœur de la laisser.

— Ne vous excusez pas, Ryan. Si vous l'aviez abandonnée pour moi, je m'en serais voulu. Nous sommes responsables de nos animaux de compagnie.

Animaux de compagnie ? C'était sans doute ce que Rosebud était pour lui, même s'il ne l'aurait jamais admis ouvertement.

— C'est un cheval qui coûte cher.

— Bien sûr, railla-t-elle. Et c'est pour ça que vous êtes resté parce que, si les choses avaient mal tourné, vous auriez perdu des tonnes d'argent.

Il rit et se gratta le lobe de l'oreille.

— Parfaitement. Et puis j'ai surtout suivi mon instinct. Je suis sa nourrice, après tout.

Elle rit de bon cœur, son expression s'adoucissant, comme si elle comprenait exactement ce qu'il voulait dire.

— Pourquoi ai-je l'impression que vous aimez les chevaux ?

— Probablement parce que c'est vrai. Dites-moi : fille ou garçon ?

— Garçon.

— Quelle couleur ?

— Alezan. Mignon comme un cœur, avec des jambes toutes maigres, des genoux noueux et un gros nez bulbeux. Et ses oreilles sont si énormes qu'on le croirait croisé avec un âne. Mais il sera très beau dans quelques heures.

— Il a l'air adorable ! souffla-t-elle avec un sourire mélancolique. Il y a si longtemps que je n'ai pas vu un poulain nouveau-né…

La nostalgie dans son regard donna envie à Ryan de l'arracher à son fauteuil roulant et de l'emmener tout de suite au ranch. Il s'interrogea aussitôt sur ce qui lui arrivait. Aucune femme n'avait jamais éveillé en lui de tels sentiments.

Embarrassé par le cours de ses propres pensées, il regarda sa montre.

— Eh bien, êtes-vous prête ?

— Il est tard, et je vais vous retarder encore davantage. Je ferais peut-être mieux de rester. Une autre fois…

— Pas question. Vous ne me retarderez pas du tout, et je ne m'amuserai pas sans vous.

Il le pensait vraiment, se rendit-il compte avec stupeur. Où avait-il la tête ? Il n'y avait pas de place pour elle dans son univers.

— Où est votre manteau ? Il fera froid si le vent se lève.

Elle se dépêcha d'aller chercher son parka bleu suspendu au portemanteau de l'entrée.

Galamment, Ryan voulut l'aider à l'enfiler, ce qui se révéla plus compliqué que prévu. Il parvint finalement au bout de ses efforts, ses mains ayant entre-temps accidentellement frôlé une peau incroyablement douce et tiède. Quand il souleva ses cheveux pour les faire passer par-dessus le col, les battements de son cœur s'accélérèrent. Les longues mèches brunes glissaient entre ses doigts comme de la soie.

Bethany lui jeta un regard par-dessus son épaule.

— Il faut que je prenne mon sac. Mes clés sont à l'intérieur.

— Où est-il ?

— J'y vais. Gare à vos pieds.

Quand elle revint quelques secondes plus tard, Ryan la souleva de son fauteuil. Elle le regarda d'un air stupéfait et s'agrippa fébrilement à son cou.

— Mon Dieu, ne me lâchez surtout pas !

— Détendez-vous, je vous tiens bien, murmura-t-il. Vous êtes légère comme une plume.

— Je ne peux pas me rattraper, vous savez, l'informa-t-elle d'une voix tremblante.

— Je vous jure que je ne vous laisserai pas tomber. Je ne vous fais pas mal au moins ?

— Non, pas du tout. Je suis bien. Vraiment.

Elle leva les yeux, et il se perdit dans leur immensité. Combien de temps resta-t-il planté là comme un idiot ? Impossible à dire.

— Vous n'avez pas besoin de me porter tout le temps, Ryan. Mon van est équipé d'un élévateur, et je…

— Nous prenons mon camion.

— Je me demande si c'est raisonnable. Mon van est bien plus pratique.

— Faites-moi confiance. J'ai tout prévu. Je fermerai votre maison après avoir récupéré le fauteuil. Dois-je vérifier les lumières avant de fermer ?

— Tout est éteint.

Il passa le perron. Bethany regarda les marches avec inquiétude.

— Faites attention. Ces marches sont glissantes quand il fait froid.

— J'ai le pied aussi sûr qu'une chèvre de montagne. Êtes-vous certaine que je ne vous fais pas mal ? Vous êtes terriblement tendue.

Il lui sourit pour la détendre.

— Vous agrippez mon cou comme si votre vie en dépendait.

— C'est exactement le cas.

Ils étaient arrivés au camion. Ryan ouvrit la portière et déposa Bethany sur le siège passager. Elle poussa un petit cri et saisit la poignée suspendue comme si elle craignait de tomber dès qu'il la lâcherait.

— Je vous tiens, lui assura-t-il encore une fois.

Bethany était parfaitement consciente qu'il la tenait. Le contact de ses mains enserrant ses hanches la brûlait presque.

— Vous êtes bien installée ?

Elle avait presque le vertige. Le siège lui paraissait affreusement haut. Mais quand Ryan eut fixé la ceinture de sécurité, elle se sentit enfin mieux.

— Oui, ça va.

Il souleva ses genoux pour placer ses jambes dans une meilleure position. Bethany rougit, se reprochant aussitôt cette réaction idiote. Elle s'efforça de se ressaisir, se demandant avec une certaine angoisse si elle survivrait à cette soirée.

Il se pourrait bien que non, se dit-elle quelques minutes plus tard. Ryan Kendrick n'avait pas pris la bonne direction. Il alluma le chauffage, puis la stéréo. La voix chaude de John Michael Montgomery emplit l'habitacle. Tout était parfait. Elle se demandait seulement où il l'emmenait.

C'était totalement absurde, mais les nombreux avertissements de ses frères lui revinrent en mémoire. Les viols de femmes handicapées étaient monnaie courante et sortir avec un homme sans leur avoir laissé son nom, ses coordonnées et une complète description physique aurait été de la folie pure. Les salauds qui profitaient de la vulnérabilité des handicapées n'avaient pas forcément des visages de monstre.

Évidemment, elle n'avait pas suivi leurs conseils, et voilà où elle en était maintenant, allant Dieu seul sait où avec un homme qu'elle connaissait à peine. Pire encore, elle avait tellement redouté la réaction de Jake qu'elle ne lui avait même pas parlé de ce rendez-vous.

Tout en conduisant, Ryan brancha un rasoir électrique et entreprit de se raser.

— J'espère que vous m'excuserez, mais je n'ai pas eu le temps de le faire ce matin. Je dois avoir une tête à coucher dehors et puer le cheval.

Elle le trouvait magnifique et adorait son odeur. Quand il eut fini, il rangea le rasoir et sortit une bouteille de lotion après-rasage. Maintenant le volant avec les coudes, il versa un peu de lotion dans le creux de ses mains et l'appliqua sur son visage avec de vigoureux tapotements. Toujours sans ralentir, il rangea la bouteille, remit son Stetson, se jeta un coup d'œil dans le miroir et sourit à Bethany.

— C'est le mieux que je puisse faire. La prochaine fois, je prendrai deux douches pour la peine.

De nouveau ce « prochaine fois ». Bethany reporta son regard sur la route, convaincue que l'un d'eux au moins devait la surveiller. Un sourire lui vint. S'il avait l'intention de l'agresser, il se donnait un mal de chien pour sentir bon avant de l'attaquer.

— Vous n'avez pas peur, au moins ? J'ai l'habitude de faire dix choses à la fois.

— Non, je n'ai pas peur, lui assura-t-elle en réprimant un sourire. J'aimerais seulement savoir où nous allons.

Il lui glissa un regard malicieux.

— C'est une surprise.

— Quel genre ?

— Si je vous le dis, ça n'en sera plus une.

Très juste.

Elle adorait l'imprévu. Et peu importait ce que ses frères diraient, elle avait l'intention de profiter pleinement de cette soirée avec lui.

Détendue, elle se blottit dans son parka et laissa son regard errer sur le paysage qui défilait.

Ryan se pencha pour monter le volume de la musique.

— Je peux ? C'est ma chanson préférée.

— Ça alors ! C'est la mienne aussi.

— Vous aimez Montgomery ?

Elle hocha la tête.

— J'ai du mal à tenir en place quand je l'entends.

La chanson s'intitulait *Je te promets*. C'était une magnifique ode à l'amour où le chanteur jurait de rester au côté de celle qu'il aimait, telle une ombre fidèle, jusqu'à ce que la mort les sépare.

3

Dès qu'elle vit la demeure de brique perchée sur une butte surplombant le lac Crystal, Bethany comprit qu'ils allaient à son ranch pour voir le nouveau poulain. La lueur de la lune perçait la brume qui drapait les arbres bordant le lac. Ses reflets argentés donnaient une touche magique au paysage. Dans les pâturages, des vaches paisibles étaient accompagnées de leurs nouveau-nés.

— Comme ils sont mignons ! s'exclama Bethany.

Ryan s'arrêta un instant près d'un lampadaire pour qu'elle puisse regarder les jeunes veaux.

— Vous voyez celui qui a la tête blanche, dit-il en désignant un Hereford. Je l'ai appelé Pig. Il a un sacré appétit ! Quand il en a fini avec sa mère, il cherche à téter les autres vaches. J'ai même dû le garder dans un enclos et le nourrir au…

Il s'interrompit brusquement.

— Désolé. J'oublie parfois que tout le monde ne vit pas dans un ranch. Vous devez me trouver barbant.

— J'ai grandi dans un ranch, lui rappela-t-elle.

Il redémarra.

Bethany contempla le lac. Sa surface brillait comme un miroir, d'occasionnels amas de glace formant des éparses. Quel bonheur de se lever le matin et de prendre son café devant un paysage aussi splendide !

— Vous avez de la chance, Ryan ! Cet endroit est magnifique.

— Je le pense aussi. Mais comme j'ai grandi ici, je suis sans doute peu objectif.

Ils passèrent devant les vastes prés qui entouraient la maison. Ils englobaient de nombreuses dépendances et étaient clôturés par de jolies barrières blanches.

— Vous n'avez pas à vous donner tout ce mal, vous savez, déclara Bethany, brusquement gênée. Mon fauteuil roule difficilement dans la boue et, avec les pluies que nous avons eues, l'écurie doit être boueuse.

— Nous ne pouvons remettre à plus tard cette visite. Les poulains ne sont jamais aussi mignons que tout de suite après la naissance.

— J'espère que vous ne regretterez pas de m'avoir invitée.

— Impossible. Une femme qui aime les courses de tracteurs, les chevaux *et* John Michael Montgomery…

Il ne savait vraiment pas à quoi il s'exposait. Elle imagina son fauteuil s'enfonçant dans la boue et Ryan en train de glisser et de déraper en essayant de l'en extirper. Mais elle ne protesta pas davantage. C'était si adorable de sa part de lui montrer le petit poulain.

Il se gara aussi près que possible de l'entrée de l'écurie, sortit son fauteuil roulant du camion, le transporta à l'intérieur, puis revint la chercher. Elle prit une profonde inspiration pour se donner du courage. Il défit sa ceinture de sécurité et la prit dans ses bras.

— Ô mon Dieu !

— Je ne vous lâcherai pas.

— Et si vous glissez ?

— Ce serait une première, affirma-t-il en riant à cette idée manifestement absurde pour lui. J'ai transporté des veaux et des poulains qui se débattaient, avec de la boue jusqu'aux chevilles, et je ne suis encore jamais tombé. Si vous vous teniez tranquille, ce serait tout de même plus simple.

Elle se figea instantanément, ce qui l'amusa beaucoup.

— Pourquoi ai-je le sentiment que personne ne vous a jamais portée ?

— Parce que personne ne l'a fait. Pas depuis des lustres en tout cas. J'ai travaillé dur pour devenir autonome. Je déteste la dépendance.

— Résultat, vous n'avez pas vu de poulain nouveau-né depuis des siècles. La dépendance a parfois du bon, vous savez.

Il la transporta sans difficulté dans le bâtiment en bois blanc. Tandis qu'ils longeaient l'aile centrale, il contourna plusieurs zones boueuses qu'elle fixait avec appréhension.

Ils atteignirent enfin son fauteuil roulant, qu'il avait laissé près d'un box. Au lieu de la déposer, comme elle s'y attendait, il la garda dans ses bras pour qu'elle puisse voir la jument et son poulain par-dessus la porte du box.

— Alors ? demanda-t-il d'un ton plein de fierté. Comment le trouvez-vous ?

Dès que Bethany vit les chevaux, toutes ses craintes s'envolèrent. Le poulain était exactement comme il le lui avait décrit.

— Il est superbe !

— N'est-ce pas ?

Rosebud hennit comme si elle comprenait et laissa son poulain pour venir les accueillir.

— Tu dois être Rosebud, lui dit Bethany, fondant complètement devant son doux regard. Comme tu es jolie ! Pas étonnant que ton fils soit si beau.

— Attention ! Elle est un peu nerveuse encore, et elle ne vous connaît pas.

Bethany tendit la main vers la jument.

— Aucun cheval ne m'a encore repoussée.

Ryan se prépara à intervenir si Rosebud devenait agressive. La jument renifla les doigts de Bethany, puis son bras. Apparemment satisfaite de ce premier contact, elle s'approcha pour nicher son museau contre l'épaule de Bethany.

— Vous l'avez conquise.

— Les chevaux m'aiment, déclara Bethany en caressant la tête de Rosebud. Je ne sais pas pourquoi, mais ça a toujours été ainsi. C'est de famille. Mes frères sont étonnants avec les chevaux. Jake et Hank surtout. Vous connaissez ce film sur l'homme qui murmure à l'oreille des chevaux ? Ils sont de cette trempe. Quand j'étais petite, je passais des heures à regarder Jake les apprivoiser. Mon père disait qu'il était une sorte de charmeur de chevaux. Il obtient d'eux ce qu'il veut, même des plus revêches. À croire qu'il communique avec eux.

Ryan était convaincu qu'elle aussi possédait ce don particulier. Rosebud était sous le charme. Quant à Bethany, son visage rayonnait de bonheur. Il la hissa un peu plus au-dessus de la porte. Un bras accroché à son cou, elle se retourna un peu et tendit la main pour gratter Rosebud entre les oreilles. Son parka s'entrouvrit, dévoilant la douce rondeur d'un sein sous la chemise de laine.

Il retint son souffle. Surtout ne pas laisser son imagination s'emballer.

Surtout pas !

Elle semblait faite pour ses bras. Elle était si légère qu'il la sentait à peine. Le parfum de sa peau le grisait.

Mais où avait-il la tête ? Elle n'essayait pas de le séduire. Bien au contraire. Il reconnaissait parfaitement le signal « bas les pattes » quand il le voyait, et les yeux de Bethany lançaient ce message chaque fois qu'ils croisaient les siens.

— Les chevaux n'ont pas de secrets pour vous, on dirait, remarqua-t-il, se forçant à reprendre le cours normal d'une conversation.

— Vous avez affaire à une championne régionale de course d'obstacles.

Il se rappelait en effet que l'un des enfants de Harv Coulter s'était distingué en équitation. De façon absurde, il avait toujours cru que c'était l'un des garçons.

— Championne régionale ? Vous plaisantez ?

— Pas du tout. J'étais fantastique ! J'ai gagné trois fois cette compétition.

Il ne put s'empêcher de sourire devant son manque d'humilité.

— C'est vrai, insista-t-elle, se trompant sur le sens de son expression. Je vivais pratiquement en selle avant mon accident. Un vrai garçon manqué. J'aurais dormi avec mon cheval si papa ne me l'avait pas interdit.

Elle gratta une dernière fois la tête de Rosebud.

— Merci beaucoup. Même l'odeur de l'écurie semble paradisiaque après tant d'années.

— Vos frères ne possèdent pas de chevaux ?

— Jake et Zeke en ont, et je suis sûre que Hank en aura de nouveau un jour. Isaiah et Tucker ne vivent pas ici pour l'instant. Ils font leur internat.

— Médecins ?

— Vétérinaires. Ils espèrent s'installer dans la région après leurs études. Vous pourrez peut-être faire appel à eux quand ils débuteront. Se faire une clientèle n'est pas si facile.

— J'y penserai, promit Ryan avant de froncer les sourcils. Je ne voudrais pas paraître curieux, mais si deux de vos frères ont des chevaux, comment se fait-il que vous n'en ayez plus approché depuis si longtemps ?

Elle continua de sourire, mais le cœur n'y était manifestement plus.

— Je ne peux même pas regarder un cheval sans que ma mère devienne folle d'inquiétude.

Elle regarda son fauteuil, attendant visiblement qu'il la dépose. Voyant qu'il ne réagissait pas, elle demanda en riant :

— Allez-vous me faire descendre ou est-ce que vos bras sont paralysés ?

Ryan n'avait aucune envie de se séparer d'elle. Qu'est-ce qui lui arrivait ? Ce n'était vraiment pas son genre de s'emballer comme ça pour une femme. En outre, il sentait bien que Bethany avait besoin de délicatesse. Il allait la faire fuir s'il précipitait les choses.

S'il précipitait les choses ? Quand exactement était-il passé d'un sentiment d'obligation – une sortie d'un soir – à la crainte qu'elle ne lui échappe ?

Il la réinstalla dans son fauteuil, terriblement conscient de la chaleur de son corps. La certitude que cette femme était faite pour lui le taraudait.

Bethany se pencha pour saisir son genou gauche et placer correctement sa jambe. Ryan s'empressa de l'aider pour la jambe droite. Alors qu'elle se redressait et qu'il relevait les yeux, leurs regards se croisèrent, et pendant un long moment ils restèrent ainsi, comme médusés. Il eut l'impression que Bethany retenait son souffle. Tous deux étaient sous l'emprise de la même émotion. Mais il vit autre chose dans son regard, quelque chose qui ressemblait à de la peur.

Il s'écarta finalement, cherchant comment meubler le silence alors qu'il se détournait pour déverrouiller la porte du box.

— Vous avez été blessée dans un accident de cheval ?

Ce n'était pas vraiment une question. Pour quelle autre raison sa mère ne supporterait-elle pas qu'elle s'intéresse aux chevaux ?

— Pendant une course, répondit-elle d'une voix chargée d'émotion. Ma quatrième saison en compétition régionale. Je visais les nationales. Mon cheval a trébuché sur un trou et est tombé à genoux alors qu'il amorçait un virage. Je suis passée par-dessus sa tête, et j'ai atterri de l'autre côté de l'obstacle.

Elle ôta une trace de poussière sur son jean, puis repoussa ses longs cheveux soyeux.

— J'ai eu beaucoup de chance que Wink ne me retombe pas dessus. Ma colonne vertébrale aurait pu être beaucoup plus touchée.

Ryan regarda ses jambes. Elle était paralysée à partir de la taille. Que pouvait-il y avoir de pire ?

— Seulement un côté de la colonne a été atteint, précisa-t-elle en voyant sa perplexité. De ce fait, contrairement à la plupart des paraplégiques, je perçois des sensations à certains endroits qui facilitent ma vie quotidienne.

Ryan se demanda comment des sensations « à certains endroits » pouvaient lui rendre la vie plus facile. Quand on était paralysé, on était paralysé, non ?

Elle sourit devant son expression de plus en plus circonspecte.

— C'est une façon pudique de dire les choses. Je vous laisse deviner le reste tout seul.

Elle faisait référence à l'incontinence, comprit-il finalement, se trouvant soudain très stupide.

— Combien de chevaux avez-vous, Ryan ? demanda-t-elle, comme pour le tirer de ce mauvais pas.

— Ici, 33 et près de 30 chez Rafe.

Il déplaça son fauteuil et ouvrit la porte du box.

— Maintenant que Rosebud a accepté votre présence, il n'y a plus de danger.

Impatiente de recevoir de nouvelles caresses, la jument sortit du box et se dirigea droit sur Bethany, son poulain encore chancelant dans son sillage. La jeune femme se pencha pour le caresser. Rosebud hennit et s'ébroua comme pour marquer son consentement. Tous les trois formaient un adorable tableau.

— Vous savez, je crois qu'il existe des selles spéciales pour paraplégiques.

— Oui, je sais, dit-elle d'une voix bizarrement déprimée.

— Avez-vous peur de remonter à cheval ?

— Honnêtement, je n'en sais rien.

— Probablement pas. Ce qui m'est arrivé n'était pas la faute de Wink. C'était – c'est – une merveilleuse jument.

— Elle existe toujours ?

— Oui. Grâce à mon frère Jake, qui l'a sauvée, puis l'a vendue à un fermier de la région.

— Jake l'a sauvée ?

— Papa a failli l'abattre. Il reportait toute la faute sur elle. Alors que Wink ne m'aurait fait de mal pour rien au monde.

— Je connais ça. Mon frère Rafe a ordonné d'abattre un cheval parce qu'il le tenait pour responsable de la mort de sa première femme et de ses enfants.

— J'ai entendu parler de cette histoire.

— C'est du passé maintenant, heureusement. Rafe a rencontré sa seconde femme, Maggie. Le coup de foudre, et ils sont heureux depuis. On peut réagir de façon complètement insensée quand ceux qu'on aime sont touchés. Dans le cas de Rafe, je crois qu'il lui était plus facile de rejeter la faute sur ce malheureux cheval que sur lui-même, parce que c'était ce qu'il ressentait au fond – que tout était sa faute.

— Peut-être bien. Papa s'est probablement reproché de m'avoir laissé faire de la compétition. Au seul nom de Wink, il devient blême encore aujourd'hui.

— Ce n'est pas pour ça qu'il s'est débarrassé de son ranch, n'est-ce pas ? Pour ne plus être en contact avec des chevaux ?

Ryan avait entendu parler de faillite, mais les bruits qui courent sont souvent infondés.

— Oh ! non… ce n'était pas par choix. Mais je suis sûre qu'il n'a pas racheté de ranch pour me tenir éloignée des chevaux.

Rosebud poussa l'épaule de Bethany avant de baisser la tête pour se faire caresser. Bethany s'exécuta machinalement, puis passa ses doigts dans la crinière de la jument.

— Ce n'est pas plus mal puisque je ne peux plus monter. Les chevaux tenaient une place prédominante dans ma vie. Au début, j'ai eu beaucoup de mal à m'en passer.

— Vous disiez que votre père n'avait pas eu le choix. Que s'est-il passé ?

— Trop de frais médicaux.

Elle haussa les épaules.

— Chaque médecin qui m'examinait estimait que la chirurgie pourrait me rendre l'usage de mes jambes. J'ai subi trois échecs. Pauvre papa, il ne voulait pas abandonner, et il s'est ruiné en espérant un miracle.

— Il y a des choses plus importantes qu'un bout de terre.

— Absolument. Mais il faut aussi être réaliste.

Son regard se voila.

— Dès la première opération, je savais au fond de moi que je ne remarcherais jamais. J'aurais dû le dire à papa et refuser d'autres interventions. Mais je suis longtemps restée repliée sur moi-même, aveugle de tout sauf de mon propre malheur. Je désirais tellement retrouver l'usage de mes jambes. Je ne voyais pas que mon père était en train de se détruire pour m'aider.

— Vous étiez très jeune, Bethany. Ne vous jugez pas trop sévèrement.

Elle sourit, balayant d'un coup la morosité.

— Comment en est-on arrivé à parler de ça ? Je déteste penser à cette époque, encore plus en parler.

Elle laissa errer son regard autour d'elle.

— Quelle belle écurie ! Elle est magnifiquement entretenue.

— Ce n'est pas la même chose chez moi !

— Le célibataire typique, c'est ça ?

— Becca, l'intendante de la famille, vient deux fois par semaine avec son équipe. Mais le reste du temps je suis assez flemmard. Vaisselle sale, vêtements qui traînent... je suis très négligent.

— Ce doit être agréable d'avoir les moyens d'employer des domestiques.

— C'est carrément génial, renchérit Ryan qui ne voyait pas l'intérêt de mentir sur ce point. Il n'en a pas toujours été ainsi. Mon père a construit ce ranch à la sueur de son front. Quand nous étions petits, Rafe et moi devions retrousser nos manches après l'école et les week-ends. Dans une affaire familiale, chacun a sa part de travail.

— Qu'est-ce qui a changé les choses ?

— Rafe et moi avons pris le ranch en main et nous avons frôlé la faillite.

Il rit devant son étonnement.

— C'est la pure vérité. Papa prenait du bon temps en Floride, pensant avoir bien mérité un peu de repos, quand une série de coups durs nous est tombée dessus. Le pire a été un incendie de forêt qui a décimé plus de la moitié de notre troupeau. Un vrai cauchemar. Et puis on a eu l'idée de vendre une partie de nos terres en parcelles à des promoteurs. Nous avons ainsi récolté plus de cent cinquante millions.

Les yeux de Bethany s'écarquillèrent encore plus.

— Vous avez bien dit *millions* ? La terre vaut-elle si cher que ça ?

— Eh oui ! Je sais que ça paraît incroyable, mais on aurait pu doubler cette somme en vendant directement à des particuliers. On a partagé nos gains en trois. Cinquante pour Rafe et moi, et cinquante pour nos parents. Nous sommes riches comme Crésus maintenant.

Il lui adressa un clin d'œil.

— Quand je ne traîne pas dans la boue avec les vaches, je compte mon argent.

Bethany rit de bon cœur.

— Autrement dit, avoir beaucoup d'argent en banque n'a rien changé à votre vie.

— Je ne m'inquiète plus pour les factures. C'est un énorme changement. Et je peux dépenser comme bon me semble. Même si je n'en ai ni le temps ni vraiment le goût. C'est étrange, mais la compagnie des vaches ne porte pas aux goûts de luxe. Vous voyez ce que je veux dire ?

Elle hocha la tête.

— Vous avez raison. Une vache a le pouvoir de remettre les choses à leur juste place.

Elle avait l'air serein, son visage reflétant du plaisir et à peine une pointe de nostalgie alors qu'elle caressait Rosebud. Elle se pencha pour embrasser le front de la jument.

— J'ai passé un agréable moment, Ryan. J'ai beaucoup apprécié votre geste.

Il regarda sa montre.

— En parlant d'agréable moment, on ferait mieux de se dépêcher si on ne veut pas rater complètement la course.

4

Ryan avait assisté à de nombreuses courses de tracteurs, mais il ne s'y était jamais autant amusé. Comme il avait un tracteur en compétition, ils eurent droit à des places aux premières loges. Bien installés, elle dans son fauteuil, lui sur un tabouret pliant, ils dégustèrent des hot dogs, du Coca et des barbes à papa en guise de dîner. Pas exactement de la haute cuisine, mais visiblement Bethany appréciait chaque bouchée.

À un moment donné, un tracteur perdit sa remorque, fit une embardée et dérapa dans leur direction. Ryan bondit pour prendre Bethany dans ses bras et la mettre à l'abri derrière la barrière de sécurité. Dans sa précipitation, il renversa son soda et écrasa ce qui restait de son hot dog.

Au lieu d'être effrayée ou irritée, Bethany rit jusqu'à en perdre haleine.

— Oh ! c'était drôle !

Elle secoua ses doigts éclaboussés de moutarde, puis passa la langue sur ses lèvres.

— La tête que vous avez faite quand vous avez vu le tracteur foncer sur nous ! Si seulement j'avais eu un appareil photo !

Lui-même surpris par son geste, il se pencha soudain pour lécher une traînée de moutarde sur son menton. Elle se figea, ses grands yeux bleus brusquement remplis de méfiance.

Il faillit lui dire qu'elle n'avait pas de raison d'avoir peur, mais peut-être cela aurait-il été un mensonge. Il était attiré par elle et cela n'avait pas de sens. Il savait qu'une relation entre eux était impossible. Mais l'attirance persistait en dépit de tout, et il n'avait pas la volonté d'y résister.

Dans l'espoir de la faire rire à nouveau, il poussa un grognement, lécha une traînée de moutarde sur sa joue, et dit :

— Je dois avoir encore faim.

Ce qui eut pour effet de détendre l'atmosphère. Elle rit et essuya de nouveau sa joue.

— Probablement ! Mes frères peuvent avaler six hot-dogs sans sourciller.

— Je suppose que je dois retourner chercher quelque chose à manger. Vous me coûtez cher, mademoiselle.

— Oh ! pour un millionnaire vous vous en tirez à bon compte !

Ryan était tout à fait d'accord. Bethany méritait un menu raffiné, avec du champagne, des chandelles et de la musique.

Elle posa une main délicate sur sa poitrine et souffla comme si elle avait mal d'avoir autant ri. À cet instant, le vacarme du stade s'estompa, et il ne vit plus que cette femme qu'il tenait dans ses bras. Elle était terriblement belle.

Son petit nez légèrement retroussé appelait les baisers. Une touche de rose accentuait ses pommettes finement sculptées. Ses sourcils sombres formaient des arcs parfaits au-dessus de ses yeux, immenses et si bleus qu'il s'y noyait littéralement.

Son corps était adorable, fin mais délicieusement rond là où il le fallait. Quand son regard se portait sur ces formes, il ne pouvait s'empêcher de l'imaginer dans des draps de soie, la douce lueur d'une bougie projetant un éclat ambré sur sa peau d'ivoire…

Ryan se força à revenir sur terre. Il ramena Bethany à son fauteuil, se rendit à la buvette, puis revint s'installer à côté d'elle pour la fin de la soirée. Craignant qu'un autre tracteur ne dérape, il hésita à disposer leurs sièges derrière la barrière, mais elle ne voulut rien entendre.

— Je n'ai pas si souvent l'occasion de vivre dangereusement ! argua-t-elle.

Ryan ne voulait pas qu'il lui arrive quoi que ce soit, mais il avait aussi envie qu'elle passe un agréable moment. Il l'avait soustraite au danger une fois, il le referait si nécessaire.

Il eut un pincement au cœur. Que ressentait-on lorsqu'on se retrouvait confiné dans un fauteuil après avoir été si actif ?

Pendant l'entracte, il l'interrogea sur sa vie passée. Elle avait été une adepte des randonnées en pleine nature. Avec ses frères, ils étaient souvent partis camper à cheval.

Une expression rêveuse envahit son visage tandis qu'elle se remémorait ces chevauchées.

— Pour moi, le contact avec la nature était une expérience spirituelle. Je sais, ça fait vraiment guimauve. Mais la majesté du crépuscule, le rougeoiement de la première lueur du jour sur les crêtes, les couleurs fantastiques, le premier chant d'un oiseau saluant le jour nouveau –, tout cela était à mes yeux la preuve de l'existence de Dieu.

Comme si elle craignait qu'il ne se moque d'elle, elle fronça le nez et sourit. Il n'avait pas envie de rire, car il pensait exactement la même chose.

— Je comprends ce que vous voulez dire. Dans la montagne, moi aussi je me sens proche de Dieu. Tout y est si vaste, si libre, si majestueux.

Serrant les bras autour de sa taille, elle soupira et hocha la tête.

— Et les feux de camp ! reprit-elle. Qu'y a-t-il de plus savoureux qu'un café chauffé à même la flamme ?

— Rien, acquiesça-t-il avec douceur.

— Et comme j'adorais les veillées autour du feu avec mes frères ! Nous chantions, nous mangions, puis ils me racontaient des histoires de fantômes jusqu'au moment d'aller se coucher.

— Et là, finie la fête !

— Oh, non, c'était là qu'elle commençait vraiment ! Mes frères avaient chacun leur tente, juste assez grande pour une personne, et l'un d'eux devait me faire de la place pour la nuit.

— Vous n'aviez pas votre propre tente ?

— Si, mais après les histoires de fantômes, j'étais trop effrayée pour dormir seule. C'était devenu un rituel – la discussion pour décider qui se coltinerait « la froussarde ». Ils tiraient à la courte paille, et le pauvre Jake perdait toujours. Sciemment, je pense. Il se sentait responsable de moi.

Maggie, la femme de Rafe, avait une sœur âgée de 12 ans qui vivait avec eux. Heidi considérait Ryan comme son grand frère – quand elle ne nourrissait pas carrément l'espoir de l'épouser un jour. Il l'avait emmenée plusieurs fois en randonnée et savait exactement comment les choses tournaient quand une fillette se mettait à avoir peur. Il râlait pour la forme, mais cela ne le dérangeait pas vraiment de lui faire une place sous sa tente. Il en ferait volontiers autant pour Bethany, mais pour de tout autres raisons.

— Si vous recommenciez à monter, vous pourriez encore partir en randonnée de temps en temps, se suggéra-t-il à son grand étonnement.

— Non, c'est impossible.

— Pourquoi ?

Ses joues s'enflammèrent.

— C'est trop compliqué. Comment emporter un fauteuil roulant à dos de cheval ? Et puis, il n'y a pas de toilettes pour handicapés dans la nature.

Des toilettes pour handicapés ? Comment n'y avait-il pas pensé !

— Alors, que faites-vous de vos loisirs ?

— Rien de bien excitant. Ma famille me surprotège tellement depuis l'accident. Toute activité comportant le moindre risque est proscrite.

Elle mordilla sa lèvre inférieure, une habitude qu'il avait déjà remarquée chez elle.

— Je suppose que vous trouvez ça pitoyable, une adulte qui se laisse dicter sa conduite par sa famille.

Au contraire, Ryan comprenait qu'elle prenne en compte les sentiments des gens qu'elle aimait.

— Je ne supporte pas de leur causer de l'inquiétude, reprit-elle. À Portland, c'était différent. Je vivais dans un appartement sympa qui faisait partie d'un complexe spécialement conçu pour les handicapés. J'avais beaucoup d'amis et nous nous entraidions. Nous organisions aussi des activités de groupe. C'était très agréable. Il y avait même une piscine.

Voyant son intérêt, elle décrivit rapidement le complexe – expliquant comment les accès plus larges que la norme habituelle permettaient la libre circulation des résidents, décrivant l'agencement des cuisines, avec leurs espaces de rangement et leurs plans de travail à la hauteur d'une personne en fauteuil roulant. Son appartement actuel n'était pas adapté à son handicap. Son père et ses frères lui avaient installé des rampes d'accès, tous ses rangements devaient se faire sur les étagères basses et sur une seule rangée. La moitié supérieure de son frigo restait vide. Jake lui avait fabriqué une petite rampe devant son évier pour qu'elle soit à la bonne hauteur, et Zeke une planche à découper encastrable à son niveau.

Ryan l'écoutait attentivement, se rendant compte qu'il n'avait jamais réfléchi aux difficultés quotidiennes que rencontraient les handicapés dans une maison conçue selon des normes classiques.

— Mais... de quoi parlions-nous déjà ? demanda-t-elle.

— De votre famille. Elle devait être plus facile à gérer quand vous viviez à Portland.

— Beaucoup plus. Il me suffisait de les rassurer quand ils téléphonaient ou me rendaient visite. Le reste du temps, ma vie m'appartenait.

Il lui demanda pourquoi elle était partie à Portland, loin de sa famille.

— J'ai fait ma rééducation là-bas, puis j'ai décidé de reprendre des études et j'ai obtenu un diplôme en informatique. Ensuite, j'ai rapidement trouvé un bon job.

Elle haussa les épaules.

— Quand ma famille m'a demandé de rentrer, j'étais déjà bien installée.

— Alors… pourquoi êtes-vous revenue à Crystal Falls après tout ce temps ?

— Papa a des problèmes cardiaques. Il y a quelques mois, les médecins lui ont ordonné de réduire son activité, et Jake a dû prendre la relève. Quand il m'a demandé de venir les aider, il m'était difficile de refuser.

Elle roula des yeux.

— En vérité, je crois qu'il a créé ce poste juste pour me faire revenir. Dans l'ensemble ça ne se passe pas trop mal – sauf que mes frères m'étouffent un peu.

Ce changement de mains dans l'entreprise expliquait sans doute les dérèglements de ces derniers temps, pensa Ryan.

— Quelle est l'activité cent pour cent sans risque que vous aimez ?

— J'adore peindre.

Il avait vu la preuve de son talent artistique sur les murs de son entrée.

— Quoi d'autre ? demanda-t-il encore.

— Le tennis.

— Le tennis ? répéta-t-il avec incrédulité.

Les yeux de Bethany pétillèrent.

— J'ai une amie paraplégique à Crystal Falls. Une femme très sympa. Jenny et moi jouons au tennis trois fois par semaine. En gros, on passe notre temps à servir et à rater la balle. On fait énormément d'exercice en courant après les balles, et on rit beaucoup d'être aussi nulles. Je nage aussi deux soirs par semaine. J'adore ça. Et quand je vais chez mes parents, je joue parfois au basket avec les voisins. Ce sont des adolescents, et ils trouvent ça carrément top de jouer avec une dingue en fauteuil roulant.

— Du basket ?

Ryan ne voyait pas comment elle pouvait s'y prendre.

— Mon fauteuil fonctionne aussi en mode automatique. Il me suffit d'appuyer sur la commande d'une main et de faire rebondir le ballon de l'autre. Ça demande de l'entraînement, mais je suis devenue assez bonne. Je roule sur les pieds de mes adversaires.

Son air horrifié sembla la réjouir au plus haut point.

— Tous les moyens sont bons quand on joue avec un handicap.

— Je ne vous crois pas. Vous n'écraseriez jamais volontairement les pieds de quelqu'un.

— Je suis impitoyable en compétition.

Elle regarda la piste et désigna un tracteur.

— Je mise 10 dollars sur celui-là.

Ryan sourit.

— J'aurais des remords à prendre votre argent. Le tracteur gagnant sera le mien.

— On parie ?

— D'accord.

Quand la course fut terminée, il devait 10 dollars à Bethany, qu'elle accepta et fourra dans sa poche.

— Vous voyez bien que je suis impitoyable, dit-elle.

À la fin de la soirée, Ryan était absolument décidé à revoir Bethany, espérant au moins entretenir une relation amicale. Elle appréciait apparemment sa compagnie, bien qu'elle ne soit pas totalement à l'aise avec lui. Il avait cherché à être gai et enjoué pour l'aider à se détendre, mais à certains moments l'alchimie qui existait entre eux avait pris naturellement le dessus, transformant un simple regard en échange pénétrant, un bref contact en caresse persistante. Chaque fois, Bethany, crispée, s'était réfugiée un peu plus dans le mutisme.

— Il y a longtemps que je ne m'étais pas autant amusé, déclara-t-il en se garant devant chez elle.

Elle avait les bras serrés autour d'elle, comme si elle voulait se protéger.

— Merci de m'avoir invitée. C'était une soirée magnifique.

— J'aimerais beaucoup vous revoir, Bethany, s'entendit-il dire.

Il se serait giflé. Comment pouvait-il être aussi… stupide ? Cette fille le rendait maladroit comme un collégien à son premier rendez-vous.

— J'en serais ravie. Appelez-moi, et si nos emplois du temps concordent, pourquoi pas ?

Il comprit qu'elle doutait de sa sincérité.

— Je vous appellerai, lui assura-t-il.

Quand elle fut à l'intérieur, réinstallée dans son fauteuil, et que le moment de se séparer arriva, il estima que l'embrasser pour lui dire au revoir ne ferait que compliquer les choses. Mais sa bouche satinée l'attirait. Bethany eut un sursaut de surprise quand il s'accroupit devant elle. Il sonda longuement son regard, y lisant plus d'étonnement que de peur. Il prit cela comme un signe favorable.

Il avait le sentiment qu'on ne l'avait pas embrassée depuis longtemps, sentiment confirmé quand leurs bouches se touchèrent. Elle était si tendue et si hésitante que son nez vint cogner le sien. Elle serrait aussi très fortement les lèvres.

Il s'écarta. Elle le regarda comme s'il était un insecte bizarre qui pourrait la piquer. Il se gratta le lobe de l'oreille, croisa de nouveau son regard. Bon Dieu, il avait pourtant embrassé un grand nombre de femmes ! Mais Bethany n'était pas n'importe quelle femme. Elle méritait mieux.

— Ça fait un bail, n'est-ce pas ? demanda-t-il doucement.

Elle rit et leva les yeux au plafond, ses joues rosissant joliment.

— Huit ans.

— *Huit ans ?*

— Pathétique, je sais.

Elle repoussa nerveusement ses cheveux, inspira profondément.

— On pourrait peut-être sauter cette scène.

Ryan gloussa.

— Pas question. J'ai eu envie de vous embrasser toute la soirée.

— Je doute sérieusement que…

Il l'interrompit en saisissant son menton. Elle était si belle. Il luttait depuis des heures contre le désir qui montait inexorablement en lui. Mais là, tout près d'elle, enivré par le parfum de sa peau, il était incapable de résister.

Il approcha ses lèvres des siennes, déterminé à lui faire sentir à quel point il avait envie d'elle. Comme sa bouche restait obstinément fermée, il la força à s'ouvrir par de douces pressions.

Ses lèvres frémissaient sous les siennes – un abandon timide. Il en prit plus pleinement possession, cherchant à goûter leur saveur. Une bouffée de désir l'enflamma.

Était-ce un au revoir ou seulement une entrée en matière ? Il n'en savait rien et s'en moquait. Les lèvres de Bethany étaient aussi douces que de la soie et elles avaient un léger goût de miel. Il les mordilla, les savoura, l'invitant à lui répondre.

Finalement, elle poussa un profond soupir et le rythme de sa respiration changea, devenant plus haletant, plus pressant. Ses doigts menus agrippèrent le devant de sa chemise. Elle se laissa aller contre lui, totalement. Un fardeau bienvenu – chaud, délicat, qui l'enflammait.

Il glissa un bras autour d'elle, l'attirant plus près. Sa bouche s'offrit enfin.

Elle gémit quand il s'en empara, et ce gémissement le rendit fou de désir. Il voulait qu'elle soit sienne, il voulait se fondre en elle.

Il se rendit à peine compte de ce qu'il faisait quand son autre main se fraya un chemin sous le parka et enserra sa taille. Elle répondait avec une ferveur exquise à la moindre pression de ses doigts, ses gémissements lui prouvant qu'elle était aussi troublée que lui. Une main délicate vint plonger dans ses cheveux et s'y agrippa, le pressant de continuer.

Ryan poursuivit. Ses doigts rencontrèrent bientôt un léger renflement. Il imagina sa main se refermer en coupe sur cette douce rondeur aux proportions parfaites. Au prix d'un suprême effort de volonté, il résista à la tentation. Bethany se pressait contre lui, désirant follement ce qu'il venait de se refuser.

Il brûlait de lui donner satisfaction. Pourquoi se retenait-il ? Lui-même n'aurait pas su l'expliquer de façon claire. Ce ne serait qu'une caresse, après tout, et à travers la barrière du pull et du soutien-gorge. Mais non… Pas maintenant, pas encore. Bethany était une femme indépendante, qui ne manquait pas d'expérience dans nombre de domaines, mais en matière de sexe elle était de toute évidence novice, et il ne fallait surtout pas la brusquer.

Ryan connaissait ses limites. S'il s'engageait plus avant, il ne pourrait plus s'arrêter. Il essaya de s'écarter d'elle mais Bethany s'accrochait à sa bouche, délicieuse petite lionne assoiffée de plaisir. Il se dégagea de son étreinte, prit son visage entre ses mains.

Ils se regardèrent dans les yeux, à bout de souffle, la réalité de ce qu'ils avaient éprouvé et de ce qu'ils auraient pu faire se dressant entre eux comme une force palpable. Ils restèrent encore un moment prisonniers du charme, puis Ryan perçut l'instant exact où elle récupéra ses esprits.

Elle eut d'abord l'air choqué, puis consterné, et ses joues s'enflammèrent d'embarras.

— Eh bien, souffla-t-il en se penchant pour lui embrasser le bout du nez, c'était… vraiment particulier.

Elle inspira profondément et s'enfonça dans son fauteuil.

— Je crois que vous feriez mieux de partir, Ryan, dit-elle d'une voix tendue.

Elle le fixa d'un air accusateur.

— Merci pour cette merveilleuse soirée. Je ne l'oublierai jamais.

Il ne pouvait la quitter ainsi ? Après ce qui venait de se passer entre eux ? C'était impossible. Il devait au moins comprendre.

Toujours accroupi devant elle, il chercha l'explication dans son regard. Elle avait apprécié leur baiser, il n'y avait aucun doute. Le problème n'était donc pas là.

— Bethany, je…

Elle secoua la tête et leva la main pour le faire taire.

— Ne dites rien. Allez-vous-en, je vous en prie.

Il se redressa. Pas d'erreur. Elle était en colère. Mais qu'avait-il fait pour mériter ses foudres ?

— Je…

— Partez, souffla-t-elle avec violence. Je ne plaisante pas, Ryan. Je veux que vous partiez. *Tout de suite*.

Il s'en alla.

Déboussolé, il ne cessa de tourner le problème dans sa tête pendant tout le trajet de retour. Une seule chose lui apparaissait clairement : il avait besoin de réfléchir et d'être totalement sûr de ses intentions vis-à-vis de Bethany avant de faire un pas de plus vers elle. Avec une fille comme elle, il n'était pas question d'envisager une simple aventure à laquelle on pourrait mettre fin sans état d'âme, une fois lassé.

Bethany enleva son parka et le jeta au loin de toutes ses forces. Elle enfouit son visage entre ses mains, secouée de sanglots. Ô mon Dieu, jamais elle n'avait subi une telle humiliation !

En se remémorant le baiser, elle se revit l'agrippant, le suppliant de tout son corps de continuer. Elle avait toujours évité de se trouver dans ce genre de situation. Pourquoi se faire autant de mal ? D'après les spécialistes, elle n'aurait jamais d'enfants et il y avait de fortes chances pour qu'elle n'éprouve aucun plaisir pendant l'acte sexuel. Pourquoi donner libre cours à toutes ces sensations, tous ces sentiments, si c'était pour courir à l'échec ?

Mais Ryan Kendrick l'avait poussée à vouloir des choses qu'elle n'aurait de toute façon jamais. Non, *vouloir* n'était pas le mot juste. Il l'avait poussée à *brûler d'envie* pour ces choses qu'elle s'efforçait d'ignorer ou dont elle niait l'existence.

Elle se frotta furieusement la bouche, mais le goût des lèvres de Ryan persistait avec ténacité, amer rappel de son humiliation.

Plus jamais ! S'il ne s'était pas écarté, mettant un terme à ce moment de folie, elle savait bien ce qui serait arrivé. Il lui aurait sans doute fait l'amour, non par désir, mais par pitié. La pauvre paraplégique, tellement en manque qu'un simple baiser la rendait complètement dingue.

Des larmes envahirent ses yeux. La seule idée de ce qui aurait pu se produire la rendait malade. C'était exactement la raison pour laquelle elle avait jusqu'ici évité ce genre de situations. Le sexe était la priorité numéro un pour les hommes. Son petit ami Paul le lui avait bien fait comprendre.

Elle s'essuya les joues. Huit ans auparavant, elle s'était juré qu'aucun homme n'aurait plus jamais le pouvoir de la faire pleurer, et voilà où elle en était aujourd'hui. Eh bien, elle en refaisait le serment, et cette fois ce serait pour de bon. La prochaine fois qu'un homme – n'importe lequel – l'inviterait à sortir, sa réponse serait un irrévocable *non*.

5

Un oiseau de nuit croassa quelque part sur la rive du lac, cri solitaire dans le vent glacé qui agitait la surface de l'eau. Assis contre le tronc d'un pin qui se dressait seul sur une petite butte, Ryan releva le col de son blouson. Une tempête se préparait. Il la sentait dans l'air, même si elle ne serait sans doute pas là avant deux ou trois jours. Son instinct lui disait aussi qu'elle apporterait la neige. C'était pourtant le printemps, mais cela ne signifiait pas grand-chose à cette altitude.

Un bruit de sabots attira son attention. Il se tourna et scruta l'obscurité. Il discerna la silhouette d'un cheval et de son cavalier. Il était plus de onze heures, plutôt tard pour une balade.

— Ohé ! appela une voix féminine.

— Maman ? Qu'est-ce que tu fabriques à cette heure-ci ?

Elle ralentit et mit sa jument au trot.

— Quand je t'ai vu sous ton arbre de méditation par la fenêtre de ma cuisine, je me suis dit que ça ne devait pas aller très fort. J'ai pensé que tu avais peut-être besoin de parler.

Ryan se demandait parfois si sa mère n'était pas télépathe.

— Comment tu as fait ? De nuit, tu n'as pas pu me voir depuis ta fenêtre.

— Les éclairages extérieurs sont tous allumés chez toi. Un homme portant un Stetson est une silhouette facilement repérable.

Elle mit pied à terre. Après avoir fouillé dans sa sacoche, elle le rejoignit avec une bouteille de vin et deux verres.

— Tu bois un coup avec moi ?

Il la considéra d'un air perplexe. À soixante ans, menue, petite et blonde, c'était encore une belle femme.

— Tu t'es disputée avec papa ?

Elle rit en s'asseyant à côté de lui. La lueur de la lune faisait briller ses yeux gris.

— Ton père a renoncé à m'affronter depuis des années.

Elle lui tendit la bouteille et un tire-bouchon.

— Il ne gagne jamais.

— Seulement parce qu'il retient ses coups, et pas toi, glousse Ryan tout en commençant à ouvrir la bouteille.

— Il a aussi du mal à articuler quand il est en colère, faiblesse que j'ai appris à utiliser à mon avantage. Pour répondre à ta question, non, tout va bien à la maison.

Ryan déboucha la bouteille et lui tendit un verre.

— Cette bouteille sera vide avant que je parte, annonça-t-elle.

— Tu as un problème ?

— Moi, non, toi, oui. Tu avais l'air un peu ailleurs ces derniers jours.

— Ailleurs ?

— Les yeux perdus dans le vague et ne répondant à l'appel de ton prénom qu'au bout de trois fois. Dis à ta mère ce qui te tracasse.

Ryan était plus que tracassé. Depuis qu'il avait rencontré Bethany, il ne pensait qu'à elle.

— Rien ne me tracasse. Qu'est-ce qui te fait penser ça ?

Il but une gorgée de vin et faillit la recracher.

— Bon Dieu ! C'est quoi cette merde ?

Ann goûta et grimaça.

— C'est le vin de prune que fait Hazel.

Elle tendit une main vers lui, paume en l'air.

— Ça fait vingt dollars pour la cagnotte du collège.

— Maman, n'exagère pas ! Jaimie est au lit en train de dormir.

— Paye. Dix dollars par gros mot. C'est la règle. Si tu ne la suis pas en son absence, tu feras une gaffe en sa présence. Je ne veux pas que mon petit-fils soit exclu de l'école maternelle parce qu'il dit des mots grossiers. Seuls « fichu » et « nom d'une pipe en bois » sont admis.

Ryan lui confia son verre pendant qu'il fouillait ses poches. Il en sortit un billet de cent dollars.

— C'est beaucoup trop, constata-t-elle.

— Je n'ai pas encore terminé. Ça me fait un crédit de huit gros mots.

— Ça va aussi mal que ça ? dit Ann en riant et en fourrant le billet dans la poche de son blouson. Allez, je sais que quelque chose te tracasse.

Ryan prit une autre gorgée de vin, l'avala avec un haut-le-corps.

— On dirait du sirop pour la toux.

— Il paraît que le vin d'Hazel guérit de tout.

Ryan contempla le sombre liquide avec méfiance.

Ann prit une grande gorgée.

— Courage. Hazel est un amour. Dimanche, au dîner de l'Association des ranchers, je veux pouvoir lui dire que j'ai apprécié son vin.

Ryan grogna au rappel de cette soirée. Il était censé y assister. Pas seul en principe, mais une certaine jeune femme brune l'avait distrait et il avait complètement oublié d'inviter une copine.

Il prit une autre gorgée.

— Il est meilleur, passé le premier choc.

Ils s'absorbèrent dans la contemplation du lac. Tout en sirotant le vin, ils parlèrent du temps, s'accordèrent sur l'arrivée imminente de la neige, puis discutèrent de la famille de Rafe.

Ryan en était à son deuxième verre et commençait à se sentir plus détendu quand il déclara brusquement :

— Je l'ai rencontrée cette semaine.

— Ah ! dit Ann d'un air entendu. Elle, qui ?

— *Elle*. La fille de mes rêves, celle que j'attendais. Je suis sorti avec elle ce soir.

— Ryan, c'est merveilleux ! Je t'avais dit que ça arriverait, tôt ou tard.

Son front se plissa.

— Si elle est la fille de tes rêves et que tu es sorti avec elle ce soir, pourquoi cette tête d'enterrement ?

— Je l'ai embrassée, et ça a été une catastrophe. Elle s'est mise en colère et m'a demandé de partir.

— Qu'est-ce qui l'a mise en colère ?

Ryan passa une main sur son visage.

— Là est la question. J'allais seulement lui souhaiter bonne nuit en l'embrassant sur la joue, quand les choses ont dérapé.

Il sentit un certain embarras s'emparer de lui. Sa mère et lui étaient proches, mais il y avait tout de même des sujets qu'il avait du mal à aborder avec elle. Sa vie amoureuse venait en tête de la liste.

Les yeux d'Ann s'agrandirent.

— Hé bien ! Ça a dû être un sacré baiser.

— Oui. Je n'ai pas pu résister, et elle non plus.

Il secoua la tête.

— Après toutes les femmes que j'ai rencontrées, je te le demande, quelles étaient mes chances de tomber sur une fille aux immenses yeux bleus qui me rende fou et embrasse la bouche fermée ?

— Une sur mille, peut-être ?

Ann le considéra d'un air pensif.

— Elle embrasse la bouche fermée ? Quel âge a-t-elle ?

— Elle a 26 ans.

— Elle est très croyante ou quoi ?

— Non, maman, elle n'a rien d'une fanatique. C'est juste que… ça ne lui est pas arrivé depuis longtemps, et on peut aussi dire qu'elle est un peu novice.

— À 26 ans ?

— Oui. J'aurais dû gérer la situation avec plus de délicatesse.

Il vida son verre, et resservit.

— J'ai senti qu'elle se méfiait.

— De toi ?

— Oui. Je crois qu'elle a eu une mauvaise expérience. C'est mon impression, en tout cas.

— Hum.

Ann secoua la tête, l'air perplexe.

— Je pense qu'elle est attirée par moi, mais qu'elle a peur de souffrir à nouveau, reprit Ryan.

— Ah ! et comment es-tu parvenu à cette conclusion ?

— Parce qu'elle a répondu à mon baiser jusqu'à ce que je m'écarte et là, boum, elle m'a regardé comme si je l'avais frappée.

Il poussa un soupir.

— J'ai parfois l'impression que les hommes et les femmes vivent sur deux planètes différentes. Je suppose que tu n'as pas une recette pour percer l'âme féminine ?

Ann sourit.

— Nous ne sommes pas toutes faites sur le même moule, chéri. Est-ce que ton énigmatique jeune femme est jolie ?

— *Superbe*, souffla-t-il. Elle a les plus beaux yeux bleus que j'aie jamais vus. Je te jure, ils sont d'un bleu si intense qu'ils me font penser à des violettes.

— Je ne t'ai jamais connu aussi poétique ! Tu es sacrément amoureux, hein ?

— Je… oui, sacrément. Et je ne peux pas expliquer pourquoi.

Ann sourit avec bienveillance.

— Personne ne peut expliquer le mystère de l'amour.

Elle se plongea dans ses réflexions, puis ajouta :

— Si elle a eu un chagrin d'amour, comment se fait-il qu'elle ne sache pas embrasser ?

— Je n'ai pas dit qu'elle ne savait pas, mais qu'elle manquait de pratique. Elle devait être très jeune quand c'est arrivé. Dix-sept ou dix-huit ans. Le genre de relation qui ne va pas plus loin que les balades main dans la main et les baisers maladroits.

— Et elle n'a connu personne d'autre depuis ? s'étonna Ann.

— C'est une infirme.

— Une quoi ?

— Elle est paraplégique. Elle s'est blessée dans un accident de cheval il y a huit ans.

Silence.

— Je ne crois pas que les hommes se soient bousculés au portillon pour sortir avec elle depuis, reprit Ryan avec amertume. Un fauteuil roulant a de quoi calmer les ardeurs. Le type qui lui a fait du mal était sans doute un jeune con qu'elle avait connu au lycée.

— Oh, Ryan !

Le visage d'Ann avait un peu pâli. Elle réfléchit, son regard errant sur la surface du lac.

— J'ai travaillé dans un centre de rééducation pour handicapés. D'après mon expérience, elle a dû subir tellement de rejets et de frustrations qu'elle a érigé des barrières de protection autour d'elle.

— Sans doute, lui concéda Ryan. D'après ce qu'elle m'a dit, la plupart des hommes décampent quand ils s'aperçoivent qu'elle est dans un fauteuil roulant.

Il haussa les épaules.

— Pour être franc, moi aussi j'ai eu envie de m'enfuir quand je me suis rendu compte qu'elle était paraplégique. Mais je lui avais déjà proposé de sortir et je n'ai pas voulu la blesser. Je me disais que ce serait l'affaire d'une soirée, que je trouverais ensuite une manière élégante de disparaître dans la nature.

Ann ne dit rien, ce qui l'incita à poursuivre.

— Je suis arrivé en retard au rendez-vous. Je suis sûr qu'elle avait pleuré en croyant que je ne viendrais pas. Quand je lui ai dit que j'avais été retardé parce qu'une de mes juments avait mis bas, elle a parfaitement compris.

— Surprenant, sourit Ann.

— Plutôt, oui. L'autre surprise, encore plus agréable, c'est que j'ai passé une soirée fantastique. Je l'ai emmenée à la course de tracteurs, on a mangé des hot-dogs. Il y avait longtemps que je ne m'étais pas autant amusé.

— Une course de tracteurs et un hot dog ? Cette jeune femme doit vraiment sortir de l'ordinaire.

— Oui, elle a quelque chose... de spécial que je ne peux pas décrire avec précision, mais que je ressens profondément. Je voudrais la connaître plus, voir si nous pouvons construire une relation durable, mais maintenant je doute qu'elle m'en laisse l'occasion.

Ann se tut pendant un long moment, scrutant son visage de cette façon qui l'agaçait tellement quand il était adolescent.

— Je vois, dit-elle finalement, retenant à grand-peine un sourire. Tu es inquiet au sujet du sexe.

Ryan détourna le regard.

— Nom d'une pipe, maman ! Tu n'y vas pas par quatre chemins.

Ann éclata de rire.

— Depuis quand tourne-t-on autour du pot dans cette famille ? Il n'y a pas de sujets tabous.

— Je peux parler librement de presque tout avec toi, mais ça... eh bien, pour moi c'est tabou.

Elle rit à nouveau.

— Donc j'ai raison. Tu t'inquiètes pour le sexe.

Elle le poussa du coude.

— Allez, lâche du lest. Je suis ta mère, d'accord, mais je suis aussi une ancienne infirmière. Autant dire que j'en ai entendu des histoires, et que je pourrais t'apporter mes lumières en matière d'âme humaine.

— Je n'en doute pas. C'est juste que... Bon, c'est vrai, je suis inquiet au sujet du sexe. Ne me regarde pas comme ça. Je suis un salaud, et je le sais.

— Je ne pensais pas du tout ça.

— Eh bien, moi je le pense. Elle est si adorable, maman.

— Le sexe est une priorité pour la plupart des hommes, et je crois que tu es normal de ce point de vue. Il n'y a pas de mal à ça.

Ryan se détendit légèrement.

— Je dois admettre que je ne pourrais absolument pas vivre sans. Il y a de quoi me faire réfléchir à deux fois avant de m'engager dans une relation.

— D'où tiens-tu que les paraplégiques ne peuvent pas faire l'amour ?

— C'est évident, non ? Elle est paralysée, maman. Aucune sensation à partir de la taille. Certains hommes s'en moqueraient peut-être, mais moi j'aime que mes partenaires apprécient ces moments autant que moi.

— Tu te fais une fausse idée, commune, mais fausse. Chez un paraplégique, la qualité des sensations dépend de la localisation des atteintes et de leur gravité. Certains, en particulier les femmes, ont une vie sexuelle parfaitement normale.

— Vraiment ? Tu es sûre ?

Ann haussa un sourcil.

— Cette jeune femme vaut-elle vraiment la peine que nous poursuivions cette conversation ?

— Oui.

— Alors, oui, j'en suis certaine. Beaucoup de femmes paraplégiques s'épanouissent sexuellement, pas toujours de la même façon que les femmes normales, mais tout étant relatif, qui peut dire qu'elles ont moins de plaisir ? Par exemple, certaines font l'expérience de ce que l'on appelle un « orgasme fantôme ».

— Un orgasme fantôme ?

— Comme les amputés qui sentent leur jambe manquante. Les paraplégiques peuvent sentir le point d'orgasme par l'intermédiaire d'une autre partie de leur corps.

— C'est un concept incroyable.

— C'est un fait, rectifia-t-elle. Le corps est un merveilleux mécanisme qui compense dès qu'il le peut. Quelle différence, d'ailleurs ? Est-ce qu'on se demande d'où partent les feux d'artifice, du moment qu'ils explosent ?

Ryan rit et se frotta le lobe de l'oreille.

— Tu es certaine, maman ?

Absolument. Et puis, quand deux êtres s'aiment réellement, ils n'ont pas peur d'être inventifs.

Hum.

— Revenons à ta jeune demoiselle. Tu disais qu'elle appréciait vraiment de t'embrasser ?

Ryan acquiesça de la tête.

— As-tu eu l'impression qu'il y avait des feux d'artifice quelque part ?

Il sourit.

— Ça, on peut le dire.

— C'est très bon signe. Quant au fait qu'elle t'ait demandé de partir, je crois savoir pourquoi.

— Pourquoi ? la pressa-t-il.

— Si elle a été souvent rejetée, comme nous le supposions, imagine ce qu'elle éprouve maintenant en se remémorant sa réaction passionnée. Surtout si elle croit que ce baiser n'avait aucune importance pour toi. Elle a dû se sentir mortifiée quand tu t'es écarté.

Elle poussa un lourd soupir.

— J'aurais ressenti la même chose. C'est sûr. Mais si j'ai raison, elle espère probablement ne plus jamais te revoir.

— Oh, non !

— Ce n'est pas la fin du monde, mon chéri. Les choses peuvent s'arranger.

— Comment ?

— Tu es le fils de ton père. Crois-moi, tu trouveras un moyen. Sauf si tu n'es pas certain de tes sentiments, évidemment.

Elle lui tapota le dos.

— Mais si elle est réellement la femme que tu attendais, tu serais le plus grand des idiots si tu la laissais filer. Un fauteuil roulant ne doit pas t'arrêter. Rien ne doit t'arrêter. On dit que l'amour déplace des montagnes. C'est vrai. L'amour peut accomplir des miracles, mon chéri.

Ryan inspira profondément.

— Est-ce que tu penses que je suis fou, maman ? Je la connais à peine.

Ann jeta le reste de son vin et prit appui sur son épaule pour se relever. Elle regarda en direction des montagnes, là où le domaine Kendrick s'étendait à perte de vue.

— Je pense que tu es un Kendrick, dit-elle doucement. Si la tendance à tomber amoureux, très vite et très fort est de la folie, c'est un trait de famille. Alors pourquoi lutter contre ?

— Comment savoir si c'est vraiment l'amour ?

— On le sait, c'est tout. Tu le sentiras, là, conclut-elle en pointant un doigt sur son cœur.

Puis ses yeux pétillèrent de malice.

— Bien sûr, parfois ce ne sont que des aigreurs d'estomac. Alors, sois prudent.

— Tu m'as beaucoup aidé, maman.

— À toi de jouer, maintenant. Tu es le seul à savoir ce que tu ressens. Et seuls tes sentiments doivent te guider.

Elle se dirigea vers son cheval.

— Hé, maman ?

Elle s'arrêta et se retourna.

— Hum ?

— Est-ce que je t'ai déjà dit que je t'aime ?

Elle sourit, lui fit un salut de la main et rejoignit sa monture. Un sourire triste aux lèvres, Ryan la regarda s'éloigner dans la nuit.

6

Ryan avait une longue journée de travail devant lui. Mais il était encore devant son bol du petit déjeuner vide, les yeux rivés sur le téléphone. Voilà vingt minutes qu'il était planté à ce comptoir, constata-t-il en regardant sa montre. Il décrocha le combiné, commença à composer le numéro de Bethany, s'interrompit, raccrocha.

Quelle perte de temps ! Soit il voulait l'appeler, soit il ne voulait pas. C'était simple. Alors, pourquoi se conduisait-il comme un adolescent transi d'amour ?

En quittant la cuisine, il faillit trébucher sur le labrador couché à ses pieds. Ryan l'avait surnommé Vagabond le jour où il était apparu à sa porte, maigre et affamé. Deux ans déjà. Le nom était resté, le chien aussi.

Vagabond gémit et se tourna sur le dos pour réclamer une caresse. Ryan se pencha pour lui gratter le ventre.

— Il faut que je te mette au régime, dit-il affectueusement. Tu commences à engraisser, mon vieux.

Vagabond se frotta le dos par terre, semant un nombre impressionnant de poils sur le carrelage. À croire que son pelage se multipliait au fur et à mesure qu'il tombait. Bah ! Sans chien, la vie ne valait pas vraiment la peine d'être vécue, pensa Ryan en tapotant la tête de l'animal. Il jeta un dernier regard au téléphone. Puis il se détourna, déterminé à commencer sa journée.

Il traversa le salon, mit son Stetson, et regarda par la baie vitrée la grande terrasse où il adorait flemmarder les soirs d'été.

La petite marche qui y descendait représentait un danger pour une personne en fauteuil roulant. S'il était amené à recevoir Bethany régulièrement, il lui faudrait installer des rampes d'accès et déplacer le mobilier pour aménager de larges espaces de circulation. Il y avait aussi le problème des toilettes. Elles étaient assez spacieuses, et leur porte assez large, mais il faudrait au minimum y installer des barres d'appui.

Il soupira et se frotta les yeux que la tension rendait douloureux. S'il décrochait ce téléphone, il ne pourrait plus revenir en arrière. Il ne pouvait pas lui faire ça. Il devait être absolument sûr de ses sentiments.

Après avoir attrapé son téléphone portable et son blouson, il siffla Vagabond et sortit. Il y avait une selle à réparer, un cheval à ferrer, et diverses autres tâches qui l'attendaient. Il n'avait pas le temps de rester là à contempler le téléphone.

Dans l'écurie, il commença par aller dire bonjour à Rosebud. La jument s'approcha et regarda par-delà son épaule comme si elle s'attendait à voir quelqu'un d'autre.

Il sourit.

— Elle te plaît vraiment, hein ? murmura-t-il en lui caressant le nez. À moi aussi.

Rosebud poussa son bras et renifla son blouson. Ryan chercha dans sa poche le morceau de sucre attendu.

— Tu es gâtée, tu sais ? Pourquoi tous mes animaux sont-ils aussi gâtés ? Il faut que j'arrête de vous chouchouter.

Rosebud hennit comme si elle exprimait son désaccord. Son poulain vint aussitôt la rejoindre. Ryan le regarda, attendri, se rappelant le ravissement de Bethany quand elle l'avait vu.

Son visage mutin aux grands yeux bleus pensifs éclipsait déjà ceux de toutes les femmes qu'il avait connues. Comment avait-elle opéré cette magie en si peu de jours ?

Bethany. Un soupir lui échappa. Essayer de comprendre ses propres sentiments était parfaitement inutile. Qu'ils soient sensés ou non n'avait pas d'importance. Ils existaient tout simplement et gagnaient en puissance à chaque seconde.

Bethany plongea son pinceau dans du vert foncé pour ajouter des ombres et des détails aux arbres de son paysage de montagne. Peindre était sa manière à elle de revivre les moments passés avec ses frères en randonnée. Elle retrouvait les lieux, les odeurs, les sensations. Que ne donnerait-elle pas pour retrouver de tels instants, songea-t-elle avec tristesse.

Surtout ne pas céder à la mélancolie, s'exhorta-t-elle. Après tout, rester à la maison avait ses avantages, dont un bain chaud chaque soir n'était pas le moindre. Son nouvel élévateur était génial, il lui permettait de rentrer dans la baignoire sans difficulté.

Elle ajouta un soupçon d'ombre à une branche de sapin. Elle avait aussi de la chance de pouvoir passer sa matinée à peindre. Hormis son travail et les obligations familiales, peu d'événements venaient perturber ses moments de liberté. Elle faisait ce qu'elle voulait, quand elle le voulait, et c'était bien ainsi. Que ferait-elle d'un homme dans sa vie ? Pourquoi se compliquerait-elle l'existence ? Elle aimait vivre seule avec sa chatte Cléo. Si elle avait envie de lire tout le week-end, personne ne l'en empêchait. Si elle décidait de regarder la télévision, elle n'avait pas à se battre avec un macho pour obtenir la télécommande.

La sonnerie du téléphone interrompit ses pensées. Bethany emportait toujours son portable dans l'atelier. Elle se pencha pour l'attraper sur la table à dessin.

— Allô ?

— Bonjour. Vous êtes toujours en colère contre moi ?

Ryan.

Chaque fois qu'elle pensait à ce qui s'était passé la veille, elle avait envie de disparaître.

— Bonjour, parvint-elle à dire d'un ton enjoué. Et je n'étais pas en colère contre vous, mais contre moi. C'était une soirée très agréable.

Il garda le silence un moment.

— C'était une soirée vraiment merveilleuse, et j'aimerais vous revoir.

Bethany ferma les yeux.

— Ce serait sympa. Appelez-moi un de ces jours, et nous verrons si c'est possible.

— Je suis en train de vous appeler, rétorqua-t-il avec une pointe d'ironie. J'aimerais vous voir ce soir.

Ce soir ? Pourquoi ? Pour qu'elle se ridiculise en se jetant encore à son cou ?

— Je suis désolée, Ryan, commença-t-elle d'une voix tendue.

Mentir n'avait jamais été son fort.

— Souvenez-vous, je vous ai dit la semaine dernière que je n'étais pas libre ce soir.

— Oh ! c'est vrai ! Et demain ?

— Le dimanche est réservé à la famille.

— Le soir aussi ? Je dois me rendre à une soirée. J'aimerais beaucoup que vous m'y accompagniez.

— Je suis prise le soir aussi, hélas.

Cette fois elle ne mentait pas. Le dîner annuel de l'Association des ranchers avait lieu le lendemain soir, et ses parents en étaient encore membres. Elle se demanda brièvement si c'était la soirée dont Ryan parlait, puis balaya cette idée dérangeante.

— Bon. La semaine prochaine alors, quel soir vous conviendrait ? Je m'arrangerai pour être libre.

Bethany fixa la fenêtre d'un regard absent.

— Je suis navrée, lundi j'ai des courses à faire, le mardi et le jeudi sont mes jours de piscine. Enfin, j'ai diverses occupations toute la semaine.

— Et si vous veniez nager ici mardi ? J'ai une piscine chauffée. Après je préparerai à dîner.

— Je nage avec ma mère. Elle m'aide à me rhabiller ensuite. Quand je ne suis pas chez moi avec tous mes équipements, j'ai besoin d'assistance.

— Ah !

Nouveau silence.

— Quelle sorte d'équipements ? demanda-t-il finalement.

En quoi cela l'intéressait-il ?

— Principalement des gadgets qui transportent.

— Des gadgets qui transportent ?

— Des systèmes pour me soulever de mon fauteuil et me déposer autre part. Je ne peux pas me mouvoir seule. Hors de mon environnement, j'ai beaucoup de difficultés.

Voilà, pensa-t-elle. Si avec ça il n'avait pas envie de partir en courant…

— Je suis un super gadget qui transporte, l'informa-t-il avec humour. Je suis aussi multifonction et je ne reviens pas cher. Je ne demande qu'un sourire.

La gorge de Bethany se noua. Elle sentit son cœur battre à ses tempes.

— Pourquoi faites-vous cela, Ryan ? demanda-t-elle d'une voix tremblante.

— Il me semble que c'est évident.

Elle entendit un cheval hennir, puis un bruit d'eau qui coule. Elle l'imagina dans l'écurie, son portable à l'oreille, en train de s'occuper des bêtes.

— J'éprouve une incroyable fascination pour une certaine jeune femme aux immenses yeux bleus. Que faites-vous vendredi prochain ?

— Vendredi prochain ?

Elle froissa quelques papiers sur la table, espérant lui donner l'impression de consulter son agenda.

— Je suis occupée, j'en ai peur.

— Et samedi ?

— Pareil. Mon agenda est plein pendant plusieurs semaines.

— Je vois. C'est ce qu'on appelle une fin de non-recevoir, même si c'est dit gentiment.

Bethany porta les doigts à ses lèvres, se rappelant comment un seul de ses baisers avait suffi à lui faire perdre la tête. Jake avait raison. Pas question qu'elle devienne la énième conquête de Ryan. Si elle acceptait de le revoir, elle tomberait fatalement amoureuse de lui. Qu'adviendrait-il d'elle par la suite, quand il déciderait que leur petite aventure avait assez duré ?

— Je ne vous repousse pas, lui assura-t-elle avec un aplomb qui l'étonna elle-même. J'apprécie vraiment votre attention. J'ai passé une magnifique soirée hier, et j'adorerais recommencer, mais mon emploi du temps actuel ne me le permet malheureusement pas.

— Je rappellerai. Je tomberai peut-être sur un soir où vous serez libre.

— Entendu. Au revoir, Ryan.

— Je déteste ce mot, surtout venant d'une belle femme que je suis déterminé à mieux connaître. À très bientôt, plutôt ?

— À très bientôt, alors.

Bethany coupa la communication et laissa tomber le téléphone sur ses genoux. Elle resta un long moment immobile, abattue. Quelque chose chez Ryan Kendrick avait le pouvoir de bouleverser la vision qu'elle avait de sa propre vie. Tout lui semblait brusquement absurde et vide.

Ryan coupa l'arrivée d'eau et sortit du box de Rosebud qu'il referma avec soin. En se retournant, il s'aperçut que son frère Rafe était là et l'observait avec un petit sourire amusé.

— Pas de chance on dirait, petit frère. Tu perds la main ?

— Je me suis pris une sacrée veste, admit Ryan en fourrant le téléphone dans sa poche. Cette femme-là ne se laissera pas facilement convaincre.

— Et ça te dérange ? D'habitude tu te contentes d'aller voir ailleurs si l'herbe est plus verte.

— Pas cette fois.

— Ça ne te ressemble pas.

Rafe s'avança de sa démarche nonchalante et vint s'appuyer au portillon du box. Jaimie, son fils, déboula à sa suite dans l'écurie. En jean et Stetson, il était son portrait craché, excepté ses yeux bruns qu'il tenait de sa mère. Cette ressemblance ne cessait de fasciner Ryan, étant donné que Rafe n'était pas le père biologique de Jaimie.

Ryan attrapa le bambin de 2 ans au passage.

— Qu'est-ce que je tiens là ? Un petit diablotin ?

— Jaimie ! gloussa l'enfant.

Ryan souleva le chapeau de Jaimie pour mieux voir son visage.

— Ça alors, *c'est* Jaimie ! Ta maman te nourrit avec quoi ? Tu grandis à vue d'œil.

Le gamin gloussa encore et se débattit pour repartir gambader. Ryan déposa un baiser sur sa joue et le libéra.

Rafe regarda son fils filer au fond de l'écurie.

— Où court-il comme ça ?

— Chercher Sly. Ce vieux bonhomme attire les gosses comme le miel les abeilles. Tu ne te souviens pas comment on lui collait aux basques ?

Vagabond aboya et suivit Jaimie.

— Bien sûr que je me souviens.

Rafe secoua la tête, les yeux toujours rivés sur le petit garçon.

— Il grandit vite, hein ? Bientôt il me demandera les clés du camion.

Ryan éclata de rire.

— C'est quand même pas pour demain, heureusement. Qu'est-ce qui t'amène ?

Rafe et sa femme Maggie habitaient la plus grande maison du domaine, sur la rive opposée du lac, à une distance d'environ cinq kilomètres par la route.

— Maman est à la maison. Elle s'occupe du bébé. Pour une fois que Maggie a un peu de temps libre, je me suis dit que j'allais emmener Jaimie voir le poulain.

— Maman est chez toi ?

La suite allait sans dire.

— Alors, tu as entendu parler de Bethany.

Rafe faisait mine de s'intéresser intensément au poulain de Rosebud.

— Un peu, oui.

— Un peu ? Depuis quand maman est-elle si discrète ?

— D'accord, j'en ai beaucoup entendu parler, admit Rafe avec un haussement d'épaules. J'ai pensé que tu voudrais peut-être en discuter.

Ryan rejoignit son frère à la porte du box.

— Il n'y a pas grand-chose à en dire. Elle s'appelle Bethany Coulter.

— Une parente de Harv Coulter ?

— Sa fille. Je l'ai rencontrée la semaine dernière. Je l'ai invitée à sortir, et elle a accepté. Je l'ai emmenée à la course de tracteurs et on a passé une très bonne soirée.

— Tu as oublié de préciser que ses yeux te font penser à des violettes.

— Maman est vraiment une incurable bavarde.

Rafe regarda Ryan d'un air soudain plus sérieux.

— Elle dit que cette fille est paraplégique.

— Oui. Elle a eu un accident il y a huit ans.

— Quel est ton sentiment par rapport à ça ?

Ryan réfléchit un instant.

— Ce n'est pas un problème.

— Pas un problème ? Te rends-tu compte de ce que ça signifie ?

— Je suis un grand garçon, Rafe. Je sais ce que je fais.

— Je l'espère. Je n'aimerais pas que tu gâches ta vie.

— C'est-à-dire ?

— C'est-à-dire que tu as le cœur bien trop tendre. Nos fichus taureaux peuvent en témoigner. Dès que tu soignes un veau, tu t'y attaches, et quand le moment vient de le castrer, tu le caches pour que je ne mette pas la main dessus.

— Qu'est-ce que tu racontes ? Je n'ai jamais caché de veaux.

— Oh, que si ! Il y a deux ans, c'était Boomer. Tu l'avais enfermé dans un box. Je le sais. Je me demande pourquoi tu t'obstines à nier.

— Parce que tu dis des conneries. Bloomer s'était simplement baladé.

— Ah oui ? Tu en vois beaucoup des veaux qui se « baladent » dans l'écurie, justement le jour où ils doivent être castrés ? L'année dernière, c'était T-Bone.

Rafe tendit une main.

— Paie. « Connerie » n'est pas autorisé.

Ryan chercha un billet dans sa poche. À ce rythme-là, il serait bientôt ruiné.

— Il doit y avoir assez dans cette cagnotte pour envoyer le gamin à Harvard.

— Ne change pas de sujet. Tu as forcément caché T-Bone. Autrement, comment aurait-il atterri dans la sellerie ?

— Il a dû suivre quelqu'un, et cette personne aura refermé la porte.

— Quelqu'un ? Toi, peut-être ?

— Possible. Il était toujours dans mes pattes, au cas où tu ne le saurais pas.

— Tout ce que je sais, c'est qu'il n'a jamais été castré.

— Ce sera un beau taureau. Tu ne peux pas le nier.

Rafe soupira.

— C'est vrai. Il grandit bien. Sans doute grâce à la nourriture spéciale que tu lui donnes.

— Quelle nourriture spéciale ? Tu dérailles.

Comme par un fait exprès, T-Bone passa par l'écurie juste à ce moment-là. Quand le jeune taureau repéra Ryan, ses yeux se mirent à briller d'impatience, et il s'avança lourdement vers eux, soufflant et meuglant pour réclamer son grain.

— Tu tiens un ranch ou un refuge pour animaux ? ironisa Rafe. En voilà encore une qui n'aurait pas survécu sans toi, ajouta-t-il en caressant Rosebud.

— Elle est magnifique, non ?

Rafe eut un sourire attendri.

— Je ne voudrais pas que tu changes, Ryan. Avoir du cœur n'est pas un crime. Mais on n'épouse pas quelqu'un par pitié.

— Ce que j'éprouve pour Bethany n'a rien à voir avec ça. Elle est drôle, intelligente, belle et n'inspire vraiment pas la pitié. Et puis je n'ai pas parlé de mariage.

— Non, mais tu y penses. Je te connais.

— Je l'ai rencontrée la semaine dernière, Rafe.

— Et alors ? Les hommes de notre famille sont du genre rapide. Au bout de combien de temps ai-je demandé la main de Maggie ? Trois jours ?

— Et regarde comme vous êtes heureux. Je n'ai jamais vu un homme aussi dingue d'une femme.

— Oui, et ce dingue s'inquiète pour toi, petit frère.

— Pas la peine, crois-moi.

— Je te connais, Ryan. Tu ne peux pas croiser un nécessiteux sans lui donner quelque chose. Si tu te lies avec une femme en fauteuil roulant, tu ne seras plus jamais libre.

Ryan secoua la tête en riant.

— Bethany n'a rien d'une nécessiteuse. Tu t'imagines quoi, une invalide blafarde et mourante ? Tu verras. Son sourire est de taille à illuminer une pièce et son humour est du même acabit. Tu remarqueras à peine le fauteuil roulant.

— Toi tu le remarqueras quand tu seras coincé à la maison, à jouer les infirmiers, le prévint Rafe. Ce genre d'union peut convenir à certains hommes, mais je ne suis pas sûr que ce soit ton cas. L'activité physique est toute ta vie.

— Et ma vie est si géniale que Dieu interdit que je la modifie, c'est ça ? s'emporta soudain Ryan. Tu es tellement pris par Maggie et les gosses que tu ne sais même pas ce qu'est vraiment ma vie. C'est peut-être moi le nécessiteux.

— Toi ?

Rafe le considéra longuement.

— Qu'est-ce que ça signifie ?

Ryan désigna l'écurie.

— Tu te moques de moi et de mes animaux. Je suis peut-être tout simplement trop seul.

Jusqu'à cet instant Ryan n'avait jamais réfléchi à son sentiment de solitude. Maintenant, il semblait en mesurer pour la première fois toute l'ampleur

— Ces animaux sont peut-être tout ce que j'ai.

— Maman et papa vivent à quelques minutes d'ici, Maggie et moi aussi. Tu peux venir à la maison quand tu veux. Tu sors régulièrement. Comment diable peux-tu te sentir seul ?

— Parce que je le suis. Tu me taquines au sujet de T-Bone. Eh bien, figure-toi que ce stupide taureau, qui pleure pour une carotte à la fenêtre de ma cuisine, est souvent l'unique compagnon de mes soirées.

— Je me sens terriblement coupable.

— Je ne cherche pas à te culpabiliser. J'essaie seulement d'expliquer. Maggie et toi m'invitez à dîner, très souvent. Alors, ne crois surtout pas que je t'en veux. Seulement, après la chaleur de votre foyer, je retrouve une maison vide. Parfois le silence est – je ne sais pas – assourdissant est le seul mot. Et quand je me lève le matin, il est encore là. Je m'abrutis au travail pour retarder le moment où je devrais l'affronter de nouveau. Tu vois ce que je veux dire ?

Le visage de Rafe reflétait une grande tristesse.

— Pourquoi n'as-tu jamais rien dit ? Nous aimerions beaucoup te recevoir plus souvent.

— C'est une solitude que tu ne peux pas combler, Rafe. J'ai besoin de ma propre vie, de ma propre famille. Et pas avec la première femme venue. Je veux que ce soit avec celle qui m'aimera autant que je l'aimerai, qui aura besoin de moi autant que j'aurai besoin d'elle. Tu comprends ?

— Bien sûr.

Rafe baissa la tête et soupira.

— Je suis passé par là. Je comprends parfaitement ce que tu dis. Avant de rencontrer Maggie et Jaimie, je me sentais perdu. Je me moquais pas mal de vivre ou pas. Plus rien n'avait de sens à part comment acheter ma prochaine bouteille.

— Je n'en suis pas à ce point-là, admit Ryan. Je n'ai pas subi des épreuves comme les tiennes. Je suis seul, c'est tout. Comme à Noël, quand je vous vois tout préparer, chuchoter pour que Jaimie n'entende pas. Dans ces moments-là, je me sens…

— … perdu ?

— Oui. Au fond, je suis fait pour fonder une famille. J'en ai toujours rêvé, sans avoir jamais rencontré celle avec qui ce serait possible. J'ai 30 ans. Je commençais à me dire que ça ne m'arriverait jamais.

— Jusqu'à aujourd'hui ?

Ryan hésita avant de répondre.

— Oui, jusqu'à aujourd'hui, répondit-il enfin, d'une voix pleine d'émotion.

— Tu es sûr de toi, Ryan ? Tu la connais à peine.

— Si tu me demandes de te rassurer avec une explication rationnelle, j'en suis incapable, admit Ryan. C'est insensé. Je le sais.

Il attendit que son frère acquiesce, mais Rafe ne fit que froncer les sourcils d'un air pensif.

— Il a suffi d'un regard. J'ai tout de suite su qu'elle était la femme de ma vie. Ça paraît dingue, mais c'est exactement ce que j'ai ressenti à la seconde où je l'ai vue.

Rafe ôta son chapeau et se passa la main dans les cheveux.

— On est peut-être deux dingues alors. J'ai vécu la même chose quand j'ai vu Susan pour la première fois. Tu t'en souviens ?

Ryan sourit.

— C'était au lycée et tu n'as plus regardé une seule fille ensuite.

Rafe hocha la tête.

— Quand elle est morte, j'étais certain que je n'éprouverais plus jamais ça pour une femme. Cette sorte d'amour n'arrive qu'une fois dans la vie, et peu de gens ont la chance de le rencontrer. Et puis, soudain, il y a eu Maggie. J'ai émergé des vapeurs de l'alcool et je l'ai regardée. Elle avait l'air d'un ange. Et ensuite j'ai éprouvé ce sentiment auquel je ne croyais plus. Je ne l'ai pas supporté. J'avais l'impression de trahir Susan. Mais j'avais beau le chasser, il revenait toujours. Dieu a dû estimer que j'avais assez souffert. Il m'a envoyé Maggie et Jaimie comme un miracle, parce que c'est exactement ce qu'ils ont été pour moi, une raison de vivre. Je crois que je suis tombé fou amoureux d'elle dès que je l'ai vue.

— T'es-tu demandé si tu étais dingue ?

Rafe sourit.

— J'*étais* dingue. Tu te rappelles ? La pauvre fille n'avait pas une seule chance de m'échapper.

— Finalement, tu as retrouvé ta raison, et tu n'as rien à regretter.

— Non, nous sommes heureux. Très heureux.

— Tu devrais peut-être te dire qu'il en sera de même pour moi.

— Peut-être, sourit Rafe.

— Une chose est sûre, je n'ai jamais éprouvé ça avant, et ce ne sont pas les occasions qui ont manqué.

— Si tu veux cette fille, Ryan, je soutiendrai ta décision jusqu'au bout.

— Tant mieux, parce que je la veux. Maintenant, la question est de savoir comment la convaincre que nous sommes faits l'un pour l'autre.

— Vu son handicap, j'aurais cru qu'elle ne se ferait pas prier pour sortir avec toi.

— Eh bien, non ! Elle est au fond timide, réservée.

— C'est-à-dire ?

— Tant que nous discutions de choses et d'autres, tout allait bien, mais dès qu'elle s'est rendu compte de mon attirance pour elle, elle est devenue de glace.

Rafe considéra le problème.

— Il me semble que tu as ta réponse, petit frère.

— Qui est ?

— Prétendre que tu veux seulement être son ami. Ça marchera, crois-moi. J'ai fait la même chose avec Maggie. L'amitié ne l'effraiera pas.

— Je veux bien plus qu'une amitié. Prétendre le contraire serait… malhonnête. Je ne sais pas si…

Rafe éclata de rire.

— Ce que tu peux être naïf ! Plus tu seras direct avec une femme, plus elle aura envie de fuir.

— Comment le sais-tu ?

— C'est comme ça. Maggie et moi par exemple. Nous nous promenons presque tous les soirs au bord du lac. Moi je pense au sexe. Pas elle. Hier soir, c'était le carrelage de la cuisine – quelles couleurs et quelles formes devait-on choisir quand on le changerait ? La mode est aux couleurs terre. Et si on mettait du jaune et du doré ? Du blanc et du vert ? Et ainsi de suite. Si tu savais comme je m'en moque de ces couleurs ! La cuisine sera parfaite comme elle sera, pourvu que Maggie s'y balade nue ensuite.

— Tu es si atteint que ça ?

— Maggie le pense aussi, alors je fais comme si je m'intéressais au choix des couleurs. Je lui caresse le bras et je lui pince l'oreille en lui disant que j'aimerais un carrelage de la couleur de ses yeux. Elle est contente, et quand on rentre à la maison, moi aussi je suis content. Traite-moi de fourbe et de menteur si tu veux, mais où me mènerait la franchise ? En plus, quel mal y a-t-il à être ami avec Bethany avant que vous ne deveniez amants ? Toute relation vraiment réussie commence par une solide amitié, alors ce n'est pas comme si tu racontais n'importe quoi. Tu veux être son ami. Vrai ou pas ?

— Vrai.

Rafe sourit.

— Alors où est le problème ?

Bethany venait juste de sortir de son bain quand on sonna à la porte. Pensant que c'était l'un de ses frères, elle noua son peignoir, enveloppa rapidement ses cheveux dans une serviette, et alla ouvrir. Surprise et consternée, elle découvrit Ryan Kendrick sur le pas de sa porte.

— Il vous faut vraiment un judas, dit-il, ses yeux bleus pétillant d'amusement. Ça vous éviterait d'ouvrir à n'importe qui.

Il s'appuya contre le chambranle, comme s'il voulait l'empêcher de lui refermer la porte au nez. Bethany le regardait, incapable de prononcer un mot.

— J'avais l'intention de glisser ça dans votre boîte aux lettres, reprit-il en lui montrant la grande enveloppe blanche qu'il tenait à la main. Mais votre van était dans l'allée et j'ai vu de la lumière, alors je me suis dit que vous étiez chez vous.

Bethany ne s'était jamais sentie aussi mal. Il venait de la prendre en flagrant délit de mensonge puisqu'elle avait prétendu ne pas être libre ce soir.

Elle tira sur son peignoir pour s'assurer que ses jambes étaient bien couvertes et remit en place le coin de la serviette qui s'était défait quand elle avait penché la tête.

— Je, euh... oui. Je suis chez moi.

— C'est ce que vous entendez par « être prise » ? Prendre un bain et vous laver les cheveux ?

Elle fit de son mieux pour reprendre contenance.

— C'était un bain très « prenant ».

Il rit, puis entra et referma la porte.

— Je ne voudrais pas que vous attrapiez froid, dit-il en guise d'explication tout en lui tendant l'enveloppe. Ce sont des photos du poulain de Rosebud juste après sa naissance et quelques-unes datant de ce matin. J'ai pensé que ça vous ferait plaisir.

Plaquant un sourire sur ses lèvres, Bethany accepta le cadeau, l'esprit occupé par une unique question : pourquoi était-il là ? À court de mots, elle ouvrit l'enveloppe. La première photo qu'elle découvrit était si attendrissante qu'elle en oublia son problème.

— Oh… comme il est mignon ! souffla-t-elle. Il a vraiment du mal à tenir debout !

Ryan vint près d'elle pour regarder.

— La tête qu'il fait ! Je me demande si c'était moi qu'il regardait avec cet air effrayé.

Les photos étaient toutes plus belles les unes que les autres. Après les avoir regardées, Bethany les posa sur ses genoux en soupirant.

— Merci, Ryan. Ce sont de très jolis souvenirs.

— De la soirée – ou de moi ?

La note de défi dans sa voix la prit par surprise. Elle croisa son regard et la détermination qu'elle y vit l'alarma.

— Je crois que nous devons parler, dit-il.

— De quoi ?

— De nous – et de ce qui s'est passé hier soir.

Sa manière d'aller droit au but la rendait nerveuse. Pas question qu'elle se laisse intimider. Ce qui s'était produit la veille ne devait plus jamais se renouveler. Elle voulait que Ryan parte, point final.

— C'est exactement de cela dont nous devons parler, dit-il comme s'il avait lu dans ses pensées. J'ai vraiment dépassé les bornes hier soir, et j'aimerais faire amende honorable, si c'est possible.

Il avait dépassé les bornes ? C'était plutôt elle qui avait perdu tout contrôle sous l'effet d'un simple baiser.

Il enleva son chapeau, passa une main dans ses cheveux, et la regarda. Ses yeux reflétaient la sincérité.

— J'ai passé une soirée tellement agréable ! Ça collait entre nous. Vous comprenez ? C'est si rare de rencontrer quelqu'un avec qui on s'entende si bien. Je ne veux pas gâcher cet aspect-là pour l'autre.

— L'autre ?

Il hocha la tête.

— Oui... l'aspect physique.

Quand leurs regards se croisèrent à nouveau, il sourit.

— Je ne mentirai pas en prétendant ne pas être attiré par vous. Mais si le sexe est chose courante, une amitié comme celle que nous pourrions avoir ne l'est pas. Si je dois choisir, comme vous ne voulez visiblement pas d'une relation physique, je prendrai l'amitié.

Le cœur de Bethany se serra.

— Vous voulez que nous soyons amis ?

— Vous avez quelque chose contre l'amitié ?

— Non, bien sûr que non. Seulement, je...

— Seulement quoi ?

— Je ne crois pas que cela pourrait marcher.

— Pourquoi pas ?

Comment lui dire que, en sa présence, elle désirait bien plus qu'une simple relation amicale ?

— Je suis très attirée par vous, se décida-t-elle à admettre.

Il sourit encore et se gratta le lobe de l'oreille.

— Ah bon ?

— Oui. Dans ces conditions, il est difficile de s'en tenir à l'amitié.

— Faux. Si nous nous mettons d'accord dès le début, et si aucun de nous ne déroge à la règle, nous pourrions facilement y parvenir.

Mais on ne décidait pas de ses sentiments. Si elle le voyait régulièrement, elle tomberait amoureuse de lui à coup sûr.

— Je, euh... je ne suis pas sûre de pouvoir m'en tenir à cette règle, admit-elle tristement. Et je ne veux pas prendre le risque de souffrir.

— Je ne vous ferai jamais souffrir. On ne fait pas souffrir sa meilleure amie.

— Oh ! Ryan, je sais que vous ne le voudriez pas ! Mais parfois les choses nous échappent. Malgré vos bonnes intentions, tout pourrait aller de travers. Moi en premier. Je me sens si vulnérable avec vous.

Il poussa un soupir et se passa une main dans les cheveux.

— Dans ce cas, nous verrons bien où cela nous mène.

— Cela ne peut nous mener nulle part. Le problème est bien là.

— Je ne comprends pas...

Bethany vit dans son regard qu'il n'avait effectivement aucune idée de ce qu'elle voulait dire. Des larmes lui montèrent aux yeux. D'un geste nerveux, elle se débarrassa de la serviette qui lui enserrait la tête et la posa sur ses genoux. Elle devait être affreuse à voir. Tant mieux. Qu'il la découvre sous son plus mauvais jour.

Elle rangea soigneusement les photos dans l'enveloppe qu'elle referma de ses doigts tremblants. Puis, elle se força à regarder Ryan dans les yeux.

— Certaines parties de mon corps sont insensibles. Totalement.

Les yeux de Ryan se portèrent brièvement sur ses jambes.

Avant de perdre courage, elle poursuivit :

— Je ne suis pas sûre de pouvoir avoir une relation sexuelle normale avec un homme. Il y a beaucoup de chances pour que ce soit impossible, en fait.

— Et c'est la raison pour laquelle vous tournez le dos à la vie ?

— Je ne tourne pas le dos à la vie. J'ai juste appris à accepter que certaines choses ne sont plus possibles pour moi. Je préfère passer mon tour plutôt que risquer des souffrances inutiles.

— Qui vous a fait du mal ? demanda-t-il de façon si inattendue qu'elle ne put maîtriser l'expression de son visage.

Elle baissa les yeux, et son sourire se figea.

— Vous vous... contrôlez tellement. En avez-vous conscience ?

Elle le regarda avec perplexité.

— Je me contrôle ?

— Vous êtes si raisonnable, si calme. Ce n'est pas naturel, et certainement pas sain. Quelqu'un vous a fait souffrir. Je le devine dans vos yeux chaque fois que vous me regardez. Et vous savez ce que je vois d'autre ?

Elle secoua la tête.

— Non, mais vous allez me le dire.

Il se pencha pour regarder dans ses yeux comme s'ils étaient une boule de cristal. Il plaisantait, mais elle avait le sentiment que son cœur était comme un livre ouvert devant lui.

— Je vois de la colère. Très loin, là où personne ne peut vous atteindre, il y a une telle rage que vous pourriez tout casser.

— Vraiment ? dit-elle avec un rire étranglé par les larmes. Vous voyez tout ça ? Toutes les femmes ou presque ont eu un chagrin d'amour dans leur vie, mais elles ne sont pas pour autant prêtes à tout casser des années plus tard, fit-elle remarquer.

— Je parie que ces femmes ont pleuré, hurlé, qu'elles se sont déchargées de leur douleur et de leur colère sur quelqu'un, une mère, une amie. Sinon, quatre-vingt-dix pour cent de la population féminine serait dingue.

— Êtes-vous en train de médire que je suis folle à lier ? demanda-t-elle d'un ton ironique.

— Non. Juste que vous êtes blessée, et que ça ne guérira pas tant que vous n'en parlerez pas à quelqu'un.

— Je m'y refuse.

— Vous ne devriez pas continuer de faire comme s'il ne s'était jamais produit. L'exprimer et l'évacuer de votre tête est un bien meilleur choix. Avez-vous jamais essayé ?

— Bien sûr, je…

Bethany s'interrompit. Non, elle ne se souvenait pas d'avoir exprimé son chagrin.

— Avez-vous hurlé et pleuré ?

— Non, murmura-t-elle.

— Avez-vous jeté des objets par terre en le traitant de tous les noms d'oiseaux ?

Elle rit, mais son rire sonnait faux.

— C'était juste après ma première opération. Ma famille était autour de moi. Je ne pouvais pas m'exprimer, comme vous le dites. Pas sans bouleverser tous ceux qui m'aimaient.

— C'est terrible.

Il se pencha et souffla :

— Vous voulez qu'on retrouve ce petit monstre ? Je le corrigerai pour vous.

Elle rit encore et secoua la tête.

— Ce ne sera pas nécessaire. C'était il y a huit ans. Je n'en suis vraiment plus là.

— Menteuse.

Toute trace d'humour déserta le visage de Ryan.

— Citez-moi une chose que vous avez faite pour surmonter l'épreuve.

Elle haussa les épaules.

— Je me suis débrouillée à ma manière. Paul était…

— Tiens, ce petit salaud a un nom.

— Oui. Paul. Et ce n'était pas vraiment un salaud, juste un gentil jeune homme qui aspirait à une vie normale. Et avec moi…

— Alors, le gentil jeune homme vous a abandonnée.

Le souvenir était douloureux. Même si elle n'éprouvait plus rien pour Paul, le sentiment d'avoir été trahie était toujours aussi lancinant.

— Oui.

— Très gentil en effet.

— Il n'avait que 18 ans. C'est très jeune pour gérer ce genre de choses. En y repensant, je ne le blâme pas d'être parti.

— Ne lui cherchez pas d'excuses. Vous n'êtes pas sa mère.

Elle eut un mouvement d'agacement.

— Nous nous sommes un peu égarés, je crois. J'essayais de vous expliquer pourquoi je…

— Inutile. Je vois bien que vous n'êtes pas prête pour autre chose qu'une amitié, et ça me convient tout à fait.

— Je ne suis pas sûre que ça me convienne.

— Juste une amitié, plaida-t-il. Je vous en prie, acceptez.

Elle baissa les yeux.

— Peut-être. Laissez-moi le temps d'y réfléchir.

Il sécha une larme sur sa joue.

— Pourquoi réfléchir ? Tout le monde a besoin d'un ami. Nous pourrions passer de si bons moments ensemble.

Elle n'osait pas relever les yeux, de peur qu'il voie toute l'envie qu'elle avait d'accepter.

À ce moment-là, la porte s'ouvrit à la volée. C'était Jake. Son regard alla de Ryan à Bethany. Quand il aperçut les traces de larmes sur les joues de sa sœur, son expression passa instantanément de la surprise à la fureur.

— Qu'est-ce qui se passe ? demanda-t-il.

Le cœur de Bethany s'emballa. Il valait mieux ne pas se frotter à son frère quand il sortait de ses gonds, ce qui était le cas lorsqu'il pensait que sa sœur était en danger, que la menace soit réelle ou imaginaire. Elle espérait que Ryan aurait le bon sens d'éviter la confrontation.

Mais non, évidemment.

— Salut, Jake, dit-il en se redressant lentement et en lui tendant la main.

Comme Jake ne réagissait pas, il garda sa main tendue et ajouta :

— Pour répondre à votre question, il ne se passe rien. Bethany et moi étions seulement en train de parler.

— Parler de quoi ? demanda Jake d'un ton hargneux.

— De l'éventualité de devenir amis.

Bethany lui aurait donné un coup de pied si elle avait pu. « Pas la vérité, avait-elle envie de crier. Ne lui dites surtout pas la vérité. »

— Nous avons beaucoup de points communs, poursuivit innocemment Ryan.

— Il y a intérêt à ce qu'il n'y en ait pas trop, rétorqua sèchement Jake.

Ryan baissa finalement le bras. Il remit son chapeau tout en regardant Bethany. Soit il se moquait de Jake, soit il ne se rendait vraiment pas compte à quel danger il s'exposait, parce qu'il lui adressa un clin d'œil.

— Ne tournez plus autour de ma sœur, grommela Jake. Personne ne peut la faire pleurer impunément.

Bethany se sécha précipitamment les joues.

— Je ne pleurais pas, Jake. J'avais une poussière dans l'œil. Ryan essayait de l'enlever.

Les deux hommes haussèrent les sourcils et se regardèrent avec incrédulité. Elle aurait pu effectivement trouver un mensonge plus convaincant. Mais bon. Elle n'avait vraiment pas envie de les voir s'entre-tuer.

Ignorant ce qu'elle venait de dire, Ryan s'adressa à Jake :

— En dépit des apparences, je suis pas responsable de ses pleurs. Nous parlions. C'est tout. Je vous rappelle aussi qu'elle est assez grande pour me dire elle-même si elle veut me voir ou pas.

— Faites attention à ce que vous dites, le prévint Jake.

— Je dis seulement la vérité et, si l'un de nous ne sait pas se maîtriser, ce n'est sûrement pas moi.

Bethany s'attendait à ce que Jake lui balance son poing dans la figure. À sa surprise, ils se contentèrent de se toiser longuement, avec froideur. Sans doute une manière toute masculine de communiquer.

Ryan la salua d'un geste, adressa à Jake un autre regard glacial, et se dirigea vers la porte.

— Bonne nuit, Bethany. Je vous appellerai.

— Bonne nuit, Ryan, répondit-elle d'une voix contrite. Désolée.

— Il n'y a pas de problème, lui assura-t-il.

Et il sortit.

7

— Mais qu'est-ce qui te prend ? s'écria Bethany, laissant enfin libre cours à sa colère. Tu n'as pas le droit de traiter mes amis comme ça.

Les mains sur les hanches, Jake la toisa d'un air moqueur.

— Parce que c'est ton ami ?

— Oui. Il m'est permis d'en avoir, non ?

— L'amitié n'est pas ce que ce type a en tête.

Son regard s'attarda sur son peignoir de bain.

— Pourquoi pleurais-tu ? Est-ce qu'il t'a manqué de respect ? Si c'est ça, je jure qu'il va passer un sale quart d'heure.

— Ryan Kendrick ne m'a pas manqué de respect, martela-t-elle, agacée. Sors-toi cette idée de la tête. Pourquoi voudrais-tu qu'il le fasse, d'abord ?

— Pourquoi ne voudrait-il pas le faire ? Et sinon, pourquoi pleurais-tu ?

— Ce n'est pas à cause de lui.

Elle fit pivoter son fauteuil et s'éloigna. Jake la suivit, ses bottes résonnant bruyamment sur le carrelage. Elle s'arrêta pour poser l'enveloppe contenant les photos sur une étagère.

— Qu'est-ce que c'est ?

— Rien d'important.

En passant devant la salle de bains, elle lança la serviette humide en direction du panier à linge

— Juste des photos qu'il m'a apportées.

— Des photos de quoi ? demanda-t-il d'un air suspicieux en attrapant l'enveloppe.

Une expression déroutée se peignit sur son visage quand il les découvrit.

— À qui est ce poulain ?

— À Ryan.

Tout en poursuivant son chemin, elle lui parla de la soirée précédente.

— Tu es sortie avec lui sans me le dire ? Combien de fois t'ai-je répété de ne jamais faire ça ? Je t'ai aussi conseillé d'éviter cet homme.

— Oui, eh bien, j'ai l'habitude de prendre mes propres décisions. Si tu me faisais l'immense faveur de te marier, Jake ? Tu aurais quelqu'un d'autre que moi à harceler. Si ça continue, je vais retourner à Portland pour avoir la paix.

Jake la suivit dans la cuisine, ses cheveux blonds tout ébouriffés et l'air mécontent.

— Tu ne peux pas retourner à Portland. J'ai besoin de toi au magasin.

— Foutaises. Le secteur informatique ne manque pas de gens compétents.

— C'est pas sympa d'utiliser cette menace. Imagine la réaction des parents si tu repartais.

— Ce n'est pas une menace, Jake, c'est une promesse. Tu dois me laisser respirer. Je ne suis pas une enfant. Je n'ai pas besoin que tu t'occupes de moi.

— Ce Kendrick te fait perdre la tête.

Pendant qu'elle préparait un café, il réfléchit aux arguments qu'il pourrait avancer pour la pousser à se débarrasser de Ryan.

— Tu es certain de ça ? demanda-t-elle soudain.

— De quoi ?

— Qu'il change de femme comme de chemise ? Au fait, à quelle fréquence les hommes changent-ils de chemise ?

Jake la fusilla du regard.

— Ce que je dis est sérieux.

Elle mit la cafetière en route et rangea le café.
— Sur le plan personnel, que sais-tu de Ryan ?
— J'ai eu affaire à lui des tas de fois au magasin. D'après ce que j'ai entendu dire, je préfère ne pas aller plus loin sur le plan personnel.
— Des ragots, autrement dit.
Elle soupira avec exaspération.
— Jake, neuf fois sur dix un ragot n'est pas vrai. Excuse-moi de te le rappeler, mais tu as eu toi-même d'innombrables petites amies. Cela fait-il de toi un séducteur sans cœur ?
— Ne me compare pas à Ryan Kendrick. Nous n'avons rien en commun.
Bethany n'en était pas convaincue, mais ce n'était pas le moment d'en discuter.
— Exact. La famille de Ryan est riche, pas la tienne. Il ne peut rien faire sans que tout le monde le remarque et en fasse un roman, alors que personne ne fait attention à toi.
— Tu veux dire quoi exactement ?
— Qu'il n'est peut-être pas un mauvais garçon, mais une victime des mauvaises langues.
— D'accord, dit Jake plus calmement. Je ne le connais pas très bien, et ce qu'on dit de lui n'est peut-être qu'un paquet de mensonges. De la même façon, tu dois admettre que tu ne le connais pas très bien, et que ces histoires pourraient tout aussi bien être vraies.
— Je déteste quand tu essaies de me persuader. Je préfère encore me disputer avec toi.
Il émit un son bizarre, signe irréfutable qu'il était sur le point de s'énerver.
— Très bien, très bien, s'empressa-t-elle d'ajouter. Je ne le connais pas bien. Mais c'est difficile, tu comprends ? Il a l'air tellement gentil.
— Il est séduisant, je l'admets, mais ça ne veut rien dire. Il y a des hommes qui n'ont aucun respect pour les femmes, Bethany. Je ne veux pas que tu sois sa nouvelle conquête du mois.

Elle ferma le placard avec un peu plus de force qu'elle ne l'aurait voulu.

— Il n'est pas comme ça.

— Ah oui ? Et comment le sais-tu ?

— Par expérience personnelle, répondit-elle avant de pouvoir se retenir.

Lourd silence.

— Que veux-tu dire ? demanda finalement Jake.

Bethany rougit.

— Rien de spécial. Quand il m'a raccompagnée, il m'a seulement embrassée pour me souhaiter bonne nuit. Ce n'est pas exactement ce que j'appelle un manque de respect.

— Alors, pourquoi pleurais-tu ?

— Aucun rapport avec lui. Et le reste était entièrement ma faute.

— Le reste ?

Elle passa une main sur ses yeux. Pourquoi ne savait-elle pas tenir sa langue ?

— Il n'y a rien eu, Jake. Juste un baiser à la fin d'une soirée. Seulement… ça a un peu dérapé. Il est très attirant, il me plaît, et je n'étais pas sortie avec un garçon depuis des lustres.

Exaspérée, elle le foudroya du regard.

— Est-il nécessaire que j'en rajoute ?

— Tu es en train de me dire que tu lui as offert davantage qu'un baiser et qu'il a refusé ?

— Ce n'est pas exactement ça.

Elle chercha en vain une manière de lui expliquer.

— En quelque sorte, admit-elle de guerre lasse.

Elle ferma les yeux et poussa un soupir.

— De la façon la plus douce possible, oui, il a refusé. Es-tu satisfait, maintenant que tu as obtenu tous les détails sordides ?

Un silence s'abattit sur la cuisine, un terrible silence, seulement brisé par les crachotements de la cafetière et le tic-tac de la pendule.

— Il a refusé, éructa finalement Jake. Pour qui se prend-il ?

Surprise, Bethany éclata de rire. Comme elle l'aimait !

— Il t'a rejetée. Je le tuerai. Je jure devant Dieu que c'est un homme mort.

Elle rit encore, cette fois un peu nerveusement.

— Je ne te comprends pas. D'abord tu veux lui casser la figure parce que tu t'imagines qu'il a essayé de me séduire. Ensuite, tu menaces de le tuer parce qu'il ne l'a pas fait ?

— Oh ! petite sœur !

La note de compassion dans sa voix lui serra le cœur. Des larmes jaillirent de ses yeux.

Il la rejoignit en deux enjambées, s'accroupit près d'elle et la serra contre lui. Que c'était bon d'être dans ses bras, comme lorsqu'elle était petite ! Il avait toujours été là pour remettre le monde à l'endroit. Malheureusement, elle n'était plus une enfant et ses blessures étaient trop profondes pour guérir aussi facilement.

— Ô mon Dieu ! murmura-t-elle contre sa poitrine. Je ne voulais pas te dire tout ça. Que vas-tu penser de moi à présent ?

— Que tu es humaine, répliqua-t-il avec tendresse. Et assez idiote pour donner de la confiture aux cochons.

— Mon comportement n'avait rien d'altruiste, crois-moi.

— N'importe. C'est un cochon. Comment a-t-il osé te rejeter ? Il est aveugle ou quoi ?

— Jake, je t'adore.

— Je t'adore aussi, petite sœur. Tu ne sauras jamais à quel point.

Bethany enfouit son visage au creux de son cou et laissa libre cours à ses larmes. La tourmente de ces dernières vingt-quatre heures semblait avoir balayé toutes ses défenses.

— Il ne m'a pas rejetée, tu sais, reprit-elle quand elle se sentit plus calme. Pas vraiment. Je l'ai cru sur le moment, mais je commence à comprendre que je me suis trompée. Ce qui s'est passé l'a surpris autant que moi. Il aurait pu profiter de la situation, mais il s'est retenu.

— Il te plaît beaucoup, n'est-ce pas ? souffla-t-il.

— J'en ai bien peur. Je sais que c'est stupide et sans issue, mais c'est plus fort que moi.

— Que comptes-tu faire ?

— L'éviter. Il a suggéré que nous soyons amis, mais je sais que ça ne marcherait pas. Je suis bien trop attirée par lui. Je finirais par tomber amoureuse.

Jake prit son visage entre ses mains.

— Tomber amoureuse ne conduit pas forcément au chagrin d'amour, petite sœur. Si tu tires le bon numéro, ça peut être un ticket pour le paradis. Qui dit que Ryan n'est pas le bon numéro ?

— Tu retournes complètement ta veste, là !

Il haussa un sourcil.

— Tout à l'heure je ne connaissais pas toute l'histoire. Ce que tu viens de me raconter en dit long sur son caractère.

— C'est vrai, admit-elle.

— Tu devrais peut-être lui donner une chance. Préserve-toi, bien entendu, mais essaie au moins de le connaître un peu mieux.

— Dans quel but ? Il y a tellement de points en ma défaveur, Jake, tellement de problèmes. Je ne peux même pas avoir d'enfants.

— N'est-ce pas une préoccupation un peu prématurée ? La question des enfants se posera plus tard.

— Pas pour moi. Je ne pourrais pas avoir une relation intime avec lui sans lui avoir parlé de ce problème. Ce n'est pas mon genre.

Jake sonda longuement son regard.

— Non. Bien sûr que non.

Il soupira.

— De toute façon, il ne faut pas que tu essaies d'avoir des gosses. C'est trop dangereux. Il te faudrait sans doute interrompre ton traitement anticoagulant si tu étais enceinte, et tu risques d'avoir un autre caillot sanguin.

De toute façon, d'après ce qu'avait dit le Dr Reicherton, elle ferait probablement une fausse couche.

— La question des enfants n'est qu'une partie du dilemme, Jake, insista-t-elle. C'est un rancher. Sa vie entière tourne autour d'activités extérieures. Il n'y a pas de place pour un fauteuil roulant dans ce genre d'univers. Je ne serais qu'un fardeau.

— Son univers peut être modifié, fit-il remarquer en désignant la rampe sous l'évier. Il a les moyens de transformer entièrement sa maison s'il le veut.

— Sa maison, oui. Mais on ne peut pas modifier des milliers d'hectares de terrain, ni bouleverser tout un mode de vie. Sans parler de… tu sais… l'essentiel, conclut-elle d'une voix sombre.

— Le sexe, tu veux dire ?

Les yeux de Jake s'emplirent de compassion.

— Petite sœur, tu ne pourras pas savoir avant d'avoir essayé.

Bethany avait l'impression qu'une main cruelle se resserrait autour de son cœur.

— Je sais. Mais si ça se passe mal, ce qui est fort possible, il se retrouvera coincé. Piégé avec moi.

— Ce n'est pas toi qui le piégeras. Ce sera à lui de prendre sa décision.

— Ça ne marchera jamais, pas à long terme, souffla-t-elle. Un homme comme lui peut avoir toutes les femmes qu'il veut.

Elle leva les mains en signe d'impuissance.

— Quel que soit le point de vue où je me place, je ne vois que des problèmes. Le simple fait d'y penser m'épuise.

— Bethany, si cet homme te plaît vraiment, pourquoi ne pas mettre cartes sur table et le laisser faire son choix ? S'il tient vraiment à toi, tous ces trucs qui t'inquiètent ne compteront pas pour lui.

— J'ai du mal à croire que tu m'encourages dans cette voie.

Il rit et lui ébouriffa les cheveux. Puis il posa les mains sur ses épaules et dit à voix basse :

— Ne prends pas Paul comme unité de mesure. C'est tout ce que je dis.

Vingt minutes après le départ de Jake, le téléphone de Bethany sonna. Elle se dépêcha d'aller répondre. Puis, juste avant de décrocher, elle se ravisa, laissant le répondeur faire son office.

— Salut, Bethany, c'est Ryan. Je voulais juste m'assurer que tout allait bien. Votre frère était plutôt remonté. J'ai préféré partir pour ne pas envenimer les choses.

Il se racla la gorge.

— Vous êtes loin du téléphone, j'imagine.

Un autre silence. Puis il soupira, et elle entendit un bruit répété. Sans doute un stylo avec lequel il tapait sur une surface dure.

— J'aimerais vraiment que nous puissions terminer notre conversation. Si vous m'appeliez demain quand vous aurez une minute ? Je vais bouger pas mal mais je peux interroger mon répondeur.

Il lui laissa ses deux numéros de téléphone, le portable et le fixe.

— Je sais que vous appréhendez de me revoir, reprit-il. Si nous en parlions ? D'accord ? Rien n'est insoluble, Bethany. *Rien.* Donnez-moi une chance. C'est tout ce que je demande. Je promets que vous ne le regretterez jamais.

Il hésita.

— Pas d'au revoir, dit-il enfin. À plus tard.

Quand il raccrocha, Bethany ferma les yeux. Les paroles de Ryan résonnèrent dans sa tête. *Donnez-moi une chance.*

Ryan était en train d'ouvrir une boîte de soupe pour son dîner quand on frappa à la porte. Il était plus de 9 heures. Se demandant s'il y avait un problème avec l'une des juments qui avait mis bas, il alla ouvrir. Il fut plus que surpris de se retrouver face à Jake Coulter.

Les jambes écartées, les deux mains plongées dans les poches de son blouson, Jake le fixa un moment avant d'annoncer la couleur.

— Il faut qu'on parle.

Ryan le laissa entrer.

— J'étais en train de préparer le dîner, dit-il en le guidant vers la vaste cuisine. Vous voulez boire quelque chose ?

— Qu'est-ce que vous avez ?

— Coca, eau gazeuse, bière. Et de l'alcool aussi.

— Une bière ira très bien.

Jake jeta son blouson sur le dossier d'une chaise, puis s'assit à la table en chêne.

— Je ne m'attendais pas à ça, dit-il, examinant la pièce.

— Ah ! et à quoi vous attendiez-vous ?

— Un décor plus tape à l'œil, j'imagine.

Ryan ouvrit le réfrigérateur.

— Nous sommes des ranchers, avec les pieds dans la boue à longueur de journée. Le tape-à-l'œil c'est pour les snobinards.

— Un bon p'tit gars, c'est ça ? ironisa Jake en martelant le carrelage avec sa botte.

Ryan attrapa deux bières et ferma le réfrigérateur du coude. Après en avoir tendu une à Jake, il s'assit en face de lui et le regarda dans les yeux.

— C'est pour me balancer des piques que vous êtes venu jusqu'ici, Jake ?

Jake fit sauter la capsule de sa bière, la rattrapa au vol, et la posa sur la table. Il but une gorgée qu'il prit le temps d'apprécier, puis s'adossa à sa chaise et posa un regard impassible sur Ryan.

— Je suis ici pour vous parler de ma sœur.

S'attendant à être sommé de ne plus la voir, Ryan se prépara à la contre-attaque.

— Je vous écoute.

Jake regarda pensivement l'étiquette de sa canette.

— Elle m'arracherait les yeux si elle apprenait que je suis venu ici. Je me mêle trop de ses affaires, je le sais.

— Rien de ce que vous direz ne pourra m'éloigner d'elle. Elle seule en a le pouvoir. Et si jamais elle en décidait ainsi, je m'emploierais à la faire changer d'avis.

— Et vous n'avez que l'amitié en tête.

Les yeux de Jake étaient plus pénétrants que deux rayons laser. Dire à Bethany qu'il n'espérait qu'une amitié était une chose, le faire avaler à son frère était une tout autre affaire.

— Non, je n'ai pas que l'amitié en tête, admit-il, choisissant de jouer franc-jeu. Mais si vous le lui répétez, je nierai.

— Donc vous lui avez menti.

— Tout dépend de la conception qu'on a de l'amitié.

— Arrêtez de louvoyer. Amitié et intimité sont deux choses différentes.

— Pour vous. Moi je suis d'une autre école. Je pense que toute relation a besoin de bonnes fondations, et la plus solide des fondations est l'amitié. En devenant amis, Bethany et moi aurons une base solide sur quoi construire plus tard. « Plus tard », voilà ce qui est fondamental. Il lui faut du temps. Je le comprends, et je lui laisserai tout le temps nécessaire.

— En résumé, vous voulez avoir une relation intime avec ma sœur, et vous faites appel à l'amitié pour lui laisser croire qu'elle est en sécurité.

— C'est assez bien dit.

Ryan s'attendait à voir Coulter bondir de sa chaise. Au lieu de cela, Jake hocha simplement la tête.

— Et puis quoi ?

— Pardon ?

— Quand vous l'aurez séduite, il se passera quoi ? Je ne veux pas qu'elle souffre, Kendrick. Elle n'est pas de celles que vous pouvez séduire et puis abandonner, pas si vous avez un brin de décence.

Ryan essuya une goutte de condensation sur sa bouteille.

— Je n'ai pas l'intention de la séduire et de l'abandonner, Jake. Mes intentions sont sérieuses.

— Sérieuses ? répéta Jake avec un rire amer. Vous voulez parler de véritable engagement ? Ou ficherez-vous le camp dès que vous commencerez à vous ennuyer ?

— Je parle de véritable engagement.

Jake n'essaya pas de cacher sa surprise.

— Ça vous a pris comme ça ?

— Non, pas « comme ça ». Je suis amoureux d'elle.

— Vous l'avez rencontrée il y a une semaine.

— Je sais exactement quand je l'ai rencontrée, et ça ne fait même pas une semaine. Le temps n'entre pas en ligne de compte.

Il haussa les épaules et soupira.

— Je ne peux pas mieux expliquer ce que j'éprouve, alors ne me le demandez pas. Je sais que c'est elle, c'est tout.

— Ça s'appelle du désir.

— C'est plus que ça. Ma décision est prise.

— Vous êtes du genre rapide avec les femmes ?

— Je ne l'étais pas avant. Bethany est différente.

— En quoi ?

— Elle l'est, c'est tout.

Une image de son visage lui traversa l'esprit, et un sourire s'esquissa sur ses lèvres.

— Il suffit d'avoir des yeux pour voir qu'elle est différente, Jake. Sinon pourquoi seriez-vous là ? Vous savez exactement à quel point elle est vulnérable. Et ça vous fiche une peur bleue.

— C'est vrai. J'ai peur que vous lui fassiez du mal.

— Ça n'arrivera pas.

Jake se détendit.

— Vous êtes vraiment amoureux, hein ?

— On peut le dire comme ça. Et je vous donne ma parole qu'elle ne sera pas malheureuse par ma faute.

— Il y a des choses que vous ignorez, des choses qui pourraient vous faire changer d'avis.

— J'en doute.

Jake se pencha en avant, les bras posés sur ses genoux.

— Écoutez-moi bien. Si ce que je vais vous dire ne vous décourage pas, il n'y a pas de problème, mais dans le cas contraire, éloignez-vous tout de suite – avant de faire trop de dégâts. Elle a déjà eu le cœur brisé. Et elle a mis près de deux ans à s'en remettre.

— Elle n'en est pas encore remise.

— Elle vous a parlé de lui ? s'étonna Jake.

— Non. Elle l'a juste nommé.

— Peu après l'accident, il est sorti avec la meilleure amie de Bethany.

— Bon sang, sa meilleure amie ?

— Ouais. Une double trahison. Nancy est rapidement tombée enceinte et Paul l'a épousée sans même en parler à Bethany. Ce petit salaud ne lui a rien épargné. Elle a appris la nouvelle dans le journal. Bloquée dans son lit d'hôpital, portant toujours la bague de fiançailles qu'il lui avait donnée, elle a lu l'annonce de leur mariage dans le journal. Elle a arraché la bague de son doigt. Elle n'a pas versé une seule larme. Elle est restée prostrée, le regard fixé dans le vide. Après ça, elle semblait – bon Dieu, je ne trouve pas de mot pour le dire. Diminuée, d'une certaine façon, comme si la vie l'avait quittée.

Ryan se représenta le visage de Bethany et ces grands yeux où se lisaient chaque pensée et chaque sensation. Il espérait sincèrement ne jamais croiser le chemin de ce Paul. Il se ferait un plaisir de lui mettre son poing dans la figure.

— Je ne lui briserai pas le cœur, Jake. Je ne suis loin d'être parfait et je ferai peut-être des erreurs, mais rien de ce genre.

Jake le sonda du regard.

— Ça pourrait la détruire, vous savez.

— La loyauté est une règle chez les Kendrick. Et nous ne fuyons pas devant les problèmes.

— L'aspect sexuel ne vous inquiète pas ? voulut savoir Jake.

Ryan avala une gorgée de bière avant de répondre.

— Ça m'a inquiété au début. Je l'admets.

— Et maintenant ?

— Plus maintenant.

La réponse était manifestement trop vague pour Jake. Ryan se retint de sourire en voyant son agacement.

— Ma mère est infirmière. Elle m'a donné quelques informations intéressantes, en particulier que le manque de sensation chez un paraplégique ne signifie pas forcément qu'il ne peut pas avoir de vie sexuelle. Le courant passe bien entre Bethany et moi, c'est déjà énorme. Si des problèmes se présentent, nous les réglerons au fur et à mesure. Je saurai faire preuve d'inventivité s'il le faut.

— Et vous vous contenterez de ça ?

— Le sexe sans amour ne m'a jamais satisfait. En revanche, je me sens heureux et comblé quand je suis avec votre sœur. Si notre vie intime ne se déroule pas sur le mode habituel, qu'est-ce que ça peut faire ? Si nous sommes heureux ensemble, la façon dont nous y arrivons a-t-elle de l'importance ?

— Non, j'imagine. Et les enfants, y avez-vous pensé ? Il est plus que probable qu'elle ne puisse jamais en avoir.

Ryan fut très surpris par cette affirmation.

— Vraiment ? La paralysie n'altère pas la fécondité. J'ai lu des articles à ce sujet sur Internet. Aucun ne mentionnait ce problème.

Jake haussa les épaules.

— Reicherton, son chirurgien, a dit qu'elle ferait probablement des fausses couches. Je ne sais pas exactement pourquoi. Le fait est qu'elle n'aura peut-être jamais d'enfants.

— Ce n'est pas un véritable problème pour moi.

— Vous ne voulez pas d'enfants ?

— Bien sûr, j'adorerais en avoir, mais je suis prêt à en adopter si c'est nécessaire.

— Ce sera nécessaire. Bethany ne doit pas prendre le risque de tomber enceinte. Son sang circule mal dans ses jambes ; elle est sous médicament en permanence. Une grossesse signifierait l'arrêt du traitement et donc de gros risques pour elle.

— On peut améliorer la circulation sanguine par des exercices.

— Des exercices ?

Jake roula des yeux, d'une façon si semblable à celle de Bethany que Ryan faillit sourire.

— C'est ça, ironisa-t-il. Dès demain, je l'emmène faire un jogging.

— Je me suis renseigné. Savez-vous qu'il existe des appareils équipés de harnais spéciaux avec lesquels les handicapés peuvent faire travailler régulièrement leurs muscles ?

Jake soupira d'un air las.

— Vous avez vraiment pensé à tout, rien ne vous découragera.

— Si tel est votre but, vous perdez votre temps, confirma Ryan.

— Et votre famille ? persista Jake. Acceptera-t-elle l'idée de l'adoption ?

— Mes enfants seront aimés, adoptés ou pas.

Après l'avoir longuement sondé du regard, Jake termina sa bière.

— Vous semblez vraiment savoir où vous allez.

— C'est exact.

— Les choses étant ce qu'elles sont, je pense que nous devrions essayer d'être amis, Kendrick.

Ryan haussa les épaules.

— Je ne vous aime pas particulièrement, mais on a vu des choses plus étranges se produire.

Jake sourit.

— Je ne vous aime pas beaucoup non plus, mais ma sœur oui. Et ce que femme veut…

8

Cela faisait neuf ans que Bethany n'avait pas assisté à la soirée de l'Association des ranchers, mais rien ne semblait avoir changé. Le dîner avait toujours lieu dans la grande salle des fêtes où de nombreuses tables avaient été dressées autour de la piste de danse. Durant le repas, le président de l'association les gratifia d'un long discours ponctué de mauvaises blagues saluées par les rires polis de l'assistance.

Tout en mangeant, Bethany échangeait des regards amusés avec son frère Hank. Jake était accompagné d'une nouvelle amie répondant au nom de Muriel. La jeune femme rousse ne passait pas inaperçue dans le genre voluptueux, et son goût vestimentaire était détestable. Sa robe à paillettes moulait de vert émeraude les courbes généreuses de son corps. Le décolleté était si plongeant que ses seins menaçaient de tomber dans son assiette chaque fois qu'elle se penchait pour manger.

La famille Coulter l'observait horrifiée. Bethany avait du mal à garder son sérieux. Pauvre Jake ! Il n'était sans doute pas prêt à inviter une nouvelle amie lors d'une sortie en famille. Ce serait sans doute la dernière fois.

— Oh ouiiii !

Muriel rebondit comme un yo-yo sur son siège quand elle vit l'orchestre s'installer.

— J'adore les orchestres ! On va danser, Jake ?

Le regard de Jake fusa en direction des seins de Muriel qui se trémoussaient et son visage s'enflamma.

— C'est de la country. Je doute que ça te plaise.

— Oh ! j'aime toutes les danses !

— Fantastique, commenta Jake avec un sourire forcé.

— Vous me réservez une danse, Muriel ? intervint Hank, ses yeux bleus pétillant d'amusement.

Jake le pulvérisa du regard. Bethany pencha la tête sur son assiette. Dès que Jake détourna le regard, elle poussa Hank du coude.

— Tu exagères.

— Alors, dites-nous, Muriel, commença poliment la mère de Bethany, une petite brune aux yeux bleus pleins de douceur et au sourire chaleureux. Comment avez-vous rencontré notre fils ?

Muriel battit des cils.

— Lequel ?

Mary tourna un regard perplexe vers son époux assis à côté d'elle. Harvey Coulter haussa les épaules en souriant et lui servit du vin.

— Moi, Muriel, souffla Jake. Tu viens juste de rencontrer Hank et mes parents ici.

— Oh ! minauda Muriel, souriant comme si elle était au comble du bonheur. Je l'ai rencontré au supermarché. Il était en train de tâter des avocats.

— Ah ! fit Mary en adressant un regard interrogateur à son fils aîné. Je vois.

— Je n'ai jamais su choisir les avocats, expliqua Muriel. Alors, je lui ai demandé son aide. Une seconde plus tard, la pile d'avocats était par terre ! Tout en ramassant les avocats, une chose en entraînant une autre, il m'a demandé mon numéro de téléphone.

Elle fit un clin d'œil à Jake.

— Je ne pensais pas qu'il m'appellerait. Mais il l'a fait, et me voilà.

— Je me demande comment elle était habillée, souffla Hank à Bethany. Je parie que Jake devait être en transe chaque fois qu'elle se penchait.

Bethany porta sa serviette à ses lèvres, faisant de son mieux pour cacher son fou rire.

— Arrête tes bêtises, murmura-t-elle encore.

— Tu n'es pas marrante, se plaignit-il.

Tout le monde à la table des Coulter fut soulagé lorsque Jake invita enfin Muriel à danser. Tandis que le couple évoluait sur la piste bondée, Harv déclara en gloussant :

— Je parie que Jake y réfléchira à deux fois maintenant avant de s'approcher d'un étalage de légumes.

— C'est une fille plutôt gentille, dit Mary avec son optimisme habituel. Un peu simplette, peut-être, mais ce n'est pas sa faute.

Harv sourit et fit un clin d'œil à Hank.

— C'est sûr qu'elle ne cache pas le peu de brillance qu'elle a.

Hank s'excusa et alla inviter une jeune femme blonde à la table voisine.

— Alors, chérie, on se lance aussi ? proposa Harv à Mary.

Mary fronça les sourcils.

— Tu es sûr de pouvoir danser ?

— Le docteur m'a interdit le stress, pas un exercice aussi agréable.

— Est-ce que ça ira, Bethany ? s'inquiéta sa mère. Je n'aime pas trop te laisser toute seule.

— Maman, je ne suis plus une gamine ! Et puis je m'amuse rien qu'à regarder.

Comme ses parents s'éloignaient, Bethany regarda les chaises vides autour d'elle, résignée à passer une soirée ennuyeuse de plus.

Autant prendre son mal en patience. Elle tourna son fauteuil de façon à avoir un meilleur point de vue sur les danseurs, ses doigts battant la mesure. Au moment où l'orchestre entama le deuxième morceau, elle vit entrer dans la salle un grand cow-boy aux cheveux sombres accompagné d'une jeune femme brune.

Sa démarche féline était inimitable. Ryan ! Le cœur de Bethany se mit à battre plus fort.

Ryan se pencha pour entendre ce que lui disait sa compagne. Il sourit, puis il l'entraîna sur la piste. Ils formaient un couple parfait. Elle paraissait si délicate entre ses bras musclés. Ils dansaient avec brio, et Bethany comprit qu'ils n'en étaient pas à leur premier essai.

Elle les observa, surprise de l'intensité de la souffrance qu'elle éprouvait. Ses poings se serrèrent, mais elle se força à les rouvrir quand elle en prit conscience. Que lui importait qu'il soit venu avec une autre femme ?

Une très belle femme.

Elle essaya de regarder ailleurs, les autres couples, mais ses yeux revenaient sans cesse sur Ryan. Que ne donnerait-elle pas pour avoir l'usage de ses jambes et danser avec lui jusqu'à l'aube ?

Quand la musique s'arrêta, Ryan guida sa partenaire hors de la piste tout en parcourant les tables du regard. Ses yeux se posèrent sur Bethany avec une intensité presque palpable. Même dans la pénombre, elle vit ses traits se crisper. Puis à son grand désarroi, il se dirigea vers elle, entraînant la jeune femme à sa suite à travers la foule.

Rencontrer la partenaire de Ryan était bien la dernière chose que Bethany souhaitait. Elle envisagea de filer aux toilettes, mais c'était vraiment trop puéril. Alors, elle se força à sourire.

— Salut ! lança-t-elle alors qu'ils approchaient.

Ryan s'arrêta devant la table, un bras toujours posé sur les épaules de la jeune femme.

— Bethany, dit-il en la regardant longuement, j'ignorais que vous seriez ici ce soir.

La jeune femme, encore plus belle de près, lui sourit amicalement, ses grands yeux noirs ne révélant pas la moindre animosité.

— Maggie, je te présente une très bonne amie, Bethany Coulter. Bethany, la femme de mon frère Rafe, Maggie.

Bethany sentit ses joues s'enflammer alors qu'elle serrait la main de la belle-sœur de Ryan.

— Ravie de vous rencontrer, Maggie.

— Tout le plaisir est pour moi. Ryan m'a dit que vous aimiez voir les tracteurs glisser dans la boue ?

— Oui, beaucoup.

— Moi aussi. Nous pourrions peut-être y aller tous les quatre un de ces jours.

Bethany regarda Ryan.

— Ce serait avec plaisir.

— Alors c'est comme si c'était fait ! reprit Maggie. On ira manger mexicain. Vous aimez la cuisine mexicaine ?

— J'adore. Plus c'est piquant, meilleur c'est.

Maggie hocha la tête d'un air satisfait.

— Je sens que je vais vous aimer. On a déniché un super restaurant ! L'ambiance y est excellente, très chaleureuse.

— Donnez à Maggie un grand plat de tortilla chips avec un énorme bol de sauce piquante et elle trouvera l'ambiance excellente, intervint Ryan.

Maggie lui flanqua un coup de coude dans les côtes.

— Ne l'écoutez pas, Bethany. La vérité, c'est qu'il n'y connaît rien.

Ryan grogna en se passant une main sur le ventre.

— Pauvre chou, le taquina Maggie. Il n'y a rien de plus triste qu'un homme qui meurt de peur à l'idée de manger une *enchilada*.

Elle sourit à Bethany.

— Il peut maîtriser un taureau à main nue, mais une bouteille de sauce piquante le fait fuir.

Bethany ne put s'empêcher de rire. Maggie était adorable, et leur façon de se taquiner lui rappelait tellement les bons moments passés avec ses frères.

Maggie se tourna vers la piste de danse.

— Je vais récupérer mon mari. Il m'a promis une danse.

Elle se retourna vers Bethany et lui tendit la main.

— Je suis très heureuse de vous avoir rencontrée, Bethany. Il faut convaincre Ryan de vous emmener bientôt au Rocking K. On enverra balader les hommes et on papotera tranquillement devant un café.

— Ça me tente beaucoup, dit Bethany.

Et elle était sincère. Maggie Kendrick était ce genre de personne que l'on avait immédiatement envie de mieux connaître.

Alors qu'elle s'éloignait, Bethany regarda avec surprise Ryan tirer une chaise puis l'installer en face d'elle pour s'y asseoir à califourchon, les bras négligemment posés sur le dossier.

— Salut, dit-il d'une voix aussi douce qu'une caresse. Vous ici, quelle surprise ?

— Le monde est petit.

Elle trouva sa remarque stupide et regretta de ne pas avoir trouvé mieux. Seulement quoi ? Quand il la regardait de cette façon, son cerveau semblait se pétrifier.

Il hocha la tête.

— Trop petit pour m'éviter. C'est cela que vous pensez ?

Pour le moment, elle était incapable de penser.

— Est-ce que tous les hommes vous rendent aussi nerveuse ? demanda-t-il brusquement.

— Nerveuse ?

Il regarda ses mains, étroitement serrées sur ses genoux.

— Je ne mords pas. Pas assez fort pour faire mal, en tout cas.

— Que faites-vous, assise ici toute seule ?

— Les autres sont en train de danser.

Il regarda la table vide.

— Cela ne doit pas être très gai.

— Ce n'est pas parce que je ne peux plus danser que tout le monde doit en être privé.

Il la considéra pensivement.

— Je parie que vous adoriez ça.

— Quoi ?

— Danser.

Les souvenirs affluèrent. Danser était une des choses qui lui manquaient le plus.

— Oui, admit-elle. Mon père m'a appris à valser à l'âge de 7 ans. Je ne pouvais pas entendre de la musique sans supplier mes frères de me faire danser. Je les ai rendus dingues.

— Ça vous manque beaucoup ?

— Énormément. Il y a pas mal de choses qui me manquent énormément, ajouta-t-elle.

— L'amitié, par exemple ?

— Ne vous a-t-on jamais dit que vous êtes aussi tenace qu'un pit-bull quand il a planté ses crocs dans quelque chose ?

— Les paroles de ma mère, presque mot pour mot.

Il haussa les épaules.

— Que puis-je dire ? Je vous ai fait une proposition et je n'ai toujours pas eu de réponse.

— J'y réfléchis encore.

— Pensez aux bons moments que nous passerions, dit-il, le regard plein de promesses.

— En faisant quoi ? ne put-elle s'empêcher de demander.

— Les possibilités sont infinies.

— C'est un peu vague.

— Au pire, vous m'apprendrez à peindre.

Cette idée la fit rire jusqu'aux larmes.

— Vous me vexez, dit-il, feignant d'être offensé.

— Désolée. Vraiment. Je suis sûre que vous pourriez apprendre. Seulement… vous n'avez pas l'air d'avoir beaucoup de patience, et il en faut pour peindre.

Il s'imagina en train de peindre sur un tout autre support qu'une toile. Sur la peau diaphane de Bethany, par exemple.

— Franchement, souffla-t-il en se penchant pour accrocher son regard. Vous ne vous amusez pas, là, avec moi ?

— Oui, dut-elle admettre.

— Vous voyez. On s'amuse en ne faisant rien. Qu'est-ce que ce serait si on décidait de s'y mettre sérieusement !

— Probablement génial.

— Pensez-y.

Il s'éloigna, la laissant perplexe et un peu perdue. Sachant qu'il allait revenir, Ryan souriait tout en se frayant un chemin en direction de l'orchestre.

Toute sa famille avait regagné la table et était repartie danser quand Ryan revint. Il s'arrêta devant elle, lui souriant d'une façon qui fit battre son cœur plus fort.

— M'accorderez-vous la prochaine danse, mademoiselle Coulter ? demanda-t-il.

Bethany eut l'impression qu'il venait de la gifler. Ne se rendait-il pas compte qu'elle ne pouvait pas danser ? Quel était ce jeu cruel ?

— Volontiers, répondit-elle avec désinvolture.

— J'espérais que vous accepteriez.

Il contourna son fauteuil et commença à le pousser en direction de la sortie principale.

— Que faites-vous ? demanda Bethany en le regardant par-dessus son épaule.

Il lui adressa un clin d'œil.

— Patience.

Une fois dans le hall, qui servait de vestiaire, il commença à fouiller parmi les manteaux et les vestes alignés sur une tringle.

— Nous sortons ? s'étonna-t-elle.

— Oui.

— Vous avez égaré votre veste ?

— Non.

— Si c'est mon parka que vous cherchez, il est de l'autre côté.

Il décrocha une grosse veste en laine noire, la considéra sous toutes les coutures.

— Un peu grand, mais ça fera l'affaire, déclara-t-il.

Il revint vers Bethany et commença à lui enfiler une manche.

— Votre manteau serait trop encombrant pour ce que j'ai en tête.

— Mais… elle n'est pas à moi.

— Je sais, dit-il en lui ajustant le vêtement sur les épaules.

— À qui est-elle ?

— Aucune idée, répondit-il.

— Ryan ! s'écria-t-elle alors qu'il la poussait vers la sortie.

— Quoi ?

— Je ne peux pas voler la veste de quelqu'un.

— Vous ne la volez pas, la rassura-t-il.

— Ah bon ?

— Non. C'est moi qui la vole, vous, vous la portez.

— Pas question !

Il se pencha pour ouvrir la porte.

— Détendez-vous. Que peut-il nous arriver ? Être jetés en prison pour vol provisoire de veste ?

— Vous êtes fou, décréta Bethany. Et vous allez geler sur place sans manteau. Où allons-nous, d'abord ?

— Vous verrez, et croyez-moi je ne gèlerai pas sur place. Je passe ma vie dehors. Je suis immunisé contre le froid.

— « Immunisé » ? Ce n'est pas un mot de cow-boy.

— S'cusez, m'dam. J'essaierai de m'améliorer. Chiquer, cracher toutes les deux phrases et me gratter sans pudeur. J'imagine que la fac m'a donné de mauvaises habitudes.

— Vous êtes allé à l'université ? s'étonna-t-elle. Quelles études ?

— Élevage et agriculture. Et j'ai réussi tous mes examens.

Bethany sourit, l'imaginant tout frais sorti de l'université et déjà sans doute tellement séduisant.

— Quelle université ?

— Oregon. La plupart des gars d'ici y vont pour parader avec leur Stetson et se distinguer aux concours de crachats. Savoir cracher loin demande de l'entraînement. Sly, notre contremaître, peut viser une mouche à cinq mètres.

— J'ai été élevée dans un ranch, je sais tout sur les cow-boys, lui rappela-t-elle.

— C'est vrai ! Je peux arrêter de débiter des âneries ?

— Bonne idée.

Il tourna à gauche pour emprunter une allée cimentée qui menait à l'arrière du bâtiment. Un parking se trouvait sur leur droite. À la clarté de la lune, les voitures et les camions ressemblaient à des scarabées luisants. Au-dessus, le ciel dégagé scintillait d'étoiles.

— Quelle nuit magnifique ! soupira Bethany.

— Oui, je n'ai jamais vu de ciels aussi beaux qu'ici.

Il la conduisit sous un abri couvert derrière la grande salle. Les portes étaient ouvertes et la musique s'entendait presque aussi bien qu'à l'intérieur.

Ryan contourna le fauteuil roulant. Il se pencha vers Bethany.

— Mettez vos bras autour de mon cou.

— Pourquoi ?

Il saisit ses poignets et mit lui-même ses bras en position.

— Parce que nous allons danser, murmura-t-il.

— Oh, non ! Je…

Sans lui laisser le temps de protester, il la hissa hors du fauteuil.

— Ryan ! cria-t-elle en s'agrippant à lui.

— N'ayez pas peur.

Il la serra contre lui, plaçant une main sous ses fesses en guise de siège.

— Accrochez-vous. Vous tenez bon ?

— Oui, dit-elle d'une petite voix craintive. Et vous ? Je sens que ce n'est pas facile.

Il fit glisser sa main de sa taille à ses reins pour maintenir solidement ses hanches contre les siennes.

— Je croyais que les paraplégiques étaient totalement insensibles à partir de la taille.

— Pas moi. Ma colonne vertébrale n'a pas été entièrement endommagée.

Elle sursauta et le fusilla du regard.

— Que faites-vous ?

Il sourit malicieusement.

— J'avais une crampe au pouce. Vous avez vraiment des sensations par là.

— Oui, et si vous continuez, vous aurez affaire à moi.

— J'arrête. Promis.

— On n'y arrivera pas. C'est gentil d'essayer, mais…

— Taisez-vous, souffla-t-il.

Les premières notes d'un nouveau morceau s'élevèrent. Le groupe interprétait la célèbre chanson de Montgomery, *Je te promets*. Très émue, Bethany comprit que Ryan avait demandé cette chanson pour elle.

— Dansez avec moi, murmura-t-il.

— Je me sens stupide.

— Personne ne vous voit. Il n'y a que moi. Et je suis votre meilleur copain, alors je ne compte pas. Et puis pourquoi vous sentiriez-vous stupide ?

— Mes jambes pendent. Mes pieds vont cogner vos tibias.

— Ces petits pieds-là ne me feront aucun mal, lui assura-t-il avant de l'entraîner dans une valse.

Bethany s'attendait à un ratage total. Tandis qu'il effectuait les premiers pas, elle se crispa, raide comme un bâton à l'idée qu'il trébuche et la laisse tomber ou qu'il déclare forfait parce qu'elle était trop lourde.

Mais ce fut littéralement magique. Elle avait l'impression de flotter entre ses bras puissants. Elle *dansait*. Ce n'était pas vraiment danser, bien sûr. Mais cela s'en rapprochait tellement. Comme dans ses rêves les plus fous. Elle se sentait libre et légère comme un oiseau.

Elle écarta les bras, laissa aller sa tête en arrière et ferma les yeux, souhaitant que cette sensation ne cesse jamais.

— Oh, Ryan !

— Agréable ?

— Vous ne pouvez pas savoir à quel point.

À l'expression de son visage, Ryan en avait une petite idée. Comme elle était adorable ! La tenir ainsi était un vrai bonheur. Un sourire rêveur animait ses lèvres, traduisant un plaisir si intense qu'il semblait indicible. Il l'imagina sourire de cette façon quand il lui ferait l'amour, soupirer ainsi quand il l'embrasserait.

Un jour…

Pour l'instant, il lui suffisait de la sentir contre lui, de la voir sourire, de savoir qu'elle était heureuse et que, pour une petite part, c'était grâce à lui.

Elle battit des paupières quand la musique s'arrêta, comme si elle émergeait d'un rêve. Ryan s'immobilisa à contrecœur.

— Ryan.

Elle eut un sourire radieux, son regard hésitant entre le rire et les larmes. À sa façon de prononcer son prénom, il perçut toute la gratitude, l'incrédulité, l'émerveillement que ce moment avait éveillé en elle.

Ce fut l'incrédulité qui le toucha le plus. Quelques tours de valse étaient si peu de chose pour lui. Pour elle, au contraire, il s'agissait d'un présent inestimable.

Il la reposa doucement dans son fauteuil et se pencha pour essuyer une larme sur sa joue.

— Hé, qu'est-ce que c'est que ça ? murmura-t-il. Je voulais vous faire plaisir, pas vous rendre triste.

— Je ne suis pas triste, dit-elle en séchant ses larmes. Seulement… C'est idiot. J'ai tellement désiré danser…

Un sourire trembla sur ses lèvres.

— Merci, Ryan.

Il s'appuya aux bras du fauteuil et la regarda avec intensité.

— Nous pouvons passer bien d'autres moments comme celui-ci. Sans risques, en toute amitié.

— C'est tentant, dit-elle avec un rire indécis. Il est difficile de vous dire non.

— Alors, ne le dites pas.

— Il faut que je réfléchisse encore.

— À quoi ?

— Je vous l'ai déjà dit. J'ai peur de ma propre réaction. J'ai peur de tomber amoureuse de vous, avoua-t-elle à mi-voix.

Ryan y comptait bien.

9

L'après-midi suivant, Bethany se rendit à Bend afin de récupérer une commande pour le magasin. Sur la route du retour, le temps se gâta. Elle crut rêver quand un premier flocon vint s'écraser sur le pare-brise. La météo n'avait pas annoncé de la neige.

En l'espace de quelques secondes, la visibilité fut pratiquement réduite à néant. Elle mit les essuie-glaces à la vitesse maximale et scruta la route. Des bourrasques de vent secouaient les pins qui la bordaient et amassaient déjà de la neige sur les bas-côtés.

C'était insensé. De la neige à la fin du mois d'avril ! Bethany ralentit et agrippa fermement le volant. Elle se trouvait à une altitude élevée. Dans quelques minutes, la neige se transformerait probablement en grosses gouttes de pluie. La pluie n'était pas un problème.

Environ dix minutes passèrent. La route était entièrement blanche maintenant. Bethany commença à s'inquiéter. Son van ne répondait pas bien sur la neige. Ses frères avaient évoqué le problème pas plus tard que la veille, décidés à y remédier avant l'hiver suivant.

Après avoir allumé la radio, elle chercha à capter une station de Crystal Falls. Elle tomba enfin sur une station qu'elle aimait, essentiellement musicale, et écouta avec un malaise croissant le disc-jockey commenter la météo. Une terrible tempête de neige s'abattait sur la région. Il conseillait de ne pas conduire, même en ville, à moins d'une extrême urgence. Plusieurs accidents avaient déjà eu lieu dans les faubourgs de Crystal Falls.

L'arrière du van glissa et dérapa vers le bas-côté. Il aurait fallu installer les chaînes. Mais sortir du van serait de la folie. Si le véhicule glissait sur la neige, son fauteuil ferait de même.

Elle crut entendre un drôle de bruit. Elle éteignit la radio pour écouter. Une sorte de sifflement intermittent lui indiqua que les pneus arrière n'accrochaient presque plus. Plissant les yeux pour fixer la route devant elle, elle ne constata aucune accalmie. Si elle perdait le contrôle du véhicule et quittait la route...

« Essaie de rester positive », se dit-elle pour se rassurer. En conduisant lentement, au milieu de la route, elle s'en sortirait sans doute très bien.

Le van dérapa brusquement. Elle essaya de reprendre le contrôle du véhicule, mais il partit en vrille. Le paysage défila devant les vitres comme un film en accéléré. Arbres, neige, rochers et ciel. Elle s'agrippa de toutes ses forces au volant, son unique point d'ancrage.

Bethany n'eut pas le temps de tenter quoi que ce soit : le van fit une brusque embardée et fila vers le bas-côté. Elle hurla en essayant désespérément de l'arrêter. Mais le frein à main ne lui fut d'aucun secours.

Le véhicule rebondissait sur la rocaille dans un fracas terrifiant. Elle vit soudain surgir devant elle une vague forme gris et blanc. Le van poursuivit sa course folle jusqu'à ce qu'il bute contre l'obstacle. Le bruit de la tôle broyée sembla se répercuter jusque dans les os de Bethany.

Sa tête bascula brutalement en avant, mais elle ne heurta pas le pare-brise. Elle resta un moment hébétée, suivant le mouvement régulier des essuie-glaces qui fonctionnaient toujours. À chaque passage, le balai de gauche ramenait des jets de boue avec un crissement sinistre. Elle tendit la main pour les arrêter, puis se ravisa, ce serait pire.

Mais de quoi se préoccupait-elle ? C'était bien le moindre de ses problèmes. Elle venait d'avoir un accident. Il pouvait y avoir une fuite d'essence, elle pouvait même être blessée et perdre son sang sans s'en apercevoir. Elle huma l'air. Si le réservoir avait éclaté, il y aurait une odeur d'essence.

Une absurde envie de rire s'empara d'elle. Le choc, sans doute, parce que sa situation n'avait rien de risible. Le van était incliné selon un angle très bizarre. Son sac et son manteau, qui s'étaient trouvés sur le siège du passager, gisaient maintenant hors de sa portée. Elle était vraiment dans un beau pétrin.

Un rocher ! C'était un rocher que le van avait percuté. Elle tendit le cou pour essayer d'évaluer les dégâts. À travers le rideau de neige, elle put seulement voir que le capot semblait défoncé.

Ô mon Dieu, il fallait faire quelque chose ! Mais quoi ? Seules les sangles de sécurité retenaient son fauteuil. Si elle s'avisait de les défaire, elle risquait de basculer.

Elle inspecta son corps d'une main tremblante, insistant particulièrement sur les jambes car, même blessée, elle savait qu'elle ne ressentirait aucune douleur. Autant qu'elle put en juger, elle n'avait rien. Le moteur tournait toujours. C'était un bon point. Peut-être seraitelle capable de sortir du fossé en marche arrière. À peine cette idée lui fut-elle venue qu'elle entendit un sifflement et aperçut un nuage de fumée s'élever du capot. Le moteur toussa deux fois, cracha, et se tut.

— Super !

Elle enleva la buée sur la vitre pour scruter l'extérieur. Le manteau de neige était si épais qu'on ne distinguait plus l'asphalte.

« Reste calme, s'intima-t-elle en inspirant profondément. Ce n'est pas une catastrophe. Juste un accrochage et un radiateur endommagé. Pas de quoi s'alarmer. »

Sauf que pour quelqu'un comme elle, il y avait de quoi s'alarmer. D'autant qu'elle était seule, perdue au milieu d'immenses arbres couverts de neige, qui se dressaient tels des spectres menaçants.

Elle commença à paniquer. Une femme valide aurait au moins été capable de récupérer son manteau. Sans chauffage, elle mourrait vite de froid.

Le contenu de la boîte à gants s'était éparpillé. Elle y mettait toujours son téléphone portable quand elle voyageait. Elle le chercha d'une main tremblante. Où était-il donc ? Elle jeta un regard inquiet à son sac. Après avoir terminé sa course à Bend, avait-elle oublié de remettre le téléphone dans la boîte à gants ?

Oui. La chose la plus stupide qu'elle pouvait faire.

Eh bien… il n'y avait pas deux solutions. Si le sac ne venait pas à elle, elle devait aller à lui. Ce téléphone était son seul moyen de trouver du secours. Elle n'avait pas vu passer une seule voiture depuis plus d'une demi-heure et, vu ce maudit temps, il y avait peu de chances que quelqu'un s'aventure par là.

Elle défit les boucles des sangles qui maintenaient son fauteuil derrière le volant. Il ne se passa rien pendant un instant. Bethany était sur le point de pousser un soupir de soulagement quand, avec une soudaineté surprenante, le fauteuil bascula sur le côté.

L'instant d'après elle gisait sur le plancher dans une position plus qu'inconfortable, la tête coincée contre la portière du côté passager, le cou tordu, le poids de ses jambes inertes la clouant au sol. S'aidant de ses bras, elle tenta de toutes ses forces de se redresser.

Rapidement à bout de souffle, elle s'arrêta un moment, se rendant compte avec horreur qu'elle était couchée sur son sac et son manteau. Quand sa respiration reprit un rythme normal, elle se contorsionna pour récupérer son sac. Au bout de ce qui lui parut une éternité, elle réussit enfin à le dégager. Elle en extirpa le téléphone qu'elle inspecta avec inquiétude. Il avait l'air intact.

Elle composa le numéro de la police, priant pour que l'appel aboutisse. Quand une voix de femme lui répondit, un soulagement indicible l'envahit. Elle exposa rapidement sa situation.

— Il y a plusieurs accidents dans ce secteur, lui répondit la femme. Où vous trouvez-vous exactement ?

Bethany essaya de se remémorer les derniers panneaux qu'elle avait vus et lui indiqua ce qu'elle supposait être sa localisation.

— Je ne peux pas être plus précise, désolée.

— C'est suffisant. Le problème sera d'envoyer une voiture jusque là-bas. Ça peut prendre plus d'une heure, selon la disponibilité des agents et l'état de la route. Nous avons plusieurs urgences en cours ; les situations les plus graves sont prioritaires.

Bethany regarda la fenêtre embuée, pensant que sa situation était plutôt grave.

— Je comprends. Je suis dans une situation assez pénible. Je vous ai dit que je suis paraplégique. Je suis tombée et mon manteau se trouve sous moi. Je ne suis même pas sûre de pouvoir me couvrir.

— Êtes-vous blessée ?

Bethany fut tentée de répondre par l'affirmative, juste pour obtenir du secours. Mais elle pensa aux autres accidentés. Des personnes gravement blessées ne seraient peut-être pas secourues à temps si elle mentait.

— Non. Seulement dans une position extrêmement inconfortable et de plus en plus gelée.

— Je vous envoie une voiture dès que possible, lui assura la femme d'une voix sincèrement compatissante. Pouvez-vous attendre environ une heure ?

— Je ne bouge pas, dit-elle avec un rire forcé.

Bethany coupa la communication et regarda dehors par un petit bout de vitre miraculeusement dégagé. La neige tombait toujours. Bientôt, le van serait entièrement recouvert. Elle espérait que le fossé n'était pas trop profond et que la voiture de patrouille la verrait.

Un frisson la parcourut. Il faisait de plus en plus froid.

Elle essaya de récupérer son manteau. Impossible. Elle eut beau tirer et secouer le pan de tissu qui dépassait, il resta bloqué sous ses fesses.

Ravalant des larmes de rage, elle réussit toutefois à rabattre un bout d'étoffe sur sa jambe droite. C'était toujours ça.

Les secondes s'écoulaient avec une lenteur abominable. Et elle en avait pour une heure, sans doute plus.

Dix minutes passèrent. Bethany tremblait de froid maintenant. Elle ignorait quelle pouvait être la température, mais le froid était si intense qu'elle avait l'impression d'être nue.

Elle regarda le téléphone. Jake serait au magasin. Si elle l'appelait, il remuerait ciel et terre pour la rejoindre, ce qui était exactement ce qui la faisait hésiter. Elle ne voulait pas que son frère mette sa vie en danger pour la secourir.

Cinq minutes s'écoulèrent. Bethany ressemblait à un glaçon secoué de tremblements. Elle pensa à Ryan en train de la faire danser, elle rêva de la chaleur de ses bras puissants autour d'elle…

Ryan. Son ranch n'était pas loin.

Elle attrapa le téléphone, puis essaya de se remémorer son numéro. Comme elle n'y arrivait pas, elle composa celui des renseignements.

Ryan était en train de préparer un feu quand le téléphone sonna. Il s'essuya les mains et alla décrocher. Pensant que c'était sa mère qui rappelait, il déclara illico :

— Non, je ne veux pas vous rejoindre pour une bonne glace à la neige. Il faudrait être dingue pour sortir par ce temps.

— Ryan ? dit une voix tremblante. C'est Bethany.

Elle avait l'air de pleurer.

— Bethany ? s'inquiéta-t-il. Qu'est-ce qui se passe ? Vous pleurez ?

— Non. Je tremble.

— Vous tremblez ?

— De froid. Je suis désolée de vous déranger, mais j'ai un petit problème.

Elle lui exposa la situation.

— Vous êtes bloquée dans cette tempête ? s'exclama-t-il.

— Je ne suis pas blessée. Ce n'est pas si grave. Mais le moteur ne fonctionne plus, alors je n'ai pas de chauffage.

Elle s'interrompit. Même parler semblait lui être difficile.

— Je suis tombée sur le plancher, dans une position impossible, dit-elle avec un rire mal assuré. Sur mon manteau, évidemment.

Ryan commença à faire les cent pas. Elle était peut-être blessée et elle ne s'en rendait pas compte.

— Avez-vous vérifié que vous n'aviez rien ?

— Oui. Il ne faut pas vous inquiéter. Tout va bien, vraiment. J'ai juste froid.

— Où êtes-vous ?

Elle lui donna quelques indications et il situa exactement l'endroit. À bonne allure, il n'en avait pas pour plus de vingt minutes.

— Ne vous inquiétez pas, lui assura-t-il alors qu'elle lui demandait de ne pas prendre de risques inutiles si le trajet était trop périlleux. J'ai l'habitude de conduire par temps de neige.

— Soyez prudent, insista-t-elle. Je ne me le pardonnerais jamais s'il vous arrivait un accident.

— Tenez bon. J'arrive avec tout ce qu'il faut. Rafe et moi sommes membres d'une équipe de secouristes. Vous serez bientôt au chaud.

Après avoir coupé la communication, Ryan fonça au garage, remerciant le ciel que Rafe et lui soient toujours prêts pour faire face à une urgence. À l'arrière de sa motoneige se trouvait en effet un coffre contenant des couvertures, des aliments de première nécessité et une trousse de premiers secours. Il attrapa des cordes suspendues à un crochet et les jeta dans le coffre.

Moins de cinq minutes plus tard, il était parti.

Bethany se blottissait du mieux qu'elle pouvait contre le plancher, si transie de froid qu'elle claquait des dents. Il lui semblait que des heures s'étaient écoulées quand elle entendit le bruit lointain d'un moteur. Son cœur bondit de joie. Elle tendit le cou, essayant d'apercevoir quelque chose, mais la neige était trop dense pour distinguer quoi que ce fût.

Finalement, elle réalisa que ce ne pouvait qu'être la motoneige de Ryan arrivant par le nord. Le ronflement s'atténua, lui indiquant que le conducteur avait tourné dans la direction opposée. Bientôt le silence retomba.

Et s'il ne la trouvait pas ? Et si son van n'était plus du tout visible depuis la route ?

Quelques minutes plus tard, elle entendit la moto revenir.

— Ryan ! cria-t-elle. Ryan, je suis ici !

Quand la motoneige s'arrêta enfin près du van, elle faillit en pleurer de soulagement. Des bruits de pas crissèrent dans la neige.

— Bethany ?

C'était si merveilleux d'entendre sa voix. Avant qu'elle ait pu répondre, la portière s'ouvrit, et elle faillit glisser tête la première. Mais, tout comme elle l'avait imaginé, ses bras puissants s'enroulèrent autour d'elle et l'emportèrent. Elle s'agrippa à lui, se recroquevillant dans sa chaleur.

— Ryan.

Il resserra son étreinte, pressant son visage contre ses cheveux.

— Grâce à Dieu, vous êtes indemne ! Vous pouvez vous vanter de m'avoir fichu une belle trouille.

— Je suis si contente de vous voir, souffla-t-elle en claquant des dents.

Il enleva son blouson et le lui posa sur les épaules.

Ryan attrapa son téléphone et appela la police. Une fois la communication établie, il expliqua rapidement qu'il n'était plus nécessaire d'envoyer des secours. Quand ce fut terminé, il fourra le téléphone dans une des poches de sa veste, sourit, et serra Bethany contre lui pour la réchauffer.

— Je peux mettre mon manteau, Ryan, protesta-t-elle. Vous allez geler sur place.

— Je suis immunisé, vous vous rappelez ? Nous utiliserons votre manteau pour couvrir vos jambes.

Tout en parlant, il s'empara de son manteau.

— Une question. Que diable faites-vous sur les routes par un temps pareil ?

— La météo n'avait pas annoncé de neige. Je suis allée à Bend pour chercher une commande.

— Parce que vous vous fiez encore à la météo dans cette région ? Je sens la neige dans l'air depuis plusieurs jours.

— Vraiment ?

Il se dirigea vers son véhicule, l'installa à l'arrière et posa le manteau sur ses jambes. Bethany se maintint aux barres latérales pendant qu'il fouillait dans un coffre. Il en extirpa deux plaids et une couverture de survie dont il l'enveloppa.

Pendant tout le temps que dura cette opération, il ne cessa de la sermonner.

— La prochaine fois que vous entreprendrez un long trajet, appelez-moi, je vous accompagnerai. On fait parfois de mauvaises rencontres sur les routes. Et si l'un de vos pneus crevait ?

— Je peux toujours appeler un service de dépannage.

— Et en attendant qu'ils arrivent, vous représentez la cible idéale pour un maniaque à l'affût d'une proie facile.

— J'avoue ne pas y avoir pensé.

— Oui, eh bien, moi j'y pense ! Je ne veux pas qu'il vous arrive malheur. Dorénavant, plus de longs trajets. D'accord ?

— Il m'arrive quand même d'être obligée de me déplacer, tenta-t-elle de protester.

— Pas de problème. Vous me téléphonez, et je viens avec vous. Pas la peine de vous soucier de mon emploi du temps : je suis mon propre patron.

Il poussa un soupir, ferma les yeux et, passant une main derrière la nuque de Bethany, il se pencha pour presser son front contre le sien.

— Je suis désolé. Je ne voulais pas hausser le ton. Mais j'étais tellement inquiet.

Avant qu'elle ait pu répondre, il était parti en direction du van. Il récupéra son sac et ses clés, sortit son fauteuil du véhicule, puis verrouilla les portières.

— Aurez-vous besoin d'autre chose ce soir ? lui demanda-t-il.

— La route sera sûrement dégagée avant la nuit. Je pourrai rentrer chez moi.

Il chargea le fauteuil dans la remorque accrochée à l'arrière de sa motoneige et le fixa à l'aide des cordes.

— Cela m'étonnerait, vu ce qu'il tombe, répondit-il en levant les yeux vers le ciel. Mais pourquoi vous emmènerais-je chez vous alors que vous êtes la bienvenue chez moi ?

— Je n'ai aucune affaire.

— Nous demanderons à ma mère de vous prêter tout ce qu'il vous faut.

— Je n'ai pas mes médicaments.

— Quel genre de médicaments ?

— Un fluidifiant sanguin et un relaxant musculaire pour éviter les crampes.

Il réfléchit un instant.

— Un ou deux verres de vin les remplaceront bien pour un soir. Je vérifierai auprès de ma mère.

Après avoir rangé ses affaires dans le coffre, il monta sur l'engin. Après lui avoir demandé de bien le tenir par la taille, il mit le moteur en route.

— Vous êtes bien installée ?

— Oui.

— Tenez-vous. J'irai doucement.

Bethany se pressa contre lui, réconfortée par la chaleur qui émanait de son corps. Tout en démarrant, il referma un bras solide autour d'elle. Le véhicule gronda puissamment, et ils s'élancèrent.

Bizarrement, elle se sentait en sécurité même quand la moto penchait de façon inquiétante et qu'elle glissait sur le siège. Ryan la tenait fermement. Le bruit du moteur rendant toute conversation difficile, elle se contenta de se blottir contre lui. Comparé à ce qu'elle venait de vivre, ce trajet en moto était paradisiaque.

En prenant à travers champs, Ryan atteignit le ranch en peu de temps. Heureusement, car Bethany tremblait comme une feuille. Il était temps qu'elle se retrouve bien au chaud dans une maison.

Vagabond vint les accueillir en aboyant joyeusement. Ryan lui parla doucement, mais ne s'attarda pas comme d'habitude pour lui gratter l'oreille. Il emporta Bethany dans ses bras et se dépêcha de rentrer, l'emmenant directement dans le grand salon où un feu flambait dans la cheminée. Après l'avoir installée sur le canapé, il prit le téléphone sans fil et composa le numéro de ses parents.

Sa mère décrocha à la troisième sonnerie. Ryan lui exposa rapidement la situation.

— Je dois lui faire prendre un bain chaud. Est-ce que tu peux venir ?

Ann poussa un soupir théâtral.

— Mon chéri, tu as vu le temps ? C'est le blizzard.

— Je sais, maman. Prends ta motoneige.

— Pas quand il neige autant. Je pourrais tomber dans le lac.

Il ne comprenait pas. Sa mère était capable de faire le tour du lac à moto les yeux fermés.

— Roule doucement. J'ai vraiment besoin de toi, maman. Une autre femme, tu comprends ?

Ann soupira encore.

— Est-ce Bethany, la fille pour qui tu te rongeais les sangs la semaine dernière ?

— C'est exact.

— Je vois. La même Bethany que tu attendais depuis toujours et qui a des yeux couleur violettes sauvages ?

— Où veux-tu en venir ?

Ann se mit à rire.

— Je pense qu'un homme avisé réglerait cette urgence lui-même.

Ryan pensa qu'elle plaisantait et rit lui aussi.

— Maman, il y a un temps et un endroit pour tout.

— Tu ne peux pas laisser passer une telle occasion, affirma Ann avec douceur. Vous êtes sur le terrain de l'amitié, c'est ça ?

— Oui.

— Alors… soit amical.

— Maman, je ne…

— Oh ! là, là ! Ma minuterie sonne. Il faut que j'y aille si je ne veux pas que mes cookies brûlent.

— Maman ! Ne raccroche…

Plus personne à l'autre bout du fil. Ryan fixa le téléphone, résistant à l'envie de pousser un juron.

— Il y a un problème ? demanda Bethany, grelottant de froid.

Ryan remit le téléphone sur sa base. Sa mère avait perdu l'esprit, mais il ne pouvait raisonnablement pas le dire à Bethany.

— Non, pas vraiment. Ma mère a peur de conduire par ce temps.

— Oh !

Elle se pelotonna sous les couvertures, levant vers lui de grands yeux inquiets. Elle attendit un peu, frissonna, et dit :

— Je n'ai pas vraiment besoin d'un bain chaud, de toute façon. C'est gentil à vous d'y avoir pensé.

— Vous êtes frigorifiée. Avec votre problème de circulation, vous mettrez des heures à vous réchauffer.

— Je me débrouillerai.

— Vous débrouiller ?

Il la souleva du canapé.

— Nous nous débrouillerons, d'accord ?

— Je ne peux pas prendre un bain, pas avec vous seul pour m'aider.

— Bien sûr que si. Je me débrouille très bien.

Assis dans son fauteuil à bascule près du feu, Keefe Kendrick se demandait ce que sa femme mijotait. Son sourire espiègle quand elle raccrocha lui laissait présager le pire.

— Ann, qu'est-ce que tu manigances ?

Elle tourna vers lui un regard innocent.

— Manigances ?

Il réprima un sourire alors qu'elle se dirigeait vers lui.

— Tu n'as pas peur de tomber dans le lac et, s'il y a des cookies dans le four, j'en veux un.

Elle haussa les épaules. À soixante ans, Ann était encore une très belle femme, avec des jambes magnifiques et des seins aux rondeurs parfaites, juste ce qu'il aimait.

— Ryan a parfois besoin d'un coup de pouce pour avancer.

Elle s'assit sur ses genoux et l'enlaça. Keefe la connaissait assez pour savoir qu'elle essayait de l'embobiner.

— Dis-moi ce que tu mijotes.

— Hum.

Elle déposa des petits baisers sur ses lèvres.

— Il neige. La neige est *tellement* romantique. Tu ne trouves pas ? Ouvrons une bouteille de vin et faisons l'amour devant le feu.

Keefe lui mordilla les lèvres pour lui faire comprendre qu'il n'était pas aussi dupe qu'elle semblait le croire.

— Ann, te mêlerais-tu de la vie amoureuse de ton fils ?

Elle l'embrassa avec tant d'ardeur qu'il en oublia presque sa question.

— Absolument pas. Je suis au contraire une bonne mère qui résiste à la tentation de s'en mêler. C'est Bethany qui est chez lui. Tu sais bien, Bethany.

Keefe caressa le cou gracile de sa femme.

— La fille aux incroyables yeux bleus ? demanda-t-il d'une voix rauque.

— Exact. Elle s'est retrouvée bloquée dans la tempête, et Ryan est allé la secourir. Elle est à moitié morte de froid et a besoin d'un bain chaud. Il voulait que j'aille l'aider. Quel idiot !

Keefe se leva brusquement et se dirigea vers la salle de bains.

— Tu as raison, un bain, c'est très émoustillant. Parfois, Ann chérie, les manigances ont du charme.

10

Assise dans la salle de bains, Bethany fixait son image dans le miroir. Elle y voyait une femme pitoyable, aux yeux fatigués et aux cheveux hirsutes. Pas étonnant que Ryan fût inquiet.

Elle se frotta vigoureusement les bras, mais elle frissonnait toujours. Soulevant le bas de sa jupe, elle tâta ses genoux et découvrit qu'ils étaient glacés. Que n'aurait-elle donné pour être dans sa propre salle de bains avec tous ses équipements familiers !

On frappa doucement à la porte.

— Entrez, réussit-elle à dire d'une voix à peu près normale.

Ryan entra. Il avait revêtu des vêtements secs et avait négligé de boutonner sa chemise. Bethany ne put s'empêcher d'admirer son torse musclé et son ventre parfaitement plat.

— Salut, dit-elle pour dissimuler son trouble.

— Salut. Vous êtes prête ?

Elle ne le serait jamais. Comment pourrait-il l'aider à prendre son bain sans la mettre dans le plus grand embarras ?

Ryan la regarda de la tête aux pieds comme pour évaluer la situation. En dessous de la taille, elle était encore entièrement habillée. En haut, elle portait uniquement le tee-shirt trois fois trop grand qu'il lui avait prêté. Son chemisier et son soutien-gorge étaient posés sur un meuble près du lavabo.

— Il neige toujours ? demanda-t-elle.

— Oui. Aucune amélioration pour le moment. Au fait, j'ai appelé Jake pour rassurer votre famille. Il passera nourrir votre chat.

Il la surprit en venant soudain s'accroupir devant elle. Il lui sourit et écarta une mèche de cheveux de son visage.

— J'espère que vous ne tremblez pas de nervosité mais de froid. Je ne vous fais pas peur, n'est-ce pas ?

— Pas du tout ! répondit-elle avec un rire mal assuré.

— Vous êtes sûre ? J'ai essayé de me mettre à votre place. C'est un peu difficile. Tout cela doit être très dur pour vous.

— Tout va bien, Ryan. Sincèrement. J'aurais juste préféré ne pas prendre un bain.

— J'ai tout prévu.

Elle en doutait. Avait-il par exemple pris en compte que, sans barres de soutien, elle ne pourrait même pas enlever son slip et ses bas toute seule ?

— Faites-moi confiance, ajouta-t-il avec douceur en sentant son inquiétude. Il n'y a pas de gêne entre bons amis.

— J'aimerais être chez moi, voilà tout. Là-bas, il y a tout ce dont j'ai besoin.

— Je regrette de ne pas avoir l'équipement nécessaire. Je l'aurai bientôt.

— Oh, non ! Vous ne devez pas commencer à acheter des choses pour moi.

— Pourquoi pas ?

Elle savait qu'il y avait au moins une douzaine de bonnes raisons, mais il ne lui en venait pas une seule à l'esprit.

— Parce que ?

Il rit.

— L'un des avantages d'avoir un gros compte en banque est de pouvoir acheter des choses pour ses amis quand on en a envie. Avez-vous une idée de ce que rapportent cinquante millions de dollars par an ?

Mes impôts ne vont pas tarder à frôler le montant de la dette nationale.

— Comme je vous plains, ironisa-t-elle.

— Ce ranch est ma propre entreprise. Tous les aménagements que je peux effectuer, par exemple des accès pour handicapés, seront soustraits de mes impôts.

— Je vois.

— Si je veux acheter du matériel pour vous rendre la vie plus confortable ici, je le ferai. D'accord ?

— D'accord.

Il lui sourit de nouveau.

— Nous y allons ?

Elle inspira profondément pour se donner du courage.

— Je suis prête, dit-elle, essayant de s'en persuader.

— Vous sentirez-vous mieux si je vous dis que j'ai appelé le contremaître, et qu'il est déjà au travail, soudant des barres pour les toilettes ?

— Vraiment ?

— Quand nous aurons terminé, j'irai l'aider. Ce sera un peu rudimentaire, mais jusqu'à demain ça fera l'affaire.

Des barres pour les toilettes ! Elle se retint de se jeter à son cou pour l'embrasser.

— Je suis navrée de vous causer tant de dérangements, Ryan.

— Nous faisons beaucoup de soudures ici, et j'ai des tas de tuyaux en réserve. Ce n'est pas un problème.

Il se redressa et se pencha vers elle.

— Tenez-vous à mon cou. Il faut aller au bain. Je commence à avoir froid rien qu'à vous regarder.

Oh ! comme elle redoutait cet instant ! Il n'y avait pourtant pas moyen d'y échapper.

— Et si vous m'enveloppiez dans une couverture chauffante ?

— Je n'en ai pas. Désolé.

— Je pourrais simplement m'asseoir près du feu.

Il prit ses poignets et plaça lui-même ses bras autour de son cou.

— Faites-moi un peu confiance, murmura-t-il. Ce sera fini avant que vous ayez le temps de dire ouf.

Il allait haleter sous l'effort, et ses jambes à elle ballotteraient dans tous les sens comme deux branches mortes, exactement comme avec sa mère lorsqu'elles se rendaient à la piscine. Mais c'était méconnaître Ryan. Après l'avoir attrapée d'un bras par la taille, il se redressa aussi facilement que si elle ne pesait rien.

— Ô mon Dieu ! s'exclama-t-elle en sentant la moitié de son corps pendre dans le vide.

— Ne vous inquiétez pas, je ne vous laisserai pas tomber.

Il passa la main sous son tee-shirt pour dégrafer sa jupe. Puis il la débarrassa de ses dessous d'un seul geste sûr, exécutant la manœuvre sans même qu'elle sente le contact de sa main contre sa peau. Enfin, il passa un bras sous ses genoux pour la prendre complètement dans ses bras et lui fit un clin d'œil.

— Alors, qu'en dites-vous ? Efficace, non ?

Elle tira sur son tee-shirt pour couvrir ses cuisses.

— Je n'en reviens pas, convint-elle. C'est toujours laborieux quand maman m'aide.

Il lui lança un regard amusé.

— J'ai aperçu votre mère à la soirée des ranchers. Menue comme elle est, ça n'a rien de surprenant. Bon, maintenant je vous installe dans la baignoire. Si vous faites un nœud à votre tee-shirt, il ne flottera pas.

Il pensait vraiment à tout, s'extasia Bethany.

— Surtout, pas de panique. Je vous tiens.

Elle sentait sa force et sa peau était si tentante qu'elle faillit se laisser aller à y goûter, là, juste au creux du cou.

Il mit un genou à terre, la tenant à bout de bras au-dessus de la baignoire, et la fit doucement descendre dans l'eau. Une fois installée, Bethany fit un nœud à son tee-shirt, comme il le lui avait suggéré.

— On dirait que vous avez fait ça toute votre vie, commenta-t-elle, assez impressionnée.

Il ouvrit les robinets pour rajouter de l'eau, et y plongea la main pour tester la température.

— Vous allez vous réchauffer en un rien de temps, dit-il en réglant les robinets.

Elle soupira d'aise.

— Que c'est bon ! s'exclama-t-elle. Merci, vraiment.

— Ne me remerciez pas. Je suis content que vous soyez ici.

La chaleur réchauffa son corps, et ses muscles commencèrent à se détendre. Ryan entreprit de lui masser les jambes. Tout en le regardant faire, elle se surprit à espérer pouvoir sentir le contact de ses mains sur elle.

Garde la tête froide, Bethany. Une amitié. Ni plus ni moins.

— Ça va faciliter la circulation, dit-il en remarquant son regard sur ses mains. Je ne vous fais pas mal au moins ?

— Si seulement vous pouviez.

Il eut d'abord l'air interloqué. Puis il comprit.

— Je suis désolé. C'était une question stupide. Je pensais seulement… Bon sang, je ne sais pas ce que je pensais.

Il remonta sa main juste au-dessus de son genou.

— C'est si difficile pour moi d'imaginer l'absence totale de sensation.

Bethany sourit tristement.

— Ne vous excusez pas. C'est moi l'anormale, pas vous. Et il se trouve que j'ai des sensations à certains endroits.

Elle pointa un doigt à l'intérieur de sa cuisse gauche.

— Ici, par exemple. Je suis un cas assez spécial, à en croire les médecins. J'ai des sensations là où je ne devrais pas en avoir, et je n'en ai pas là où je devrais.

— Donc, vos jambes ne sont pas totalement insensibles ?

— L'insensibilité s'accentue surtout à partir des cuisses.

Le regard de Ryan se porta à l'endroit le plus intime de son corps.

— N'essayez pas de me noyer si je pose cette question. D'accord ? Êtes-vous insensible à cet endroit-là ?

Bethany devint si rouge de confusion qu'il comprit qu'il avait manqué de tact.

— Je suis désolé. Ma question est inconvenante.

Il vérifia la température du bain.

— C'était par pure curiosité. Vous semblez convaincue de ne pas pouvoir avoir de relations physiques normales. Si l'insensibilité n'est pas totale, je me demandais juste pourquoi.

— C'est l'avis des médecins.

— Les médecins peuvent se tromper.

— Je sais, mais mon chirurgien est le meilleur de la côte Ouest dans sa spécialité. Son avis n'est pas à négliger. Et il n'a pas été très encourageant.

Ryan haussa un sourcil circonspect.

— Vous n'avez donc jamais... vous savez... essayé un vol en solo pour vérifier par vous-même ?

Son regard croisa rapidement le sien.

— Non. Je, heu...

Elle haussa les épaules. Comment lui expliquer qu'elle avait choisi de mettre une croix sur sa sexualité ? Quel intérêt aurait-elle à réveiller des besoins physiques qu'elle ne pourrait peut-être jamais satisfaire ?

— Je n'ai pas eu de relation depuis mon accident, et j'imagine que je n'ai pas vu l'utilité de tester mes possibilités.

Elle lui adressa un sourire espiègle.

— De plus, l'un de mes frères est devenu presque sourd à force de pratiquer ces choses-là.

Il éclata de rire. Puis ce fut à son tour d'éviter son regard.

— Je suis navré. Je n'aurais pas dû poser cette question.

Il vérifia l'eau de nouveau.

— Je pense que c'est assez chaud. Qu'en dites-vous ?

Le voir aussi embarrassé qu'elle eut pour effet de la détendre.

— C'est délicieux.

Il ferma les robinets, puis s'assit par terre près de la baignoire, le dos appuyé contre le carrelage, un bras nonchalamment posé sur son genou levé. Bethany joua quelques instants avec la mousse. Quand elle leva les yeux vers lui, il triturait le lobe de son oreille, geste habituel chez lui.

— Je suis réellement navré, dit-il. Je ne sais pas ce qui m'a pris de vous demander une telle chose. Cela ne me regarde pas, après tout.

Elle prit le temps de réfléchir.

— Le problème n'est pas vraiment là. Ce qui m'embête, c'est de ne pas pouvoir vous répondre clairement. Vous voyez, ce serait comme posséder un fusil de chasse et habiter en ville. Il ne sert à rien, alors on le range et on finit par l'oublier.

Il hocha la tête.

— Je comprends mieux.

Ils se turent un moment.

— Si vous me parliez de votre famille, reprit-il enfin. Jake et vous semblez très proches. Avez-vous la même complicité avec vos autres frères ?

Heureuse de changer de sujet, Bethany parla de sa famille.

— Dans une grande famille comme la nôtre, il n'est jamais facile d'être la plus jeune, d'autant plus que j'étais la seule fille. Trop de mâles protecteurs. Il y en avait toujours un pour me surveiller. Dans ces conditions, il faut vraiment se battre pour devenir autonome.

— Je suis sûr que vos parents appréciaient leurs efforts.

— Oh, oui ! Quand Jake est parti pour l'université, Zeke a repris le flambeau, et après son départ ce sont les jumeaux qui ne m'ont plus lâchée d'une semelle.

— Les vétérinaires en herbe ?

Elle acquiesça de la tête.

— Le suivant a été Hank, mais c'est plus un copain qu'un gêneur. Il a à peine deux ans de plus que moi.

— Et vos parents ? J'ai rencontré votre père au magasin. Il m'a paru très gentil. Comment est votre mère ?

— Ma mère est une personne incroyable. Elle est – comment dire ? – imaginez une nonne en tenue de ville qui se serait mariée et aurait eu six enfants, qui, à l'entendre, sont tous tombés par magie dans la botte de mon père pendant qu'ils dormaient. Parfois je ne suis pas loin de penser qu'elle le croit elle-même.

Il rit de bon cœur à cette description.

— Vous avez l'air de l'aimer beaucoup.

— C'est une femme formidable. Juste un peu naïve. Papa est de la vieille école, et il l'a toujours surprotégée. Moi aussi, d'ailleurs. Mais pas avec le même succès. Si vous saviez le mal qu'il se donnait, quand nous étions encore au ranch, pour que je ne voie jamais les chevaux s'accoupler.

— Mais vous faisiez en sorte de les voir.

— Évidemment.

Il secoua la tête.

— Je plains votre père ! Vous élever a dû être une véritable épreuve.

— Pour lui ou pour moi ? C'est terriblement étouffant d'être le petit ange à son papa. Si c'était à refaire, je commencerais ma vie sexuelle à 12 ans.

— À 12 ans ? s'exclama-t-il, horrifié. C'est l'âge de Heidi.

— Qui est Heidi ?

Ses yeux brillèrent de tendresse quand il décrivit la petite sœur de Maggie.

— Elle espère m'épouser quand elle sera grande. Je l'adore, et je ne veux pas la blesser. Mais en même temps, je ne veux pas l'encourager. C'est très délicat.

— Elle a l'air adorable.

— Oui. D'ici peu, les garçons vont se bousculer à sa porte. Il faudra que j'aide Rafe à botter quelques paires de fesses.

— J'étais tellement passionnée par les chevaux à l'adolescence que les garçons ne m'intéressaient pas avant que je rencontre Paul. Heidi sera peut-être comme ça.

— Peut-être. Elle veut faire de la course d'obstacles.

— Vraiment ?

Bethany était sur le point de poursuivre sur ce sujet qui la passionnait, mais il la devança.

— En parlant de Paul, comment vous êtes-vous débrouillée pour tomber sur un garçon qui ne savait pas embrasser ?

— Nous étions jeunes, et Paul était le fils d'un pasteur. Il était très dévot. Nous avons à peine...

Elle se sentit soudain gênée.

— Nous nous réservions pour le mariage, conclut-elle.

— Dommage qu'il n'en ait pas fait de même avec votre amie ! commenta-t-il durement. Comment s'appelait-elle ?

— Nancy. Qui vous a parlé d'elle ?

Il détourna le regard, s'intéressant brusquement de très près au plafond.

— Leur mariage a été annoncé dans le journal. Ce n'est pas un secret d'État, n'est-ce pas ?

Bethany sourit.

— Pourquoi les garçons regardent-ils toujours le plafond quand ils mentent ?

— Vous avez trop de frères.

— Jake ? souffla-t-elle.

Ce n'était pas vraiment une question.

— Vous avez de la chance, vous savez, d'avoir un frère qui vous aime tant.

— Il vous a téléphoné.

Il secoua la tête.

— Il est passé ici samedi soir. Nous avons eu une longue et agréable conversation.

— Agréable ? Jake et vous ?

— Enfin, pas au début. Mais il a bien voulu m'écouter, et je l'ai convaincu que mes intentions envers vous étaient honorables.

— Que nous voulons juste être amis ?

Il sourit.

— Oui. Les meilleurs des amis.

Allongé près du feu, sa femme blottie dans ses bras, Keefe la sentit soudain se crisper.

— Qu'est-ce qui ne va pas, ma chérie ? demanda-t-il en caressant ses cheveux et l'en embrassant sur le front.

— Je me sens coupable, confessa-t-elle. J'aurais dû aller chez Ryan. Cette pauvre fille se serait sentie beaucoup plus à l'aise avec une femme pour l'aider.

— Hum.

— Tu crois que je devrais y aller ?

— On est si bien. Un tour de motoneige ne me dit rien.

— Tu n'es pas forcé de venir.

Il soupira.

— Et risquer de laisser ma femme tomber dans le lac ?

— Je ne tomberai pas dans le lac. Je connais le chemin par cœur.

Keefe se redressa sur un coude.

— Si je reste, je ne rencontrerai pas ma nouvelle belle-fille.

— Il ne l'a pas encore épousée.

Keefe gloussa.

— Oui, Ryan est un peu lent.

— Lent ? Selon quels critères ?

— Les critères Kendrick. Moi j'aurais déjà eu le temps de l'épouser trois fois. Je n'ai jamais compris ce garçon. Il réfléchit une éternité avant d'agir.

Ann déposa un baiser sur son cou.

— Je te laisse venir, à une condition.

— Laquelle ?

— Ne lui donne aucun conseil.

Keefe fronça les sourcils.

— Pourquoi ?

— Parce qu'il s'en sort très bien tout seul, et que je ne veux pas qu'il se mette à faire des folies, comme la kidnapper.

— Je ne t'ai pas kidnappée.

— Tu m'as fait croire que nous étions perdus et nous sommes restés cinq jours tout seuls en pleine nature. Si ce n'est pas un enlèvement, qu'est-ce que c'est ?

— Une très brillante ruse. Quand je t'ai ramenée chez toi, tu étais d'accord pour m'épouser. Je me suis épargné des semaines de frustration.

Il lui fit un clin d'œil.

— Je t'ai aussi rendu un grand service. Après ça, l'étudiant maigrichon et boutonneux qui te courtisait ne te paraissait plus aussi sexy. Et puis tu ne doutais plus que je puisse m'occuper de toi, quelles que soient les circonstances.

— Ah ! ça, oui.

Ann roula sur le dos, rit, et ferma les yeux.

— Tu as même allumé un feu avec deux bouts de bois. Tu te rappelles ? Par la suite, j'ai découvert que tu avais un briquet dans ta poche.

— J'avais aussi une autre couverture dans ma sacoche.

— Quoi ?

Keefe se pencha et lui embrassa le bout du nez.

— Tu as très bien entendu. J'avais deux couvertures.

Ann l'attrapa par les oreilles et le secoua.

— Espèce de sale petit chenapan.

Bethany était assise devant la cheminée en attendant que Ryan revienne de l'atelier à souder. De l'endroit où elle se trouvait, elle voyait la neige tomber par les baies vitrées et la jolie scène hivernale qu'offraient le lac gelé et ses rives bordées de grands arbres. Le soir qui commençait à tomber enveloppait le paysage d'une sorte de brume qui le rendait magique.

Se renfonçant dans son fauteuil, elle savoura pleinement cette tranquillité qui lui permettait de réfléchir. Elle avait eu un accident, et elle était coincée dans cette maison pour la nuit, ce qui était assez dramatique pour quelqu'un en fauteuil roulant. Mais jusqu'à présent, Ryan avait pourvu à tous ses besoins et avec tant de délicatesse qu'elle se sentait choyée plutôt qu'embarrassée.

Il l'avait aidée à se sécher et à s'habiller aussi facilement qu'il l'avait aidée à se déshabiller et à entrer dans la baignoire. Elle portait maintenant un ensemble de jogging douillet bien trop grand et de grosses chaussettes en laine ornées de triangles rouges aux talons et aux pointes.

Il lui avait également préparé une tasse de chocolat chaud avant de partir. Bethany avait l'impression de vivre un très agréable rêve.

Ryan. Un sourire étira ses lèvres. Combien d'hommes auraient pensé à faire un nœud à son tee-shirt ? Il était si doux et si merveilleux.

— Ohé ! C'est moi !

Bethany sursauta, puis se tourna.

— Vous avez fait vite.

Les mots étaient à peine sortis de sa bouche qu'elle se rendit compte que ce n'était pas Ryan, mais un inconnu qui lui ressemblait étonnamment. L'homme se figea, de toute évidence aussi surpris qu'elle. Il enleva son Stetson noir, faisant voler des gouttes de neige fondue.

— Vous devez être Bethany.

Il brossa la neige encore accrochée à l'une de ses manches.

— Désolé de mouiller le sol. J'ai essayé de tout secouer dehors, mais la neige de l'auvent m'est tombée dessus.

— Vous êtes…

— Rafe. Vous avez rencontré ma femme Maggie hier.

Bethany hocha la tête.

— Elle est adorable.

— C'est aussi mon avis.

Il se passa une main dans les cheveux, exactement comme l'aurait fait Ryan.

— Je suis désolé de faire ainsi irruption.

Ses yeux s'attardèrent sur sa tenue de toute évidence empruntée à Ryan.

— Je ne savais pas que Ryan avait de la compagnie.

— En fait, lui aussi a été surpris.

Elle relata rapidement son accident.

— Vous n'êtes pas blessée, au moins ?

— Pas une égratignure. Mais par ce temps, personne ne pourra venir me chercher avant demain.

— Ryan va sûrement allumer un cierge aux dieux de la neige.

— Pardon ?

Il rougit légèrement et se tritura le lobe de l'oreille. Encore un geste qui lui rappela Ryan.

— Rien.

Un courant d'air froid provenant de la porte ouverte fit frissonner Bethany. Elle serra un peu plus le plaid autour d'elle. Rafe se dirigea aussitôt vers la porte, puis hésita.

— Ça vous dérange si je la ferme ?

Bethany ne put s'empêcher de rire.

— Non, je vous en prie. J'ai déjà eu ma dose de froid pour aujourd'hui.

— Je suis désolé.

Il ferma la porte.

— C'est juste que… enfin, vous comprenez, comme vous ne me connaissez pas, vous pourriez être méfiante. « Méfieuse », comme dirait Sly.

Elle rit de nouveau.

— Je ne suis pas du genre « méfieux ».

— Non, je vois bien que non. C'est une bonne chose. Nous aimons la simplicité ici.

— Comme la plupart des ranchers.

Il sourit, ce qui lui rappela encore Ryan.

— C'est vrai, convint-il.

— Vous ressemblez tellement à Ryan, c'est surprenant, ne put-elle s'empêcher de remarquer.

— Il paraît qu'on se ressemble un peu.

— Un peu ? Vous pourriez être jumeaux.

— Non, je suis beaucoup plus beau, rétorqua-t-il avec un sourire malicieux. Maggie me le dit toujours.

— Je suis sûre qu'elle parle avec son cœur.

— Et elle me voit aussi à travers des lunettes roses, renchérit-il avec tendresse. Où est Ryan, au fait ? Je suis surpris de ne pas le voir collé à vos basques.

— À l'atelier de soudage.

— Que fabrique-t-il là-bas ?

Bethany essaya de trouver une façon délicate d'expliquer la chose. Elle opta pour la simplicité.

— Des barres.

— Des barres ?

— Pour les toilettes.

Il fronça les sourcils puis il sourit, signe qu'il avait compris.

— Eh bien, je crois que je vais aller faire un petit tour par là-bas.

Il inclina la tête.

— Ravi de vous avoir rencontrée.

— Moi aussi.

Il ouvrit la porte. Sur le seuil, il s'arrêta.

— Finalement, je ne ferai pas de petit tour. Voilà Ryan qui revient.

Bethany entendit des voix et des bruits de bottes crissant dans la neige, ainsi que ce qui ressemblait au vrombissement d'une motoneige.

— Salut, les parents ! entendit-elle Ryan lancer. Qu'est-ce qui vous amène ?

— Tu disais avoir besoin d'aide, répondit une voix féminine. Ton père a proposé de m'accompagner pour que je ne finisse pas dans le lac.

— Il n'y a plus de problème maintenant.

— Vraiment ? Eh bien, tant mieux. Nous allons juste entrer pour saluer Bethany, si ça ne te dérange pas.

Ryan rouspéta.

— Ça me dérange. Bethany n'est pas habillée pour recevoir, et je ne veux pas qu'elle… Maman, reviens ici !

Rafe adressa un sourire à Bethany et ouvrit grande la porte.

— Salut, maman.

Une petite femme blonde déboula dans l'entrée. Elle secoua ses cheveux pour les débarrasser de la neige, puis tendit sa joue à Rafe pour un baiser.

— Salut, mon chéri, dit-elle avec entrain, ses grands yeux gris se tournant vers Bethany. Les violettes sauvages. Pas étonnant qu'il se sente l'âme poétique.

Se demandant de quoi elle parlait, Bethany la salua de la tête.

— Bonjour. Vous êtes sans doute la mère de Ryan.

— Ann, corrigea-t-elle avec chaleur en se dirigeant vers elle la main tendue. Et vous êtes Bethany, bien sûr. Ryan nous a tant parlé de vous.

La poignée de main d'Ann Kendrick était ferme et franche. Bethany éprouva d'emblée de la sympathie pour cette femme. Elle était simplement vêtue d'un jean, de bottes passablement usées et d'un blouson en toile de jean. Qui aurait dit en la regardant qu'elle était l'une des femmes les plus riches de la région ? Le seul bijou qu'arborait Ann Kendrick était son magnifique sourire.

Ann garda la main de Bethany dans la sienne et s'assit sur le rebord de la cheminée.

— Il paraît que vous avez eu un accident ?

— Plutôt un accrochage avec un rocher, rectifia Bethany. Je n'ai rien eu.

— Ryan a dit que vous aviez eu très froid.

Bethany raconta une fois de plus les détails de sa mésaventure.

— Eh bien, soupira Ann quand elle eut terminé, je suis très contente que vous ayez pensé à appeler Ryan.

À cet instant, Ryan couvert de neige apparut de dos dans l'embrasure de la porte, s'échinant à vouloir faire passer un énorme assemblage de tubes. Bethany en resta bouche bée. De combien de barres pensait-il qu'elle ait besoin ?

— Doux Jésus ! s'exclama Ann. Il vous a construit un gratte-ciel, ma belle.

Bethany gloussa. Cela ressemblait effectivement à un petit gratte-ciel, avec un triangle dansant au bout d'une chaîne fixée à la barre la plus haute.

— Merde, râla Ryan en léchant son doigt écorché.

— Ça fera dix dollars, lui lança Ann. Je tiens les comptes à jour.

Ryan darda vers elle un regard noir et marmonna entre ses dents.

— Passe par les baies vitrées, lui suggéra Rafe.

— Et après ? Si cet engin ne passe pas par cette porte, il ne passera pas par celle des toilettes.

Un vieux cow-boy sec et nerveux, doté d'un très long cou et au visage si tanné par le soleil qu'il ressemblait à du parchemin, tenait l'autre extrémité du gratte-ciel. Son Stetson fané semblait être un prolongement de lui-même. D'un air très sérieux, il scruta Ryan entre les barres.

— Tu crois que ça passerait si on le tournait dans l'autre sens ?

Ryan recula pour examiner la structure sous tous les angles. Et dire qu'il lui avait assuré qu'elle ne le dérangeait pas, pensa Bethany, quelque peu mortifiée.

Un homme d'âge mûr, ressemblant fort à Ryan et à Rafe, apparut à cet instant à côté du vieil homme, qu'elle supposait être Sly.

— Tu veux que ton amie fasse quoi, fiston, du trapèze ?

— Ça va, papa ! Nous ne savions pas à quelle hauteur monter les barres, alors nous en avons fait deux jeux. Sly a pensé qu'une poignée serait pratique, alors pour éviter qu'on se cogne à chaque fois, on a opté pour une structure haute.

Le père de Ryan regarda Bethany entre les barres.

— Je suis Keefe Kendrick, au fait. Drôles de circonstances pour une rencontre, n'est-ce pas ?

C'était peu dire. Elle ne se souvenait pas d'avoir discuté de son équipement sanitaire au milieu d'une assemblée d'inconnus.

Étrangement, elle réussit à se détendre, probablement aidée par le pragmatisme général. Ils s'attelèrent tous au problème, parvinrent finalement à faire entrer la structure dans la maison, puis s'activèrent pour l'installer dans les toilettes. L'ambiance était si joyeuse que Bethany ne tarda pas elle aussi à rire comme les autres.

— Ouais ! s'écria Keefe Kendrick quand le travail fut enfin achevé. Je crois que ça va être au poil, fiston. Faisons un essai.

Bethany tourna vers lui un regard stupéfait, redoutant qu'il ne lui demande de servir de cobaye.

— Venez, la pressa-t-il.

Ô mon Dieu, c'était exactement ce qu'il avait en tête !

— Ne vous inquiétez pas, la rassura Ryan. Nous devons juste vérifier le niveau des barres.

Bethany testa donc son gratte-ciel devant le regard attentif de chacun. Le triangle servant de poignée s'avéra être un grand progrès par rapport à son équipement habituel. En s'y tenant, elle pouvait facilement sortir de son fauteuil.

— Ryan, c'est fantastique !

— Vous trouvez vraiment ? demanda-t-il avec fierté.

— C'est carrément génial ! Est-ce que je pourrai l'emporter chez moi ?

— Pas question. Ce monstre reste en place et nous vous en installerons un autre chez vous.

Bethany fronça les sourcils.

— Vous ne pensez pas sérieusement le garder.

— Il sera moins laid si vous le peignez.

— Si je le peins ? répéta-t-elle avec incrédulité.

— Je passerai la première couche, puis vous mettrez quelques fleurs et des trucs par-ci par-là.

— Ça me prendrait des jours.

— Personnellement, je n'y vois aucun inconvénient.

Ann se tenait sur le seuil de la porte, tendrement enlacée par son mari. Elle sourit à Bethany.

— Comment allez-vous l'appeler, Bethany ? Une chose aussi imposante et disgracieuse a besoin d'un peu de considération.

Toujours perchée sur son trône, Bethany réfléchit un moment puis donna une tape à la poignée triangulaire.

— Je crois que je l'appellerai « Douce Revanche ».

11

Tout le monde resta dîner et la famille se trouva au complet quand Rafe eut ramené Maggie, sa belle-mère Hélène, et les trois enfants. Seule Becca, la gouvernante, dont c'était le soir de sortie, n'était pas de la fête. Après de joyeux conciliabules, on opta pour des spaghettis comme plat principal, du pain à l'ail, de la salade et des haricots verts en accompagnement.

En général, les gens supposaient que Bethany était incapable d'aider à la préparation d'un repas. Mais, chez les Kendrick, tout le monde était censé mettre la main à la pâte, y compris Sly, qui avait été chargé d'aller chercher de l'ail frais chez Ann. Bethany devait préparer le pain. Ryan et sa mère s'occupaient de la sauce tomate. Helen mettait la table, Maggie et Rafe préparaient la salade. Keefe et Heidi faisaient du baby-sitting, tâche qu'ils semblaient grandement apprécier.

Bethany se sentait parmi eux comme dans sa propre famille. Elle se surprit même à espérer que la soirée ne se termine jamais – ou, plus précisément, que le sentiment de faire partie de leur famille dure toujours.

De temps en temps, le regard de Ryan et le sien se croisaient. « Vous voyez ? semblait-il lui dire. Ça peut marcher. Ça marchera, si seulement vous l'acceptez. »

— Garez vos pieds ! prévint Bethany en allant enfourner le pain.

Le bébé se réveilla à cet instant-là. Keefe, qui lisait une histoire à Jaimie, cria depuis le salon :

— Heidi est au téléphone. Quelqu'un peut s'occuper d'Amelia ? Jaimie et moi sommes au meilleur moment.

— Bethany, pouvez-vous y aller ? demanda Maggie en essuyant la joue de Rafe avec un torchon. Pauvre chéri, les oignons ne sont pas tendres avec toi.

— Je ne me suis jamais occupée de bébés, dit Bethany avec un peu d'appréhension.

— C'est l'occasion idéale pour commencer, répondit chaleureusement Maggie. Elle est peut-être mouillée. Les couches sont dans le sac près du canapé.

Bethany gagna le salon. Couchée entre des coussins sur le canapé, Amelia gigotait en hurlant. Bethany la prit dans ses bras. Le visage du bébé se détendit aussitôt. Elle fixa Bethany de ses grands yeux bruns et sourit, découvrant deux minuscules dents.

— Salut, dit doucement Bethany.

Elle tâta l'intérieur de la couche. Elle était effectivement humide.

— Oh ! là, là ! soupira-t-elle. Je ne sais pas si j'y arriverai, Amelia.

Keefe leva les yeux du livre de contes.

— C'est d'une simplicité enfantine. Les couches ont des languettes autocollantes.

— Il n'y a pas encore de bébé dans ma famille, alors je manque d'expérience.

— Amelia n'est pas un bébé difficile.

Il serra Jaimie un peu plus contre lui et tourna la page.

— Si ce n'est pas parfait, elle ne vous en voudra pas !

Les mains de Bethany tremblaient tandis qu'elle cherchait une couche dans le sac. Elle s'attendait à ce que le bébé reprenne ses hurlements, mais Amelia gazouillait et souriait comme si, pour elle, tout était source d'amusement.

Heidi revint juste au moment où Bethany mettait enfin la main sur une couche. Elle se pencha sur le dossier du canapé, ses grands yeux noirs pleins de curiosité et de sympathie.

— Ryan dit que vous avez été une cavalière hors pair.

— Je me débrouillais. Il paraît que tu fais aussi de la course d'obstacles ?

Heidi fronça le nez.

— J'essaie. Ryan dit que, si je vous le demande gentiment, vous pourriez me regarder faire et me donner quelques tuyaux.

— Ô mon Dieu, je...

— S'il vous plaît ? Il paraît que vous êtes une superchampionne.

— Pas tout à fait, dit Bethany avec un rire embarrassé.

Heidi regarda le bébé.

— Vous devez la nettoyer maintenant.

— Oh ! Et comment ?

— Une lingette.

Heidi fit le tour du canapé pour fouiller dans le sac. Elle en sortit une boîte en plastique qu'elle tendit à Bethany.

— Vous n'avez jamais fait ça ?

— Non, avoua Bethany en tamponnant les fesses du bébé. C'est une première.

— Vous vous en sortez bien, lui assura Heidi. Mais vous pouvez y aller plus franchement. Il faut juste passer la lingette partout, surtout dans les plis et puis mettre du talc.

Bethany suivit scrupuleusement ses conseils, et bientôt Amelia fut de nouveau au propre. Le bébé secouait gaiement ses petites jambes potelées qui dépassaient de sa jolie robe rouge.

— Nous formons une sacrée équipe, dit Bethany à Heidi en prenant le bébé sur ses genoux. Quand la boue aura séché, je viendrai te regarder au saut d'obstacles un après-midi.

Les yeux de Heidi s'écarquillèrent de joie.

— Vraiment ? Vous viendrez ? Super ! Quand je dirai ça à Alice, elle sera verte.

Bethany rit.

— Alice ? Une autre cavalière, je suppose ?

— Oui, et bien meilleure que moi. Maintenant j'aurai un avantage.

— Je ne sais pas dans quelle mesure je peux vraiment t'aider, la prévint Bethany. Je ne monte plus. Je peux juste te donner quelques conseils.

— Ça m'aidera énormément. Je le sais ! Et on n'a pas besoin d'attendre que la boue sèche. Ryan trouvera un moyen.

— Ryan trouvera un moyen pour quoi ?

Bethany leva les yeux. Celui-ci venait vers elles. Il se pencha pour s'appuyer sur le dossier du canapé.

— Tu m'as dégotté du boulot, Heidi ?

— Faire en sorte que Bethany puisse me voir au saut d'obstacles. La boue l'inquiète.

Ryan sourit à Bethany.

— Elle fait une fixation sur la boue. Aucun problème. Au pire, je poserai des planches. Pouvez-vous venir samedi prochain ?

— Samedi me convient tout à fait, répondit Bethany sans même réfléchir.

Heidi était si excitée qu'elle faisait des bonds.

— C'est génial !

Elle surprit Bethany en se penchant pour l'enlacer et l'embrasser.

— J'étais sûre que je ne vous aimerais absolument pas ! Mais vous êtes si gentille que je ne peux pas m'en empêcher.

Bethany riait encore quand la fillette courut téléphoner à sa copine.

— Pourquoi diable était-elle si sûre de ne pas m'aimer ?

— Je crois qu'elle voit en vous une rivale, sourit Ryan.

— Je comprends.

— Mais vous risquez de gravir des échelons. En ordre d'importance, je suis situé bien plus bas que la course d'obstacles, grâce à Dieu.

Le conte terminé, Keefe fit descendre son petit-fils du canapé et le regarda d'un œil attendri filer en direction de la cuisine.

Bethany leva les yeux vers Ryan.

— Il vous ressemble beaucoup.

— C'est vrai. Je n'arrête pas d'accuser Rafe d'avoir vu Maggie en cachette il y a trois hivers, mais il jure qu'il n'était pas dans l'Idaho quand l'enfant a été conçu.

Bethany ne put retenir un mouvement de surprise.

— Pardon ?

— Ce n'est pas le fils biologique de Rafe. Il avait un mois quand mon frère a rencontré Maggie. Non pas que cela ait une quelconque importance, mais c'est bien que vous le sachiez.

— Il n'est pas de Rafe, répéta-t-elle en secouant la tête, l'air totalement abasourdi. Je ne l'aurais jamais deviné. Il vous ressemble tant, et vous l'aimez tellement.

— Nous l'aimons, en effet. La lignée est importante chez les chevaux, pas chez les êtres humains. Jaimie est le fils de Rafe, et quand il sera en âge de comprendre, il ne se sentira pas moins Kendrick que n'importe quel enfant biologique de Rafe. C'est ainsi dans notre famille. Pas vrai, papa ?

— Plus que vrai, répondit Keefe en se levant. J'en prendrais une douzaine comme lui.

Alors qu'il se dirigeait vers la cuisine, Bethany nota sa démarche souple et nonchalante, si semblable à celle de ses fils.

Elle lança un rapide regard à Ryan. Elle avait été si certaine qu'il ne voudrait jamais adopter d'enfant. Quelque chose étincela dans le regard qu'il lui rendit. Elle s'attendait à ce qu'il parle, mais il se redressa et sortit de la pièce, la laissant seule avec le bébé et ses pensées déroutantes.

Après un merveilleux dîner convivial autour de la table de la cuisine, Ryan mit une cassette vidéo, et tout le monde se rassembla dans le salon pour regarder le film, une histoire pour enfants retraçant le périple de deux chiens et d'un chat pour retrouver leur foyer. Bethany se préparait à rester dans son fauteuil, comme elle le faisait chez ses parents, mais Ryan voyait la chose autrement. Il la prit dans ses bras, l'installa dans un petit canapé inclinable et s'assit près d'elle.

Après avoir tiré le plaid sur eux deux, il allongea ses jambes et glissa un bras sur ses épaules.

— Confortable ?

C'était plus que confortable. C'était tout simplement divin de pouvoir se blottir dans un siège douillet comme une personne normale.

Avant qu'elle ait pu répondre, il demanda :

— Vous avez déjà vu ce film ?

— Non. Et vous ?

Il regarda les enfants, assis à un bout du grand canapé avec Rafe et Maggie. Comme deux serre-livres mal assortis, Sly et la délicate Helen étaient assis coude à coude à l'autre extrémité.

— Nous l'avons tous vu une vingtaine de fois. C'est le favori de Jaimie.

Bethany observa la mère de Maggie, Helen, dont les jolis yeux noirs étaient rivés à l'écran. Si elle avait déjà vu ce film tant de fois, pourquoi avait-elle l'air si impatiente de le revoir ?

— Helen n'a plus toute sa tête, murmura Ryan.

Sly regarda dans leur direction, les sourcils froncés. Bethany se demanda s'il avait entendu le commentaire et en avait pris ombrage.

— Que voulez-vous dire ?

— Hémiplégie. Depuis, elle est comme un petit enfant.

Elle considéra Helen d'un regard nouveau. Durant la soirée, elle avait remarqué son comportement légèrement particulier, mais elle ne s'était pas imaginé une telle tragédie.

— Elle est encore si jeune et si jolie. Quel malheur !

— Tout dépend du point de vue où l'on se place, je suppose. Elle raisonnera comme une enfant jusqu'à la fin de sa vie, mais elle est la personne la plus heureuse que vous puissiez rencontrer. Elle a 55 ans, et elle croit à Peter Pan.

Bethany observa Helen encore un moment. Ryan avait sans doute raison. Elle paraissait très heureuse et frétillait de plaisir alors que le film débutait.

Elle reporta son attention sur l'écran, espérant elle-même apprécier le film. Pas facile. Pour y arriver, elle devait d'abord ignorer la caresse des doigts de Ryan sur son épaule.

Elle faillit à plusieurs reprises lui demander d'ôter sa main, mais c'eût été admettre que ce simple contact la troublait.

Ryan nota avec satisfaction les signes de perturbation sur le visage de Bethany. Il savait parfaitement ce qui en était la cause, et poursuivit son petit jeu sans le moindre remords.

Il regarda à l'autre bout de la pièce et fit un clin d'œil à sa mère, assise sur les genoux de son père. Ann Kendrick lui répondit par un sourire entendu et se lova un peu plus contre son mari.

Quand le film fut terminé, Bethany n'avait pas retenu la moitié de l'action.

— C'était bien agréable, dit Ann en se levant. Mais il est temps que je retrouve mon lit maintenant.

Keefe se leva à son tour, prêt à la suivre.

— Minute, les arrêta Rafe. Vous ne comptez tout de même pas vous en tirer en filant comme deux adolescents.

Il désigna Jaimie, profondément endormi devant la télé.

— Il faut m'aider à habiller et à embarquer les gamins.

Tout le monde s'attela à la tâche. Bientôt, toute la famille de Ryan les quittait, non sans que Reefe ait salué Bethany à sa façon.

— Bonne nuit, jeune fille. Vous faites un sacrément bon pain à l'ail. Je crois que je vais vous garder.

Bethany fixait sans le voir l'écran de télévision éteint tandis que Ryan raccompagnait tout le monde à la porte. Elle espérait qu'il garderait ses distances à présent qu'ils allaient être seuls. Dans le cas contraire, elle n'était pas certaine de pouvoir lui résister.

Quand Ryan revint, il comprit tout de suite que Bethany était tendue. Son petit jeu durant le film était sans doute allé au-delà de ce qu'elle pouvait supporter. Le plus sage était de la laisser tranquille. Pour l'instant.

— Vous avez l'air épuisé, observa-t-il. Il est sans doute temps d'aller au lit. J'ai une brosse à dents en réserve, si ça vous intéresse.

— Merci, je veux bien.

Il se rappela soudain qu'elle devait prendre des médicaments contre les crampes.

— Je ne vous ai pas vu boire pendant le dîner.

— Je craignais de m'enivrer devant votre famille.

Ryan se dirigea vers la cuisine.

— Eh bien, ils sont partis maintenant. Si vous vous enivrez devant moi, ce n'est pas grave.

Il récupéra une bouteille de vin à moitié entamée et deux verres.

— Ça vous dit de grignoter quelque chose ?

Il entendit le léger bourdonnement de son fauteuil roulant et leva les yeux pour la voir le rejoindre au comptoir.

— Comment fonctionne ce fauteuil ? demanda-t-il tout en coupant du fromage et en pêchant des cornichons dans un bocal.

— Avec une batterie. Je dois la recharger chaque nuit.

— Aucun problème, je m'en occuperai, dit-il en lui

mettant un bout de fromage dans la bouche. Allez, courage. Deux verres minimum.

— Je ne me ferai pas prier. Je ne veux surtout pas avoir des crampes aux jambes.

Ryan ne s'était jamais imaginé que les paraplégiques pouvaient éprouver des sensations au niveau des jambes. En fait, il s'était figuré exactement le contraire. Combien de ses suppositions étaient-elles erronées, se demanda-t-il en cherchant la réponse sur le joli visage de Bethany. Ce joli visage qui souriait si souvent, combien de fois avait-il lutté contre les larmes ?

— Est-ce que les massages soulagent vos crampes ? demanda-t-il.

— Cela exigerait de telles contorsions que je finirais avec un tour de reins, l'informa-t-elle en riant.

Poser les mains sur ces jolies jambes pour les masser ne le dérangerait pas le moins du monde, et il n'oublierait pas de s'attarder sur ce point particulièrement sensible à l'intérieur de la cuisse. Repoussant cette idée qui commençait à éveiller son désir, il prit son verre de vin. S'il voulait dormir cette nuit, lui aussi avait besoin d'une bonne dose de décontractant.

Il concentra son attention sur la préparation d'une assiette qu'il tendit à Bethany. Puis il s'exhorta à ne surtout pas laisser son regard glisser vers certaines courbes de son corps. Il la regarda alors prendre un cornichon et le mordiller avec délices, ce qui fut presque pire.

Avalant son morceau de fromage avec difficulté, il demanda d'une voix enrouée :

— Vous aimez les cornichons ?

— J'adore, répondit-elle, consciente de l'effet qu'elle avait sur lui. Pas vous ?

— J'adore vous regarder en manger, en tout cas.

Elle se figea, rougit légèrement, et enleva le bout de cornichon de sa bouche.

Ryan sourit, presque heureux d'avoir pu la faire rougir. S'il la rendait un peu nerveuse, c'était plutôt bon signe.

— N'arrêtez pas. C'est si agréable de voir une femme apprécier la nourriture. Elles sont toutes au régime de nos jours. À croire que manger est un péché mortel.

Elle croisa son regard et mordit franchement dans le cornichon, les yeux pétillants de malice. Elle le provoquait ouvertement. Quel fascinant mélange ! pensa-t-il avec tendresse. Si inexpérimentée mais si séduisante.

— J'aime les bonnes choses, dit-elle en mâchant sans complexe. Servez-moi un filet mignon, et je n'en laisserai pas une miette.

— Vous m'intéressez. Et côté dessert ?

Elle haussa un sourcil.

— Je suis étonnée que vous n'ayez pas deviné.

— Chocolat ?

Son visage prit une expression rêveuse.

— Je ne peux carrément pas m'en passer.

Ryan se demanda si elle savait que le chocolat contenait des substances susceptibles de pallier certaines frustrations.

— C'est un excellent substitut au sexe, vous savez, déclara-t-elle au même instant. Scientifiquement prouvé.

Il éclata de rire.

— Vous faites tout votre possible pour me choquer, n'est-ce pas ?

— Avec cinq frères, j'ai appris très tôt à parler aux garçons. Mais quoi ? Ça vous ennuie d'avoir une invitée sexuellement frustrée ? Vous pouvez toujours préparer vite fait une mousse au chocolat.

Ryan Kendrick pensa qu'il avait un remède imparable pour ce dont elle souffrait, et ce n'était sûrement pas le chocolat.

12

Avec deux verres de vin en guise de somnifère, Bethany dormit profondément et se réveilla reposée mais de mauvaise humeur. Certains chantent sous la douche et accueillent le jour à bras ouverts. À son réveil, tout ce qu'elle voulait, c'était de la caféine, de la solitude, et le silence absolu. Il en était ainsi depuis l'accident, un horrible sentiment d'enfermement s'abattant sur elle dès l'instant où elle ouvrait les yeux et se rendait compte qu'elle ne pourrait jamais réaliser ses beaux rêves. Des rêves où elle était libérée de la prison qu'était devenu son corps.

Le soleil matinal entrait à flots par les fenêtres, presque aveuglant tant il renvoyait l'éclat de la neige. Les rideaux écrus n'atténuaient pas l'intensité de sa lumière. Bethany soupira et mit un bras en travers de ses yeux. Même le bruissement des draps semblait assourdissant.

Espérant s'accoutumer progressivement à la lumière, elle baissa le bras. Les murs étaient uniformément blancs. Rien ne venait briser leur monotonie, ni photos ni tableaux. La commode et le bureau étaient presque totalement vides d'objets. Les chambres de motel avaient plus de personnalité.

Les hommes ! Comment pouvaient-ils vivre ainsi ? Ses frères étaient pareils. Leur conception de la décoration se limitait à l'accrochage du nouveau calendrier début janvier.

Elle essaya de se remémorer comment elle s'était couchée. Quelques images imprécises lui revinrent à l'esprit. Ryan s'asseyant au bord du lit une fois qu'elle avait été installée..., mais impossible de se souvenir de quoi ils avaient parlé.

Elle maudit ses jambes inanimées qui l'empêchaient de se tourner pour soulager la tension musculaire qu'elle sentait entre ses épaules. Tenter de se mettre sur le côté demanderait trop d'efforts. Autant rester étendue telle une baleine échouée sur la plage et s'en contenter.

D'un regard à moitié endormi, elle examina les moulures du plafond, elles aussi peintes en blanc, bien sûr. Comment diable allait-elle sortir de ce lit ? La porte de la chambre était fermée, et aucun bruit n'indiquait que Ryan fût levé.

Elle détestait l'idée d'appeler et de le réveiller. Se redressant sur ses coudes, elle regarda son fauteuil, qu'il avait placé près d'une prise électrique pour recharger les batteries. Il ne se trouvait qu'à environ trois mètres d'elle, mais pour ce qui la concernait, il aurait pu aussi bien être à l'autre bout de la terre.

— Je déteste ça. Je déteste, déteste !

Quelques secondes plus tard, on frappa à la porte.

— Je peux entrer ?

— Oui, répondit Bethany en sursautant.

La porte s'ouvrit. Ryan passa la tête dans l'embrasure. Encore humides de la douche, ses cheveux de jais brillaient, et il était évident qu'il venait de se raser. Il semblait complètement réveillé et d'une gaieté écœurante. Elle détestait les gens qui souriaient si tôt le matin.

— Bonjour, dit-il en ouvrant grande la porte.

— Comment saviez-vous que j'étais réveillée ? demanda-t-elle avec humeur.

Il désigna du pouce un boîtier en plastique blanc fixé au mur près de la porte. Est-ce que tout était blanc à cet étage ?

— L'interphone. Je buvais mon café lorsque j'ai entendu que vous vous étiez réveillée.

Son sourire s'élargit.

— Vous m'avez semblé un peu ronchon.

Ronchon était peu dire. Se lever était déjà une épreuve. Ensuite il fallait en passer par l'interminable épisode des toilettes et de la salle de bains. Comme la plupart des gens, elle avait besoin d'une tasse de café dès qu'elle ouvrait l'œil, et il se passait généralement une bonne demi-heure avant qu'elle aperçoive enfin la cuisine.

Ryan s'approcha du lit. Elle leva les yeux vers lui, haïssant le fait de ne pas pouvoir se lever seule et de devoir rester couchée là, à attendre son aide.

— Vos murs sont nus. Tout ce blanc ne vous fatigue pas ?

Il parcourut rapidement la pièce du regard.

— Je ne regarde pas les murs, en fait.

— Eh bien, ils ont besoin de décoration. Notre maison reflète notre personnalité.

— J'ai un problème alors.

— En effet. Il semblerait que vous n'ayez aucune personnalité.

— Je cherche un décorateur, dit-il en riant.

— Vous n'avez pas besoin d'un décorateur, mais de choses.

— Quelles sortes de choses ?

— Je ne sais pas. Des choses. Vous savez, des trucs qui reflètent qui vous êtes.

— J'ai des miroirs dans les salles de bains.

— Très drôle. Vous n'avez pas d'objets auxquels vous tenez beaucoup ? Des objets qui parleraient à votre place.

— Pour dire quoi ?

— Que vous avez vécu, que vous avez une histoire. Des photos de chevaux, peut-être. Ou au moins des gens que vous aimez.

— J'ai une vieille paire de bottes que j'aime vraiment beaucoup.

Elle lui lança un regard noir.

— Vous êtes comme ça tous les matins ? demanda-t-il comme s'il était agréablement surpris.

— Oui.

— Eh bien…

Il se pencha pour écarter les couvertures, puis la prit dans ses bras. Elle s'agrippa à sa chemise, pas encore tout à fait à l'aise quand il la portait.

— Sachez que je n'accepte aucun grief avant midi.

Il l'installa dans son fauteuil.

— Je vous attends dans la cuisine. Le café sera prêt.

Quand Bethany le rejoignit, quelques minutes plus tard, il lui adressa un regard méfiant.

— Le moral est un peu meilleur ?

Elle s'arrêta près du comptoir et se frotta les yeux. Ses cheveux étaient tout emmêlés parce qu'elle n'avait pas trouvé de brosse, seulement un peigne, peu adapté à sa longue chevelure. Elle était une créature d'habitude, qui avait besoin de rituels pour entamer sa journée. Ici, elle n'avait même pas de vêtements propres à se mettre.

— Je peux avoir du café ?

Il lui remplit une tasse.

— Vous l'aimez comment ?

— Fort.

— Sans lait ni sucre ?

— Non.

Il gloussa, ce qui lui valut un autre regard noir.

— Vous voulez un ongle à ronger ?

Elle ignora la vanne, prit la tasse, et alla s'installer près de la cheminée où elle regarda distraitement le feu tout en essayant de se réveiller. Une fois son café bu, elle se sentit un peu mieux et très coupable vis-à-vis de Ryan.

— Je suis désolée d'avoir été aussi grincheuse.

Ryan la rejoignit.

— Ce n'était pas si méchant.

Elle réprima un sourire.

— Vous êtes poli. Jake dit qu'il n'y a pas plus emmerdeuse que moi quand je me réveille.

— Ah bon ?

Il haussa les épaules et soupira.

— C'est un vrai frère pour vous. Toujours prêt à vous dire la stricte vérité, que cela vous plaise ou non.

Bethany éclata de rire.

Jake arriva une demi-heure plus tard. Bethany savourait une autre tasse de café quand Ryan et lui la rejoignirent, discutant et plaisantant comme deux vieux copains.

Elle regarda son frère d'un air inquisiteur et afficha un sourire tout miel.

— Quelle diligence ! Je suis surprise que tu aies si facilement trouvé la maison de Ryan.

Jake jeta un regard à Ryan, puis leva les yeux au plafond.

— Je suis déjà venu pour le boulot.

Ryan se racla la gorge. Il essaya de faire un signe à Jake mais ce dernier était trop occupé à compter les fissures du plafond et à se donner un air innocent.

— Vraiment ? fit Bethany d'un air songeur. Quel genre de boulot ?

Jake se gratta le front, abandonna son étude du plafond pour se plonger dans la contemplation du sol.

— Le Rocking K est un de nos plus gros clients, tu le sais bien.

Il parut soulagé.

— Oui, c'est ça. Je suis récemment venu livrer une commande. Pas vrai, Ryan ?

— C'est ça, il m'a livré une commande, dit Ryan du bout des lèvres.

Jake regarda Ryan puis Bethany. Il réfléchit quelques secondes.

— Vous m'avez dénoncé, conclut-il.

Ryan leva les mains en signe d'impuissance.

— C'était un accident. Quelque chose m'a échappé dans la discussion. Et quand elle m'a demandé des précisions, je n'ai pas voulu lui mentir.

Jake regarda Bethany d'un air contrit.

— Je voulais juste mettre certaines choses au clair avec Ryan. C'est tout.

— Non, ce n'est pas tout, s'emporta-t-elle. Tu te mêles constamment de mes affaires. Ça suffit !

Il haussa les épaules.

— D'accord. Je ne recommencerai pas.

— Quel brusque changement ! J'ai raté un épisode ?

Jake lui sourit.

— J'ai probablement compris que tu n'as plus besoin qu'on te surveille.

Sur ce, Ryan proposa du café. Ryan et Jake parlèrent de bétail, puis de chevaux. Alors que l'intérêt de Bethany commençait à s'éveiller, Jake décréta qu'il était temps de partir.

Bethany soupira.

— Je ne peux même pas parler de chevaux, Jake.

— Si l'envie te prenait de monter à nouveau, ne compte pas sur moi pour faire avaler la pilule à papa, la prévint-il. Je laisserai Ryan affronter ses foudres.

— Je ne vais pas me remettre à monter.

Rentrer chez elle ne signifiait pas la fin de ses problèmes. Son van était toujours dans le fossé. Jake lui affirma qu'ils pourraient se débrouiller sans elle au magasin tant qu'elle ne disposerait pas d'un moyen de transport. Mais Bethany s'inquiétait. Cela pouvait prendre des jours avant que les routes soient dégagées et Dieu savait combien de temps avant que les réparations ne soient faites.

Ryan lui téléphona dans l'après-midi. Il devina tout de suite à sa voix qu'elle était contrariée. Quand elle lui expliqua pourquoi, il tenta de la rassurer.

— Si vous avez besoin de vous rendre quelque part, je peux vous conduire.

— Non, non. C'est juste que je déteste manquer mon travail. Si ça dure longtemps, mon salaire s'en ressentira et j'ai justement pas mal de factures à régler.

— Je peux vous prêter de l'argent.

— Jake le ferait avec plaisir.

— Où est le problème alors ?

Elle soupira.

— *C'est* le problème. Rien ne rendrait ma famille plus heureuse que de me voir dépendre d'eux. Ça me rend… Je sais que ça a l'air idiot, mais cette situation me fait paniquer.

Long silence à l'autre bout du fil.

— Paniquer à quel propos ? Vous reprendrez votre travail dans le courant de la semaine prochaine.

— Je sais que je suis stupide. Seulement… Je ne peux pas l'expliquer.

— Essayez.

— J'ai travaillé si dur pour ne plus dépendre de personne. Pour moi, c'est vital. Ça va vous paraître excessif, mais je vois ma famille comme une bande de vautours, guettant le moment où je m'effondrerai. Mes parents adoreraient que je revienne chez eux, que je ne travaille plus, que je les laisse tout faire pour moi. Cette idée m'étouffe.

— Et sans votre van vous devenez dépendante.

— Exactement. Ils ne souhaitent que mon bien-être, bien sûr. Et je les aime tous tellement. C'est affreux de ressentir ça, encore plus de le dire.

— Je comprends. On a tous besoin de se sentir autonome.

— Mes parents veulent que je revienne au bercail.

— Eh bien, ça n'arrivera pas, alors arrêtez de paniquer. Je ne les laisserai pas faire.

Elle sourit tristement. Le fait même qu'il lui propose nécessaire son soutien lui donnait le sentiment d'être diminuée.

— Merci, Ryan. Vous êtes un véritable ami.

Il était près de minuit quand la sonnette réveilla Bethany en sursaut. Le cœur battant, elle batailla pour sortir de son lit le plus rapidement possible. Aucun membre de sa famille ne viendrait à une heure si tardive sauf si quelque chose d'affreux était arrivé. Sa première pensée fut que son père avait eu une crise cardiaque.

Quand la sonnette retentit de nouveau, elle se demanda si c'était vraiment l'un de ses frères. Ils avaient tous la clé de son appartement. Pourquoi s'acharneraient-ils à sonner ?

— J'arrive ! cria-t-elle.

Quelques minutes plus tard, elle ouvrit la porte. Elle n'avait pas allumé la lumière extérieure, et tout ce qu'elle vit fut l'imposante silhouette d'un homme. *Ryan ?* Que lui prenait-il de venir à cette heure ?

— Vous m'avez fait une peur bleue.

— Je suis désolé. Je n'ai pas pu le ramener plus tôt.

— Ramener *quoi* ?

Il balança devant son nez les clés de son véhicule.

— Votre van. Il est de nouveau en état de marche. Provisoirement. Mais ça ira jusqu'à ce que je me procure les pièces cette semaine.

Bethany ouvrit la porte en grand. Effectivement, son van était là. Elle était tellement émue qu'elle ne savait pas quoi dire.

— Oh, Ryan… ! murmura-t-elle, les larmes aux yeux. Il ne fallait pas.

— Ce n'était pas grand-chose. Sly et moi l'avons juste sorti du bas-côté avec un treuil et nous l'avons emmené au ranch pour le réparer.

Maintenant que ses yeux s'étaient accoutumés à l'obscurité, elle distinguait son visage. Il avait l'air très fatigué. Il avait dû travailler des heures.

— Je ne sais pas comment vous remercier.

— Vous n'avez pas à me remercier. Entre amis, on ne se remercie pas. Quand vous viendrez samedi pour Heidi, nous vous installerons un nouveau radiateur.

Sur ce, il s'en alla. Bethany le suivit des yeux à travers ses larmes. *Entre amis on ne se remercie pas.* Cet homme était merveilleux. Il allait la rendre folle de lui, qu'il le veuille ou non.

13

Seulement amis. Les jours suivants, ces deux mots résonnèrent comme une litanie dans la tête de Bethany. Elle ne pourrait jamais être la femme dont Ryan avait besoin et qu'il méritait, sur le plan sexuel comme dans bien d'autres domaines. Entretenir cette illusion serait non seulement fou mais injuste vis-à-vis de lui.

Forte de cette résolution, elle se rendit au ranch le samedi pour son rendez-vous avec Heidi. Elle était bien déterminée à modifier leur relation. Pendant qu'elle était avec la fillette, Ryan travailla sur son van. Quand il la rejoignit pour juger des performances de Heidi, elle ne se laissa pas fléchir.

— Merci, Ryan. Je vous dois combien ?

— Rien. C'était une pièce de récupération qui n'a coûté que quelques dollars. Et le travail n'a pas été difficile. Nous avons tous les outils nécessaires.

— Je tiens à vous payer.

— Non.

Il lui adressa un clin d'œil.

— Je préfère être payé en nature.

Surprise par sa réplique, Bethany rougit, mais se ressaisit bien vite.

— Je n'ai pas l'habitude de rouler mes amis, déclara-t-elle d'un ton léger. Et vous seriez perdant au change.

— Vous pourriez me préparer un dîner, suggéra-t-il. Qu'en pensez-vous ?

— Qui vous dit que je sais cuisiner ?

— Gourmande comme vous l'êtes, je n'ai aucun doute là-dessus.

Entre eux, l'atmosphère ne restait pas longtemps tendue. Ryan avait le sens de l'humour, et il supportait très bien les taquineries. Et puis comment garder son sérieux avec un rancher qui avait un taureau gâté comme animal de compagnie, et un chien bien dodu et tout aussi gâté ?

Quand le taureau en question se montra, Ryan prévint Bethany :

— Si jamais T-Bone vient meugler et baver devant les baies vitrées alors que vous êtes seule à l'intérieur, lancez-lui une carotte. Surtout refermez très vite la porte pour qu'il n'entre pas.

— Il entre dans votre *maison* ? s'étonna-t-elle.

— Pour aller aux toilettes, expliqua sérieusement Ryan. Il a souffert d'une pneumonie quand il était bébé et je l'ai gardé chez moi le temps de le soigner. Il s'en souvient encore et il ne comprend pas pourquoi il n'est plus le bienvenu à l'intérieur.

Quelques minutes plus tard, le taureau commença à le harceler pour obtenir une friandise. Il fit tant et si bien que Ryan finit par aller chercher une carotte. Bethany riait encore quand il revint de la maison avec le goûter de T-Bone.

La leçon de Heidi se terminait. Ils rentrèrent ensemble, Bethany se déplaçant aisément sur le tapis de planches qu'il avait installé pour que les roues du fauteuil ne s'enlisent pas.

— Vous êtes un très bon prof d'équitation, la complimenta-t-il. Vous n'avez jamais envisagé d'ouvrir un centre équestre ?

— Alors que je ne peux pas monter moi-même ? souligna-t-elle.

— Avec l'équipement adéquat et une selle spéciale, ce serait possible. « Ne jamais dire "J'peux pas". » C'est une devise de Sly, et j'y crois.

Bethany soupira.

— Eh bien, sans vouloir vous contredire, je pense qu'il y a des moments dans la vie où il faut accepter ses limites.

— Vous êtes douée, insista-t-il avec douceur. Vous avez pointé des défauts chez Heidi que je n'avais jamais remarqués. Et puis elle a raison. Vous êtes presque une légende dans la région. Si vous ouvriez un centre avec des stages d'été, par exemple, les jeunes se bousculeraient pour s'inscrire. De plus, vous adoreriez ce travail. C'est du gâchis de rester assise derrière un ordinateur.

Bethany sourit en s'arrêtant près de son van.

— C'est une pensée agréable, en tout cas.

— C'est un début.

Il s'écarta le temps qu'elle s'installe au volant. Puis il se pencha par la vitre ouverte.

— Merci pour Heidi.

— C'était un vrai plaisir.

À ce moment-là, T-Bone s'approcha et poussa les fesses de Ryan du bout de son museau.

— Si je vous soudoie avec un T-Bone steak, reviendrez-vous lui donner des conseils ?

— Volontiers.

Bethany se pencha pour tapoter la tête du taureau.

— Ne l'écoute pas, T-Bone. Jamais il ne te mangerait.

Ryan gratta les oreilles de l'animal.

— Bien sûr que je te mangerais. Pousse-moi encore une fois et tu verras. J'en ai déjà l'eau à la bouche.

Bethany avait passé un agréable après-midi et espérait que cela se reproduirait bientôt. Mais elle ne s'attendait pas à voir Ryan avant un bon moment. Son ranch se trouvait loin de la ville, elle travaillait dans un bureau, et il n'y avait aucune raison pour qu'ils se croisent par hasard.

Mais Ryan voyait les choses autrement. Il se présenta à sa porte le soir même, une boîte de pizza en équilibre sur une main, deux cassettes vidéo dans l'autre. Un peu de compagnie la dérangerait-elle ? Il se sentait seul.

Bethany ne pouvait décemment pas le renvoyer. Elle l'invita à entrer, sans se douter que cette soirée serait la première d'une longue série. Il l'appela fréquemment à partir de ce soir-là. Le plus souvent pour l'emmener dîner, puis au cinéma. À deux occasions, il les accompagna, sa mère et elle, à la piscine et fut quelque peu surpris quand il défia Bethany à la brasse. Elle nageait comme un poisson, compensant son handicap par des mouvements de bras puissants et bien rythmés. Il leur arriva aussi de passer toute la soirée dans la cuisine de Bethany à jouer à des jeux aussi divers que le Monopoly, le poker ou les dominos.

Quelle que fût leur activité, ils y trouvaient beaucoup de plaisir. Ryan se demandait souvent comment Bethany pouvait ne pas voir ce qui était si évident – qu'ils étaient faits l'un pour l'autre. Il aimait sa façon de rire, son sens de l'humour, sa combativité. Il prenait plaisir à discuter avec elle. Elle était têtue comme une mule, mais elle était aussi ouverte, et savait reconnaître quand elle avait tort, s'il parvenait à le lui démontrer, ce qui n'arrivait pas souvent.

Ryan préférait de loin les soirées où ils regardaient une vidéo. Il installait Bethany sur le canapé, chaudement blottie sous un plaid, puis s'employait à la séduire pendant les deux ou trois heures que durait le film. Des caresses innocentes, comme par inadvertance, si discrètes qu'elle ne se rendait compte de rien – jusqu'à ce qu'il soit trop tard.

Il ne mit pas longtemps à découvrir ses points sensibles. La nuque, le petit creux derrière l'oreille.

Ryan se trouvait bassement fourbe quand il croisait ses grands yeux bleus troublés. Mais il ne laissait pas la culpabilité l'arrêter.

Il voulait cette femme, dans son lit, dans sa vie. Et il parviendrait à ses fins, coûte que coûte. Quand il n'était pas avec elle, il travaillait sans relâche au ranch afin de l'aménager. La cuisine avait été entièrement refaite, des rampes avaient été installées un peu partout et, à l'extérieur, des allées avaient été cimentées pour lui permettre de se promener sur tout le domaine, y compris jusqu'au lac. Il avait aussi contacté son frère Jake pour qu'il l'aide à retrouver Wink, la jument de Bethany, qu'il souhaitait racheter.

Il voulait que tout soit parfait quand Bethany reviendrait au ranch, son but étant de contrer chacun des arguments qu'elle pourrait opposer à sa demande en mariage. Il savait que les actes comptaient plus que les mots, et il avait l'intention de lui démontrer combien il l'aimait et quelle vie merveilleuse ils pourraient avoir ensemble, si seulement elle lui accordait une chance.

Tandis que Ryan s'affairait à transformer le ranch en vue de leur future vie commune, Bethany se demandait avec angoisse comment mettre un terme à leur amitié. Ils se rencontraient pratiquement tous les jours depuis plus d'un mois, et il était temps pour elle de voir la réalité en face. Elle avait de plus en plus de mal à considérer Ryan uniquement comme un ami. Elle avait essayé, mais elle n'avait réussi qu'à se mentir à elle-même. Alors quoi ? Devait-elle persister dans le mensonge ?

Si difficile que ce fût, elle devait se séparer de Ryan. Vite. Car plus le temps passait, plus elle aurait du mal à le quitter, et sa résolution faiblissait un peu plus chaque jour. Il lui arrivait même de croire qu'elle pourrait devenir la femme de sa vie, alors que, en réalité, elle ne serait qu'un terrible fardeau pour lui.

Ce qu'elle avait redouté depuis le début était en train de se produire. Elle était follement amoureuse de lui.

Bien sûr, elle pourrait continuer à lui mentir et à se mentir – si seulement Ryan était homme à garder ses distances, mais il ne l'était pas. Il était si affectueux, toujours en train de l'enlacer, de la frôler, de la toucher. Il la rendait littéralement folle de désir et de frustration.

Certains matins, son frère Jake s'arrêtait à la porte de son bureau et demandait :

— Comment ça va entre Ryan et toi ?

— Il n'y a pas de Ryan et moi, répondait-elle invariablement. Nous sommes juste amis, Jake.

Jake souriait toujours quand elle disait cela.

— D'accord, laisse-moi reformuler la question. Comment ça va entre ton *ami* Ryan et toi ?

— Très bien.

— C'est tout ? Très bien ?

— Il n'y a rien d'autre à ajouter. Nous sommes amis. Il est très gentil, et j'apprécie sa compagnie, point à la ligne.

Le matin où Bethany décida qu'elle devait cesser de voir Ryan, Jake lui posa la même question tout en sirotant son café.

— Alors, frangine, comment ça va entre Ryan et toi ?

Bethany était si déprimée qu'elle n'eut pas la force de se livrer à leur petit jeu habituel. Elle haussa les épaules.

— Bien, je suppose.

— Oh ! ça ne semble pas fameux ! Des problèmes ?

— Pas vraiment, répondit-elle, alors qu'elle avait envie de fondre en larmes chaque fois qu'elle s'imaginait ce que serait sa vie sans Ryan. Rien que je ne puisse gérer, en tout cas.

— Est-ce que tu vas bien ? s'inquiéta Jake en s'approchant pour la scruter. Tu as des cernes.

— Je dors mal depuis quelques jours.

— Tu as des ennuis ?

Bethany se demanda comment il réagirait si elle lui exposait le problème : sa sœur bien-aimée, presque une sainte pour lui, était sexuellement frustrée et sur le point de perdre la tête.

— Non. Juste un peu d'insomnie. Ça passera.

— Si ça continue, tu devrais peut-être voir un médecin.

Un médecin ? Bethany en avait assez vu, et un médecin quel qu'il soit serait incapable de soigner ce genre de problème.

Ryan se trouvait dans la sellerie quand son téléphone sonna. Avec un soupir exaspéré, il alla le chercher dans la poche de son blouson accroché au mur.

— Allô ! aboya-t-il.

— Ryan ? C'est Jake Coulter.

— Salut, Jake. Comment ça va ?

— Qu'est-ce qui se passe entre Bethany et vous ?

— Rien.

À son grand regret.

— Qu'est-ce que vous imaginez ? Je ne l'ai pas touchée.

— C'est bien ce que je pensais.

Long silence.

— Que voulez-vous dire exactement ?

Jake soupira.

— Elle ne dort pas.

— Comment ça, elle ne dort pas ? Elle est malade ?

— Hé ! on se réveille ! Elle ne dort pas, et vous dites que vous ne l'avez pas touchée. Il ne faut pas être sorcier pour comprendre.

Ryan sourit comme un idiot.

— Vous croyez ?

Jake soupira de nouveau.

— Ryan, articula-t-il avec une patience exagérée, vous vous souvenez de la conversation que nous avons eue chez vous ?

— Tout à fait.

— Quand allez-vous l'épouser ?

— J'en suis aux travaux d'approche.

— Eh bien, si vous l'aimez, approchez-la tout court.

Ryan haussa les sourcils.

— Vous pouvez répéter ?

— Vous m'avez bien compris. Et si ensuite vous ne l'épousez pas, vous êtes un homme mort. C'est clair ?

— Très clair.

Cet après-midi-là, Ryan appela Bethany au magasin pour l'inviter à dîner chez lui. Elle lui parut distraite et lasse, et il redouta un instant qu'elle ne refusât.

— J'ai quelque chose à vous montrer, s'empressa-t-il de préciser.

— Bon… d'accord. J'avais l'intention de vous parler. Autant que ce soit ce soir.

— Quelque chose ne va pas ? s'inquiéta-t-il.

— Pas exactement. C'est… compliqué. Je vous expliquerai ce soir. Est-ce que 18 heures vous conviendraient ?

— C'est parfait.

Ryan était pessimiste quand il raccrocha. Cela ressemblait fort à une annonce de rupture. Il se frotta le front. La migraine qui l'avait pris depuis l'appel de Jake ne faisait qu'empirer. Il ne fallait pas qu'il s'inquiète. Il l'aimait, et il savait qu'elle tenait à lui. Si elle avait décidé de ne plus le voir, il saurait l'en dissuader.

Il prit de l'aspirine, rangea le salon, puis sortit deux steaks du congélateur. Il passa ensuite sous la douche.

Le puissant jet d'eau lui clarifia les idées, et il put commencer à établir une stratégie. Il soignerait sa tenue mais sans en faire trop non plus puisqu'il serait aux fourneaux. Une tenue sobre et élégante. Jean et chemise à manches longues de couleur noire. Les femmes aiment le noir. Pourquoi, il n'en avait aucune idée, mais, ce soir, il mettrait tous les atouts de son côté.

Est-ce que tous les hommes se sentaient malades quand ils étaient sur le point de faire leur demande ?

Elle était en retard. Il était 18 heures 32. De *deux* minutes seulement. Normal. Le trajet était long depuis la ville. Elle arriverait bientôt.

Il déambula dans la maison, de la cuisine au salon, un bref arrêt pour regarder la route, retour dans la cuisine flambant neuve. Il vérifia les steaks pour la énième fois. Ils étaient bien décongelés. Il ouvrit le réfrigérateur : la salade qu'il avait nettoyée était toujours là, toujours verte.

Il soupira et passa les pommes de terre sous l'eau. Mais où était-elle ? Son ventre se noua. Pour autant qu'il le sache, il n'avait rien fait, *rien,* pour lui donner envie de ne plus le voir.

Son van gris apparut juste à ce moment-là à travers les arbres. Son cœur fit un bond. Il inspira profondément, et s'aperçut que de la sueur perlait à son front. Quel idiot !

Il attendrait à l'intérieur, décida-t-il. Tranquillement. Sa décision n'était pas aussitôt prise qu'il sortit sur le porche. Il était impatient. Et alors ? Il voulait l'épouser. Elle était la femme de sa vie. Pourquoi lui cacherait-il ce qu'il ressentait ?

Elle se gara sur l'allée cimentée qui reliait la maison à l'écurie. Puis elle resta là, figée, regardant autour d'elle. Ryan se dirigea vers elle tout en lui faisant un signe de bienvenue de la main.

— Salut, dit-il quand elle baissa enfin sa vitre.

Elle le fixa de ses grands yeux bleus. Son visage était très pâle.

— Oh ! Ryan ! qu'avez-vous fait ?

Ce n'était pas la réaction qu'il avait attendue. Il jeta un regard autour de lui, comme pris en faute. Il voulut lui expliquer, mais il comprit aussitôt que ce serait absurde. Ce qu'il avait fait était évident. Il avait aménagé des allées praticables pour un fauteuil roulant.

— Qu'en pensez-vous ? demanda-t-il. Vous pouvez même vous promener autour du lac.

Elle pâlit encore plus, ce qui accentua ses cernes.

— Ô mon Dieu ! Qu'avez-vous fait ?

Il y a des jours dans la vie où l'on ferait mieux de rester au lit. Au son de la voix de Bethany, un cheval hennit dans l'écurie, puis se mit à ruer dans son box. Ryan savait de quel cheval il s'agissait. Bon sang ! Il avait prévu de lui faire la surprise un peu plus tard dans la soirée. Pour ménager ses émotions.

Mais voilà, Wink avait reconnu sa voix. Incroyable ! Au bout de huit ans ! Incroyable ! Les chevaux étaient réputés pour avoir une bonne mémoire, mais il n'avait jamais entendu dire qu'un cheval pût reconnaître une voix après si longtemps.

Bethany tourna un regard stupéfait vers l'écurie.

— Allez-vous m'expliquer ce qui se passe ?

On aurait dit que l'écurie allait s'effondrer comme un château de cartes. Ryan suivit son regard et se frotta la joue avec embarras.

— Ce n'est rien.

Il espérait que Sly était encore dans le coin et qu'il calmerait Wink.

— Nous avons une nouvelle jument. Elle est un peu…

Wink hennit encore plus fort.

— Wink ? murmura Bethany.

Elle commença à ouvrir la portière pour sortir du van.

— Wink !

Elle regarda Ryan d'un air incrédule, les yeux remplis de larmes.

— C'est mon cheval !

— Je… eh bien, je n'avais pas prévu de vous l'annoncer tout de suite. Je… l'ai racheté pour vous.

— Vous l'avez *quoi* ?

Il lui répéta ce qu'il avait dit. Elle installa son fauteuil sur la plate-forme amovible qui lui servait de mini-ascenseur pour descendre de voiture.

Dès qu'elle se retrouva sur l'allée cimentée, elle fonça droit vers l'écurie. Ryan la suivit, presque désolé qu'elle puisse se déplacer aussi facilement désormais.

À l'entrée, elle s'arrêta brusquement. Elle regarda la large allée d'asphalte qui s'étendait entre la double rangée de boxes, lesquels étaient équipés de rampes permettant l'accès à un fauteuil roulant.

— Ryan ! murmura-t-elle d'une voix tremblante.

Wink sortit la tête de son box, ses narines frémissant alors qu'elle humait l'air. Puis elle hennit trois fois, comme si elle saluait Bethany. La jeune femme laissa échapper un sanglot et enfouit son visage dans ses mains.

— Mon Dieu, Ryan, pourquoi avez-vous fait ça ?

Elle baissa les mains et pivota vers lui.

— Seulement amis, disiez-vous. Sans risques, en toute amitié ! Jake a vendu Wink 25 000 dollars ! Combien vous a-t-elle coûté ?

Ryan avait soudain l'impression d'avoir commis un crime.

— L'argent ne compte pas, Bethie.

— Pour moi, oui ! Et ne m'appelez pas Bethie !

— Bethany, je…

— Combien ?

— Un peu plus de 30 000, admit-il.

— Un peu plus de 30 000 ?

Elle le fixa avec une stupéfaction inquiète.

— Et à combien s'élève ce petit plus ?

— À six.

— C'est-à-dire 36 000 ?

Elle passa une main dans ses cheveux.

— Je ne peux pas croire que vous ayez fait ça ! Je ne peux pas le croire ! Jamais je ne pourrai vous rembourser une telle somme.

— Je n'attends pas que vous me remboursiez.

Elle fixa sur lui un regard accusateur.

— Ce n'était que mensonges depuis le début, n'est-ce pas ? dit-elle au bout de ce qui lui parut une éternité. Vous n'avez jamais eu l'intention de n'être qu'un ami pour moi.

Ryan décida de dire la vérité. Mentir ne lui semblait pas judicieux dans l'état actuel des choses.

— Oui, dit-il avec douceur. J'ai menti, en quelque sorte. En fait, tout dépend du sens que l'on donne aux mots « amour » et « amitié ». Peut-on vraiment avoir l'un sans l'autre ?

Il haussa les épaules, faisant son possible pour paraître sûr de lui.

— Je ne le pense pas. Une relation intime sans un lien d'amitié n'est pas de l'amour. Croyez-moi, je l'ai expérimenté.

Elle croisa les bras.

— Je vous l'ai dit depuis le début, Ryan. Nous ne pourrons jamais être plus que des amis. *Jamais*. Et j'avais l'intention de vous dire ce soir que même l'amitié n'était plus possible pour moi.

— Pourquoi ?

Elle le fixa droit dans les yeux.

— Je ne peux pas vous donner ce dont vous avez besoin, souffla-t-elle.

Elle le contourna et se dirigea vers son van. Ryan la suivit.

— Bethany, pouvons-nous en discuter ?

— Il n'y a rien à discuter.

Il la rattrapa au moment où elle atteignait la plate-forme. Elle y plaça son fauteuil, le fit monter et s'installa au volant. Il la regarda en silence appuyer sur le bouton de commande de la plate-forme qui s'escamota, puis se pencher pour attacher sa ceinture de sécurité.

— Vous partez. Juste comme ça ?

— Oui, dit-elle doucement en fermant la portière.

Ryan posa les bras sur la vitre ouverte et se pencha à l'intérieur.

— Et je suis censé vous laisser partir ?

— Vous n'avez pas le choix.

Comme elle allait tourner la clé de contact, il plongea la main et lui saisit le poignet.

— Je suis beaucoup plus fort que vous. Ça change totalement les données.

Elle le dévisagea avec stupeur.

— Lâchez-moi, Ryan.

— Pas avant de vous avoir parlé.

Elle dégagea vivement son bras.

— Aucune parole ne me fera changer d'avis.

Ryan perdit son calme.

— Très bien ! Fuyez, Bethany. Vous avez l'habitude, n'est-ce pas ? Depuis huit ans, vous ne faites pas autre chose.

L'effet fut concluant. Elle se tourna pour le dévisager.

— Je croyais que vous aviez du cran, poursuivit-il. Je me trompais, manifestement. Vous n'avez pas seulement perdu l'usage de vos jambes dans cet accident, vous avez aussi perdu votre courage.

Elle tressaillit comme s'il l'avait giflée.

— Ce n'est pas juste.

— Juste ? Parce que vous voyez quelque chose de juste dans tout ça ? Je suis désolé. J'ai dû rater un épisode.

Il désigna le ranch.

— J'ai passé près d'un mois à bosser comme un damné pour vous montrer que nous pouvons vivre ensemble. Au lieu d'être contente, vous fuyez ! La vérité, c'est que je vous fiche la trouille. Ce bon vieux Paul qui revient nous hanter. Vous avez peur de souffrir, et vous êtes bien trop lâche pour prendre le moindre risque.

— C'est faux ! cria-t-elle. Je fais ça pour vous ! Vous êtes trop aveugle pour le voir !

Ses yeux s'emplirent de larmes.

— Je vous aime.

— Vous avez une drôle de manière de le montrer.

— C'est la seule manière de le montrer ! Vous croyez que c'est facile de renoncer à tout ce que vous m'offrez ? Tout ce que j'ai jamais rêvé d'avoir, une vie avec vous ! Vous avez même ramené mon cheval !

Il y avait une telle souffrance dans ses paroles que Ryan se calma instantanément. Il se sentait coupable.

Coupable de ne pas avoir compris qu'elle renonçait à ce dont elle manquait le plus depuis huit ans – l'amour et la présence d'un homme à ses côtés, une plus grande liberté de mouvements, la proximité des chevaux, la possibilité de reprendre l'équitation et peut-être même les randonnées à cheval, Wink – uniquement pour le préserver *lui*.

Elle partait parce qu'elle pensait sincèrement que c'était la meilleure chose à faire pour son bien à lui. Il ne s'agissait pas d'elle. Il n'en avait jamais été question. Et elle avait raison ; il avait été trop aveugle pour le voir.

— Bethany, murmura-t-il, je suis désolé.

Il s'installa à côté d'elle et la prit dans ses bras.

— Je regrette ce que j'ai dit.

— Je ne peux rien vous apporter, Ryan ! dit-elle dans un sanglot. Pas d'enfant. Jamais. Peut-être même pas de relations sexuelles dignes de ce nom ! Je mourrai probablement jeune. Et je ne peux pas vous aider au ranch. Je serai un fardeau, pour vous et pour tous les autres !

Ryan la serra plus fort contre lui.

— Écoutez-moi. Vous voulez bien ?

Elle poussa un petit gémissement, essayant de ravaler ses larmes.

— Je vous aime ! dit-il avec passion. Si nous ne pouvons pas avoir d'enfants, nous en adopterons.

— Ce ne sera pas pareil ! Il vous faut une famille. Vous êtes fait pour être père, je le sais. Vous avez tant d'amour à donner.

— Nous aurons une famille. Vous voulez une douzaine d'enfants ? Très bien. Nous consulterons une agence. Et pourquoi ne serait-ce pas pareil ? Nous aimerons nos enfants, qu'ils soient de notre sang ou pas.

— Vous dites ça maintenant. Mais quand le temps aura passé ?

— Je ne changerai pas. Si je n'ai pas d'enfants de vous, je n'en aurai de personne d'autre. Il n'y aura pas d'autre femme. Vous êtes celle que j'attendais.

— C'est idiot. Vous ne pensez pas ce que vous dites.

— Oh, si, souffla-t-il en enfouissant son visage dans ses cheveux. Je le pense de tout mon cœur.

— Même si je ne peux pas vous satisfaire sexuellement ?

— Tant que nous n'avons pas essayé, nous n'en savons rien. Mais je suis sûr que, quoi qu'il en soit, nous trouverons un moyen de nous donner mutuellement du plaisir.

— Pourquoi vous résigneriez-vous à une telle vie ?

— Me résigner ? Bethany, je vous aime. Si on m'offrait le choix entre toutes les femmes du monde, c'est vous que je choisirais.

— N'avez-vous pas entendu ce que j'ai dit ? Les gens comme moi sont en sursis. Je pourrais avoir une embolie à tout moment et mourir sous vos yeux. C'est ça que vous voulez, rester seul avec une douzaine d'enfants adoptés ? Moi, je ne veux pas !

Elle semblait si déterminée que Ryan eut soudain peur de la perdre.

— Eh bien, laissez-moi vivre ce sursis avec vous. Restez avec moi tant que vous pouvez. Je vous laisserai partir quand Dieu le décidera, mais je lui serai reconnaissant pour chaque seconde qu'Il m'aura accordé de partager avec vous.

— Vous êtes fou.

— Oui. Fou de vous. Nous sommes tous en sursis, Bethany. Tous. Et vous savez quoi ?

— Non ? demanda-t-elle, frémissante.

— Vous ne mourrez pas sous mes yeux. Je ne permettrai pas que ça arrive. Je surveillerai votre régime. Je vous aiderai à fortifier vos muscles.

Elle se remit à pleurer, comme si elle avait le cœur brisé. Ryan la tenait blottie contre lui. Il comprit qu'il avait gagné quand elle s'abandonna à son étreinte.

Il la laissa pleurer, pressentant que ces larmes étaient celles qu'elle retenait depuis huit ans.

— Je vous aime, souffla-t-il quand ses pleurs se calmèrent enfin. Vous ne pouvez rien changer à ça. Et si vous me tournez le dos, c'est ma vie que vous détruirez. Votre conscience supportera-t-elle un tel poids ?

Elle rit entre ses larmes.

— Donnez-moi juste le présent, juste le temps que vous pouvez, s'empressa-t-il de la supplier, s'il vous plaît ?

— Comment pourrais-je refuser ? Essayons, murmura-t-elle. Au moins jusqu'à ce que nous sachions si c'est possible sexuellement.

Ryan chercha son regard.

— Pas de restrictions.

— Mais, Ryan, ça peut s'avérer *horrible*. Pas de promesses, pas d'engagement, jusqu'à ce que nous sachions.

Malgré tout ce que cela lui coûta, Ryan la saisit par les épaules et l'écarta de lui.

— Pas question. Si c'est tout ce que vous offrez, je n'accepte pas.

Elle le fixa sans comprendre.

— Quoi ?

— Vous m'avez entendu. Tout ou rien. Je veux vous épouser.

— Mais…

— Pas de mais. Quand on s'aime vraiment, on s'aime sans conditions. Je ne conçois pas l'amour autrement. Je veux une femme qui reste près de moi, quoi qu'il arrive.

— C'est vous qui serez coincé avec une femme incapable de faire l'amour !

— Qu'en savez-vous ? Je suis peut-être un amant très médiocre.

— C'est absurde.

— Et s'il m'arrivait un accident ? Si je devenais impuissant ? Vous en iriez-vous ? Merci, mais très peu pour moi. Je veux des promesses et je veux un engagement. Sinon adieu.

Une ombre voila les yeux de Bethany.

— C'est stupide, Ryan. Je vous laisse simplement une porte de sortie.

— C'est très gentil, mais je n'en veux pas.

Il croisa les bras, attendant manifestement sa réponse.

— Alors ? Vous restez ou vous partez ?

Il regarda autour d'eux.

— Ça va être fichtrement dur d'enlever tout ça si vous partez.

Elle suivit son regard et ses yeux s'emplirent à nouveau de larmes.

— Je n'arrive pas à y croire. Tout ça pour moi...

— Uniquement pour vous, et tout le monde le sait. Abandonnez-moi et je passerai pour le plus grand des crétins. Aurez-vous vraiment le cœur de me faire ça ?

Elle secoua la tête, ses yeux glissant en direction du lac.

— Il y a des allées partout ! Je peux me promener sans fin.

— Partout où vous en aurez envie, mon amour. Ne partez pas, je vous en supplie.

Elle tourna vers lui un regard inquiet.

— J'ai peur.

— De quoi ?

— Qu'un jour vous en ayez assez de ne pas avoir vos propres enfants, que vous regardiez un film érotique et que vous compreniez combien je suis ennuyeuse, et combien ça vous manque.

Un film érotique ? Il n'en regardait jamais. Par contre, il savait qu'il pouvait regarder le joli visage de Bethany pendant des années sans se lasser.

— Vous savez, cette femme dans la pub pour un assouplissant ? demanda-t-elle d'une petite voix brisée. Celle qui roule sur elle-même et bondit de son lit en souriant et enfile son jogging pour aller courir ?

Ryan ne savait absolument pas de quelle publicité elle parlait, ni en quoi cela les concernait.

— Oui.

— Eh bien, au réveil je ne peux pas rouler sur moi-même. Je suis scotchée sur place.

Il sourit.

— Je vous tiendrai contre moi, et nous roulerons ensemble.

Elle plissa le nez.

— Je ne bondis pas non plus du lit. Vous ne pouvez pas imaginer toutes les opérations que je dois effectuer pour me lever. Et une fois que j'y suis parvenue, je ne vais jamais courir nulle part.

— Où voulez-vous en venir ? Si bondir et courir étaient des priorités pour moi, serais-je ici en ce moment ?

— J'ai juste peur, Ryan. Un jour, vous verrez une publicité de ce genre, et vous aurez le sentiment que je vous ai berné et vous me détesterez pour avoir gâché votre vie.

— Ça n'arrivera jamais, je vous le jure.

Il se pencha pour défaire la ceinture de sécurité. Puis il la souleva dans ses bras.

— Que faites-vous ? s'écria-t-elle.

— Je prends la décision à votre place.

Elle s'agrippa à son cou.

— Je peux la prendre seule, merci bien.

— C'est un conseil de Sly. « Ne laisse jamais une femme se décider seule, fiston. À moins que tu cherches les complications. »

— Et qu'avez-vous décidé pour moi ?

— Que vous restez, murmura-t-il. Vous allez m'épouser, Bethany Coulter. Je ne vous laisse aucune porte de sortie.

Il pencha la tête pour l'embrasser, comme il en brûlait d'envie depuis le soir de leur premier baiser.

Il ne fut pas déçu. Sa bouche était aussi douce que dans son souvenir. Passé le premier instant de pudeur, ses lèvres s'ouvrirent aux siennes et il fut submergé par l'intensité de ses sensations. Peu importait ce qui se passerait quand ils feraient l'amour.

Il pouvait vivre indéfiniment de ses baisers…

14

Wink n'avait cessé de se rappeler à leur souvenir en hennissant et en faisant un raffut de tous les diables dans son box.

— Je crois que vous avez quelqu'un à saluer, dit Ryan en se dirigeant vers l'écurie.

Wink émit une série de grognements impatients pendant qu'ils approchaient. Ryan n'avait jamais vu un cheval se comporter ainsi.

— Écoutez ça. On croirait qu'elle vous parle.

Quand ils arrivèrent devant le box, elle semblait prête à sauter par-dessus la porte pour rejoindre sa maîtresse. Bethany jeta ses deux bras autour du cou de la jument qui colla sa tête contre la sienne.

— Wink ! Oh ! Wink !

Ryan avait du mal à la tenir tellement elle s'agrippait au cheval.

— Bethany, ne la serrez pas si fort, s'inquiéta-t-il, craignant qu'elle ne se blesse contre le bois de la porte.

Elle ne l'écoutait pas. Les retrouvailles furent un mélange de hennissements, de pleurs et de rires. Quand les effusions se calmèrent un peu, Ryan en profita pour obliger Bethany à lâcher prise. Elle protesta, mais il ouvrit aussitôt la porte et la fit entrer, la déposant avec soin sur un tapis de paille fraîche dans un coin du box.

— Voilà, dit-il gaiement. Maintenant vous pouvez vous consacrer tranquillement à vos retrouvailles sans que je sois au milieu.

Wink s'approcha de Bethany, la huma de la tête aux pieds.

— Wink, ma jolie princesse ! Tu es si belle !

Elle tourna un regard illuminé de bonheur vers Ryan.

— N'est-ce pas qu'elle est magnifique ?

Ryan avait déjà vu des juments plus racées.

— C'est la plus belle jument que j'aie jamais vue, répondit-il néanmoins en s'avançant pour tapoter le flanc de Wink. Je comprends pourquoi c'était une championne.

— Tu vois, Wink ? Ryan est un expert, et même lui te trouve magnifique.

Elle embrassa de nouveau le museau de Wink. Sous le regard horrifié de Ryan, la jument se mit à lécher consciencieusement le visage de Bethany.

— Elle m'embrasse ! s'exclama-t-elle fièrement. C'est moi qui lui ai appris à embrasser.

Ryan s'assit près d'elle.

— En tout cas, vous avez intérêt à vous brosser les dents et à vous laver le visage avant que je vous embrasse de nouveau.

Il leva le bras pour éviter la bouche du cheval qui s'approchait de son visage.

— Wink n'a pas de microbes, protesta Bethany. Demandez-lui un baiser et vous en aurez un, vous verrez.

— Non merci. Je n'y tiens vraiment pas.

Bethany eut l'air si déçu que Ryan, avec un soupir résigné, baissa son bras et demanda un baiser à Wink. La jument lui lécha tranquillement le visage. Ce n'était pas aussi désagréable qu'il l'avait imaginé, mais ce n'était pas non plus une expérience qu'il aimerait renouveler trop souvent.

Mais que ne ferait pas un homme par amour ?

Une heure plus tard, Ryan se retrouvait en train de dîner d'un sandwich dans le box de Wink. Cette dernière soupa de quartiers de pommes que Bethany lui donnait. Ce n'était pas exactement la soirée romantique qu'avait envisagée Ryan.

— C'est la plus belle soirée de ma vie, soupira Bethany quand elle eut terminé son repas.

Elle caressa le cou de Wink.

— Je pensais ne jamais la revoir, Ryan. Je ne sais comment vous remercier.

— En la montant de nouveau.

Bethany pâlit.

— Votre selle n'arrivera pas avant la semaine prochaine, poursuivit-il. Ça vous laisse largement le temps à toutes les deux de vous retrouver. Cela dit, je comprends que vous ayez peur. J'aurais moi-même peur de remonter sur un cheval qui m'a désarçonné.

— Ce qui s'est passé n'était pas sa faute. Je l'ai toujours su, et j'ai une confiance absolue en elle. Si jamais je remontais sur un cheval, ce serait sur elle.

Ryan réprima un sourire. Bethany parlait de Wink comme d'un être humain.

— Elle donnait le meilleur d'elle-même dans cette course, reprit Bethany, le regard perdu dans ses souvenirs. Un trou l'a fait trébucher. Quand elle a compris que la chute était inévitable, elle a basculé d'un côté, faisant tout son possible pour ne pas me tomber dessus.

Elle caressait le cou du cheval avec la douceur et la tendresse que l'on peut avoir pour un enfant.

— Elle a fait de son mieux. La piste avait été vérifiée le matin même. Il n'aurait pas dû y avoir de trou. L'équipe de maintenance était toujours très vigilante sur ce point.

Elle haussa les épaules.

— Une taupe a dû passer par là. Qui blâmer dans ces conditions ?

— Vous aimez chasser ? plaisanta Ryan. Nous avons une colonie de taupes par ici.

Elle rit en secouant la tête.

— Merci, mais ma colère s'est calmée depuis quelques années déjà. Je ne crois pas que cette pauvre petite taupe cherchait à nuire à Bethany Coulter en creusant son trou.

— Un point de vue très rationnel. Pas très satisfaisant, mais rationnel.

— C'est ce qui m'a permis de ne pas perdre la raison. La colère est mauvaise conseillère ? Ça explique pourquoi les fous sont souvent dangereux.

Son sourire s'effaça.

— Il m'est arrivé d'éprouver ce genre de rage irraisonnée. Je ne veux plus connaître l'amertume et la colère qui sont destructrices. Il faut accepter son destin et avancer. Si je blâmais Wink, j'aurais l'impression de la trahir.

— Je comprends, dit Ryan, ému par tant de courage. Je me pose juste une question. Puisque vous avez une telle confiance en Wink, pourquoi avez-vous si peur de remonter à cheval ?

— Parce que ce ne sera pas comme avant. J'ai peur d'être terriblement déçue. Alors, je préfère continuer de rêver. Vous comprenez ?

— Tout à fait. Dans les rêves, il n'y a pas de limites. C'est rarement le cas dans la réalité. Et si la réalité se révélait différente mais tout aussi merveilleuse ? Avez-vous envisagé cette possibilité ? Si vous avez peur d'essayer, vous ne le saurez jamais.

— Je sais.

Elle poussa un profond soupir. Son regard était plus sombre quand elle le regarda de nouveau.

— J'ai aussi peur de faire une chute. Être sur une selle et ne pas pouvoir me retenir avec les genoux. Cette idée m'angoisse.

— Vous ne tomberez pas puisque vous serez attachée. Et puis nous procéderons par étapes. Au début, je vous guiderai dans le corral, jusqu'à ce que vous ayez envie de chevaucher de nouveau.

— Si ça pouvait marcher…

— Ça marchera.

Il veillerait à ce qu'il en soit ainsi.

Quand Ryan suggéra qu'ils avaient passé suffisamment de temps avec Wink et qu'il serait bon de rentrer, les joues de Bethany rosirent d'embarras.

— Qu'y a-t-il ?

— Rien, répondit-elle en secouant la tête.

Il prit son visage entre ses mains.

— Vous êtes angoissée ?

Elle secoua de nouveau la tête.

— Un peu, finit-elle par avouer.

— Vous préférez attendre ?

— Pour quoi faire ?

Bonne question. À quoi servirait d'attendre ? À moins, bien sûr, de prendre en compte l'inquiétude qu'il voyait dans ses yeux. Ce qui était le cas.

Elle lui prit délicatement les mains.

— Ryan, je ne suis pas angoissée pour la raison que vous pensez. Je n'ai pas peur de faire l'amour avec vous. J'ai...

Elle s'interrompit, ses joues s'enflammant de plus belle.

— J'y ai beaucoup pensé, et je souhaite que ça arrive. Seulement...

— Seulement quoi ? la pressa-t-il.

— Je suis gênée en quelque sorte. Vous êtes si parfait. Vous êtes le genre d'homme dont la plupart des femmes rêvent.

— C'est un peu exagéré, mais le compliment est très agréable.

Il sonda son regard.

— En quoi cela pose-t-il un problème ?

— Je ne le suis pas, moi.

— Vous n'êtes pas quoi ?

— Parfaite, dit-elle dans un murmure à peine audible.

Ryan se rendit compte qu'à jouer les amis fidèles il avait omis de lui dire à quel point il la désirait physiquement.

— Si vous étiez plus belle que vous n'êtes, mademoiselle Coulter, j'aurais attrapé une pneumonie depuis longtemps.

— Une pneumonie ?

— À force de prendre des douches glacées.

Elle éclata de rire, puis une expression incrédule traversa son regard.

— Vous pensez vraiment ce que vous venez de dire ?

— J'ai eu envie de vous dès que je vous ai vue.

Quand leurs regards se croisèrent de nouveau, il y vit enfin une lueur de fierté toute féminine.

— J'ai tellement peur de vous décevoir, confessa-t-elle. Que vous n'aimiez pas mon corps et que…

Il l'interrompit en l'embrassant. Comme sa bouche était douce ! Il aurait pu passer des heures à la savourer.

— Cessez de vous inquiéter, souffla-t-il en se forçant à abandonner ses lèvres. Je vous trouve belle, et tout se passera bien entre nous. Je le sais.

— J'espère de tout cœur que vous avez raison. Si je devais ne rien ressentir quand nous ferons l'amour, je crois que j'en mourrai.

— Êtes-vous sûre que c'est tout ce qui vous inquiète ? Vous ne craignez pas que je vous fasse mal ? Ce serait normal, vous savez. Les femmes ont toujours peur d'avoir mal la première fois.

Elle rit.

— Si seulement c'était possible.

— Pardon ?

— Si seulement ça pouvait me faire mal. Ce serait génial.

Cette seule idée le rendait malade. Pour rien au monde, il ne voulait lui faire mal. Mais, en l'occurrence, elle avait raison, la douleur serait une bénédiction.

Quand ils pénétrèrent dans la maison, Ryan alluma deux lampes et brancha la stéréo. Il alla à la cuisine déboucher une bouteille de vin. Bethany s'émerveilla des changements opérés dans cette pièce et s'installa au comptoir, en face de lui.

— Ryan ?

Il s'arrêta de servir le vin.

— Oui ?

— On ne peut pas... le faire sans attendre ? Je suis désolée de vous presser, mais j'ai tellement besoin de savoir.

Ryan se traita d'imbécile. Elle était en train de se ronger d'angoisse, et lui ne trouvait rien de mieux à faire que de prolonger les choses. Il posa la bouteille de vin, puis contourna le bar pour la prendre dans ses bras et la soulever de terre.

— Vous n'aurez pas à lancer cette invitation deux fois.

Elle passa ses deux bras autour de son cou, blottit sa tête au creux de son épaule et murmura :

— Dites-le-moi encore, Ryan. J'ai besoin de l'entendre encore une fois.

Il embrassa tendrement son front.

— Je vous aime, Bethany, et je vous aimerai toute ma vie.

Il l'emmena dans sa chambre. Quand il l'assit au bord du lit, elle commença à déboutonner son chemisier avec des doigts tremblants. Accroupi devant elle, Ryan caressa ses chevilles. Il savait qu'elle ne sentait pas le contact de ses mains, mais il ne pouvait résister au plaisir de le faire. Quand il leva les yeux vers elle, elle bataillait avec un bouton. Il écarta doucement ses mains.

— Vous permettez ?

Elle le regarda. Une ombre passa dans ses beaux yeux bleus.

— J'ai oublié de vous parler d'une chose vraiment horrible.

— De quoi ?

— J'ai des cicatrices. Elles sont affreuses.

— C'est tout ? Je parie que vos cicatrices ne sont rien comparées aux miennes. Vous voulez voir ?

Il ouvrit sa chemise, puis se tourna légèrement pour révéler une cicatrice irrégulière sur sa cage thoracique.

— Un coup de faucille au cours d'une bagarre avec Rafe quand on était gosses. Il ne l'a pas fait exprès, bien sûr.

Elle toucha la cicatrice du bout de ses doigts.

— Ça a dû faire très mal.

— Rafe a plus souffert que moi. Il se sentait tellement coupable qu'il pleurait comme un désespéré. Mon père ne l'a même pas battu.

Elle ouvrit de grands yeux stupéfaits.

— Il vous battait ?

— Une fois par jour et deux fois le dimanche, juste pour nous faire marcher droit.

Il rit devant son air horrifié.

— J'exagère. Autant que je me souviens, il n'a corrigé Rafe qu'une fois, parce qu'il avait frappé une fille de sa classe. Le code Kendrick interdit formellement la violence envers les femmes, y compris chez un enfant de 6 ans.

— Et vous, vous a-t-il corrigé ?

— Non. Il m'a seulement giflé quand j'avais 18 ans. Mais ça a suffi à m'envoyer par terre. Le vieux a un sacré punch.

— Qu'aviez-vous fait ?

Ryan sourit à ce souvenir.

— Je suis rentré en voiture rond comme une barrique. Maman m'a fait la leçon parce que j'aurais pu me tuer. J'ai menti, prétendant que je n'avais pas bu. Et puis je l'ai traitée d'un nom qui n'a pas plu à mon père. Je n'avais même pas fini ma phrase que j'étais par terre.

Bethany avait manifestement oublié qu'elle était à moitié dévêtue, ce qui lui convenait parfaitement.

— De quel nom avez-vous bien pu la traiter ?

— J'ai seulement fait remarquer que les autres garçons buvaient, et que leurs mères ne se comportaient pas comme des mégères quand ils rentraient à la maison. Une seconde plus tard, j'étais par terre. Mon père m'a informé qu'aucun homme ayant traité sa femme de mégère ne lui présenterait ses excuses debout. Si j'avais un minimum de jugeote, je parlerais d'abord et me lèverais ensuite.

— Et qu'avez-vous fait ?

— J'ai présenté d'humbles excuses à ma mère. Ensuite, papa m'a aidé à me relever, a vérifié l'état de mes dents, a demandé à ma mère de mettre de la glace sur ma lèvre et a quitté la cuisine. Depuis, j'ai toujours respecté ma mère. Mon père n'est pas un homme méchant, mais il peut se montrer dur quand on le provoque ou qu'on manque de respect à ma mère.

Il fit glisser son chemisier le long de ses bras, se donnant un mal de chien pour ne pas avoir l'air de s'intéresser à ce qu'il voyait.

— Où sont ces horribles cicatrices ? demanda-t-il, faisant mine de les chercher alors que son regard plongeait dans le soutien-gorge en dentelle.

Ses seins étaient aussi beaux qu'il l'avait imaginé. Il pouvait voir leurs pointes roses se tendre sous la dentelle.

— Je ne vois rien en vous qui ne soit pas parfait.

— Elles sont dans mon dos, dit-elle, rouge d'humiliation. J'ai subi trois opérations.

Il voulut regarder.

— Non, je vous en prie, l'arrêta-t-elle. Elles sont trop laides.

— Alors je n'ai plus le choix, déclara-t-il avec un soupir résigné. Vous voulez voir une vraie cicatrice ? Fil barbelé, cette fois. Rafe était encore dans le coup.

Il commença à défaire sa ceinture.

— Non, je vous crois, s'empressa-t-elle de répondre. Inutile de me la montrer.

— Vous devez me montrer les vôtres. Il n'y a pas de place pour les secrets entre nous, ni pour la gêne. Autant régler ce problème tout de suite. D'accord ?

Elle hocha la tête, mais si l'on en jugeait à son expression, l'idée ne l'enchantait guère. Ryan décida d'abréger sa torture et se pencha pour regarder les cicatrices situées le long de sa colonne vertébrale. Son cœur se serra quand il les repéra, non pas parce qu'elles étaient laides, mais parce qu'elles représentaient tout ce que Bethany avait enduré inutilement.

Conscient qu'elle attendait sa réaction avec impatience, il chercha quelque chose de rassurant à dire – que ses cicatrices n'étaient pas affreuses, qu'elles ne le dérangeaient pas, qu'il ne les remarquerait même pas quand il lui ferait l'amour. Tout cela était vrai, mais les mots ne venaient pas. À la place, il suivit son instinct et couvrit de baisers le dessin des cicatrices. Bethany se raidit.

— Non, Ryan.

Il lui fit face.

— J'aime tout en vous, dit-il avec douceur. Même vos légères imperfections.

— Vous ne les trouvez pas laides ? demanda-t-elle, les yeux remplis de larmes.

— Pas du tout. Rien ne pourra jamais être laid en vous.

Il posa ses deux mains de chaque côté d'elle et s'avança jusqu'à ce que son nez touche le sien. Puis il la poussa. Elle laissa échapper un petit cri de surprise et tomba à la renverse. Exactement ce qu'il voulait. Il rapprocha ses mains de ses épaules et la suivit. De nouveau tout près d'elle, il ne put résister à l'envie d'embrasser le bout de son joli nez, puis remonta lentement vers son front.

— Tu es si belle, souffla-t-il. Je pourrais passer la nuit à t'embrasser.

Elle referma ses mains sur ses bras, et il la sentit trembler.

— Chérie, tu n'as pas peur de moi, n'est-ce pas ?

— Oh, non !

Elle n'avait aucune expérience, se rappela-t-il. Il ne devait pas précipiter les choses, même si elle avait envie de lui.

Il s'allongea à côté d'elle, prit appui sur un coude et suivit d'un doigt le contour de son soutien-gorge, s'attardant sur le renflement de ses seins. Il plongea son regard dans le sien et y vit un désir aussi intense que celui qu'il éprouvait.

Soudain elle eut l'air soucieux.

— J'apprécie beaucoup ta délicatesse. Mais je n'ai vraiment pas besoin que tu prennes tant de précautions. Je suis prête, tu sais.

— Je suis désolé. Je ne voulais pas faire preuve de mauvaise volonté.

— Ce n'est pas un reproche. Seulement...

— Je comprends, murmura-t-il en se penchant pour l'embrasser. Mais je veux que tu sois vraiment prête.

Elle lui offrit ses lèvres avec tant de fièvre qu'il ne pouvait plus avoir aucun doute. Elle l'était.

— Pas de secrets, souffla-t-elle entre deux baisers, n'est-ce pas ? Voilà plus d'un mois que je rêve de ce moment.

Il s'écarta pour scruter son visage.

— Un mois ?

Elle hocha la tête.

— Toutes ces soirées sur le canapé, pendant que tu regardais le film ? Je pensais à toi... en train de faire l'amour.

Ryan lutta pour rester impavide.

— Tu plaisantes ?

— Pas du tout.

Il défit le bouton de sa jupe. Puis il ne put plus dissimuler son amusement alors qu'il se penchait pour poser des petits baisers sur son cou.

— Quand je te touchais là ? demanda-t-il. Et là ?

Il glissa sa langue derrière son oreille.

— Et ici ? Bon sang, je suis doué, ou quoi ?

Elle le força à la regarder.

— Tu le faisais exprès.

Ce n'était pas une question. Sans quitter son regard, il défit la fermeture Éclair de sa jupe.

— Bien sûr. Je faisais tout mon possible pour te séduire.

Elle rit, puis poussa un petit grognement rageur.

— Quand nous aurons terminé, rappelle-moi de t'écorcher avec un couteau à beurre. En attendant, sois sûr que tes efforts ont porté leurs fruits. J'insiste pour que tu tiennes toutes ces promesses muettes que tu m'as faites.

— Quelles promesses ?

— Qu'un jour tu m'embrasserais partout.

Ryan était plus que prêt à tenir ces promesses muettes. Il ne croyait pas à sa chance. Il s'était imaginé qu'elle serait timide et peu disposée. Et voilà qu'elle se révélait demandeuse et d'une impatience qui le ravissait.

Quand il lui eut ôté sa jupe, ses bas et son slip, elle ferma les yeux, comme si elle ne voulait pas voir la déception dans son regard. Les yeux de Ryan glissèrent avec délice de son visage à la pointe de ses pieds, s'abreuvant de la beauté de son corps à la peau diaphane. Elle était absolument parfaite. Incapable de résister, il se pencha pour embrasser la rondeur d'une hanche, ce qui la fit sursauter et ouvrir les yeux.

Il lui sourit et passa un doigt sous une bretelle de son soutien-gorge.

— On enlève tout. Je veux que tu sois nue.

D'une main tremblante, elle défit l'agrafe. Alors que le dernier rempart à sa nudité tombait, elle rougit, évitant son regard.

— Ils ne sont pas très gros. Tu aimes les gros seins ?

Ryan était si absorbé dans la contemplation de ces deux petites perfections qu'il entendit à peine la question. Comme titillées par l'ardeur de son regard, les pointes durcies se dressaient vers lui. Il avait envie d'y porter sa bouche et d'en savourer le goût. Mais la question de Bethany restait suspendue entre eux, attendant une réponse.

Il comprit que ce moment était crucial pour elle. C'était la première fois de sa vie d'adulte qu'un homme autre qu'un médecin la voyait nue. Il n'y avait rien d'étonnant à ce qu'elle fût si peu sûre d'elle.

— Je préfère les petits seins, dit-il finalement.

— Tu ne dis pas ça pour me faire plaisir, n'est-ce pas ?

— Non.

Quand il tendit le bras pour rabattre les draps, le ventre de Bethany se noua. Elle ne savait pas pourquoi elle était si angoissée, mais elle l'était.

Elle s'empara du drap pour recouvrir ses jambes. Ryan lui saisit le poignet pour l'en empêcher. Puis il s'installa à côté d'elle.

— Ne te couvre pas, murmura-t-il.

— Mais mes jambes sont…

— Pour cette nuit, elles sont à moi.

Il lâcha son poignet et glissa sa main à l'intérieur de sa cuisse.

— Je les trouve magnifiques. On ne t'a jamais dit qu'elles sont magnifiques ?

— Non, répondit Bethany, le souffle court.

La sensation de sa main à cet endroit hypersensible était comme une délicieuse torture.

Il approcha son visage du sien, si près qu'elle sentait son souffle sur sa peau. Puis il se pencha pour l'embrasser là où ses caresses avaient déjà plusieurs fois allumé le feu du désir. Sa bouche soyeuse la frôlait comme un murmure brûlant qui la faisait chavirer de plaisir.

Les yeux mi-clos, elle agrippa ses épaules comme si elles étaient son seul ancrage dans un monde qui tournait soudain à toute vitesse. Mon Dieu, qu'elle aimait la façon dont ses lèvres parcouraient sa peau, aussi légères que des ailes de papillon ! Et comme c'était bon de sentir son torse effleurer la pointe de ses seins. La douceur de sa chemise était une bien faible frontière entre elle et ses muscles puissants. *Ryan*. Elle adorait même son odeur – un mélange indéfinissable qui titillait ses sens.

Quand ses lèvres atteignirent la base de son cou, elle laissa aller sa tête en arrière pour goûter pleinement les sensations qu'elles lui procuraient. Son désir augmenta encore, la poussant à s'arquer contre lui. Il descendit jusqu'au sillon séparant ses seins, puis encore plus bas. Bethany ne put retenir un gémissement.

Elle s'était demandé des milliers de fois comment serait l'amour avec un homme. Plus particulièrement ces deux derniers mois. Dans l'obscurité de sa chambre, seule dans son lit, elle s'était interrogée sur cette sensation à l'intérieur d'elle, cette sorte d'envie.

Envie des mains de Ryan sur son corps.

Envie de ses baisers.

Envie de sa bouche sur ses seins…

Elle mourait d'impatience. Le cœur battant, elle attendait. Mais Ryan prenait son temps. Il traça ensuite une ligne de petits baisers entre ses seins, si lentement qu'elle crut devenir folle. Chaque fois que sa joue frôlait l'une des pointes durcies, elle se cambrait et avait envie de lui empoigner les cheveux pour le guider là où elle désirait tant qu'il aille.

Quand elle ne put plus supporter cette douce torture, c'est ce qu'elle fit. Mais il résista, levant vers elle un regard vibrant de désir.

— Tu es si belle, souffla-t-il avec une intensité qui décupla son envie de lui.

— Ryan… ?

Il s'empara de sa bouche, ce qui n'était pas exactement ce qu'elle voulait, mais il l'embrassa avec tant d'expertise qu'elle ne savait plus de toute façon ce qu'elle voulait quand il abandonna ses lèvres.

Jusqu'à ce que son torse effleure à nouveau ses seins.

— Ryan ?

— Oui ?

— Tu veux bien… tu veux bien m'embrasser ?

Il reprit ses lèvres dans un long et profond baiser qui lui donna le vertige. C'était merveilleux. Au-delà de toute description. Mais ce n'était pas ce qu'elle voulait.

Quand il s'écarta finalement, elle murmura :

— Pas ma bouche. Mes seins.

Il plongea son regard dans le sien pendant un long moment, rythmé par les battements fous de leurs cœurs. Puis il sourit avec malice.

— Tout le plaisir est dans l'attente.

— J'ai eu assez de plaisir comme ça. Vingt-six bonnes années.

Il baissa la tête pour embrasser son cou.

— Je vais goûter chaque millimètre de ta peau et garder tes magnifiques seins pour la fin.

Bethany poussa une sorte de grognement. Sa frustration était si forte qu'elle en tremblait. Elle sentit la vertigineuse caresse de sa bouche le long de l'intérieur de son bras levé. Elle ignorait comment il s'y prenait, mais il transformait les parties les plus anodines de son corps en zones extrêmement érogènes.

Il prit son poignet et s'attaqua à la paume de sa main, en retraçant chaque ligne comme s'il voulait les mémoriser. Quand il commença à sucer le bout de l'un de ses doigts, elle n'y tint plus.

— Ryan, s'il te plaît.

— Patiente encore un peu.

Il remonta vers son poignet, son coude, l'intérieur de son bras, son épaule.

— Je prendrais le bout de tes seins entre mes dents, souffla-t-il à son oreille, comme *ça*.

Il mordilla le lobe de son oreille.

— Et tu mourras de plaisir.

Elle était déjà en train de mourir. Il redescendit, s'attardant au bord de son aisselle, ce qui aurait pu l'embarrasser si elle avait encore eu les idées claires.

— Ryan…

Il saisit ses deux poignets d'une main, bloqua ses bras au-dessus de sa tête, puis contempla sa poitrine.

— Que tu es belle ! murmura-t-il avec le sourire de celui qui sait exactement ce qu'il va savourer.

Puis, avec une lenteur insoutenable, il descendit vers ses seins.

— Regarde, souffla-t-il.

L'injonction était totalement inutile. Les yeux de Bethany étaient rivés à sa bouche et suivaient sa paresseuse descente. Quand ses lèvres se refermèrent sur l'un de ses tétons, ce fut une avalanche de sensations. Elle chercha à libérer ses mains parce que son corps demandait à bouger, à toucher, à embrasser. Mais il maintint fermement sa prise.

— Non, tu ne bouges pas pour l'instant. Tu es toute à moi.

Bethany gémit sous les doux assauts de sa langue. Elle se cambra pour s'offrir à lui, exigeant plus, encore plus, tellement à court de souffle qu'elle ne pouvait pas prononcer un seul mot.

Ryan la comprenait sans qu'elle ait besoin de parler. Il fit tant et si bien qu'elle poussa un cri qui la surprit elle-même. Un cri presque sauvage, chargé d'un désir avide.

Il libéra ses poignets, et elle s'agrippa aveuglément à ses épaules pour enfin le sentir contre elle. À chaque caresse de sa bouche, son corps s'embrasait un peu plus jusqu'aux limites du supportable.

— Oh ! Ryan ! je t'aime, je t'aime.

Elle cherchait frénétiquement à passer la barrière de sa chemise pour trouver le contact de sa peau. Elle y parvint enfin

— Oh ! oui. Je t'en prie, ne t'arrête pas.

Il vint mordiller son cou avant de redescendre.

— Je ne m'arrêterai jamais, murmura-t-il.

Ryan. Jamais, même dans ses fantasmes les plus fous, elle ne s'était imaginé que ce serait aussi merveilleux. Jamais.

Il descendit jusqu'à son ventre, s'attardant sur son nombril.

— Ça te plaît ? demanda-t-il d'une voix vibrante.

Elle n'aurait jamais cru que son nombril pût être aussi sensible, et elle adorait ça. Il y avait quelque chose d'incroyablement érotique à le regarder l'embrasser. Comme s'il avait lu dans ses pensées, il s'arrêta pour la contempler et ses lèvres formèrent ce sourire en coin qu'elle trouvait tellement irrésistible.

Il se redressa pour enlever sa chemise. Il était si beau qu'elle ne pouvait pas détacher ses yeux de lui. Il était la perfection même. Ses bras, ses épaules, sa poitrine brunie par le soleil étaient magnifiquement sculptés par le dur labeur physique.

Il jeta la chemise par terre, son sourire s'épanouissant alors qu'il posait une main de chaque côté d'elle et approchait son visage du sien. Son regard glissa sur ses seins.

— S'il me restait encore un doute, je sais maintenant avec certitude que je préfère les petits seins. Tu es si belle, Bethany. J'ai presque peur de croire que tu es vraiment là avec moi.

— Ryan, j'ai l'impression de faire un rêve merveilleux.

Il s'allongea à côté d'elle. Puis il se pencha pour mordiller doucement ses lèvres.

Il accentua peu à peu son baiser, pour finalement s'emparer complètement de sa bouche tout en caressant son corps. Ses doigts traçaient des sillons de feu sur sa peau.

Bethany était perdue dans un océan de sensations qui ne cessaient de gagner en intensité.

— Ryan ?

— Je suis là, lui assura-t-il d'une voix chaude.

Le regard rivé à son visage, il poursuivit ses caresses jusqu'à ce qu'elle se cambre vers lui. Alors, sa main descendit vers son sexe dont il commença à explorer la toison. Elle bougea ses hanches, s'accordant naturellement à son rythme, puis lui imposant peu à peu le sien. Son souffle devint haletant. Son cœur battait si fort qu'elle avait l'impression qu'il pouvait exploser d'un instant à l'autre. Mais elle n'avait pas peur. Pas maintenant.

— Est-ce que tu sens, mon amour ?

Bethany supposa qu'il caressait l'endroit le plus intime de son corps. La merveilleuse sensation de vertige et d'intense chaleur s'évanouit, et son ventre se noua d'angoisse. Elle se raidit.

— Je ne peux rien sentir à cet endroit, Ryan.

— Rien ?

Sa voix contenait une note de déception si vive qu'elle lui fit l'effet d'un coup de couteau.

— Non, rien, j'en ai peur.

Il toucha son clitoris. Si doux que fût son geste, Bethany sursauta, surprise par l'hypersensibilité de cette zone. Il entreprit de la caresser doucement. Elle lui saisit le poignet.

— Non, Ryan. Ça me fait… presque mal.

Il allégea sa caresse mais, comme elle ne lâchait pas son poignet, il s'arrêta.

— Mes mains sont trop rugueuses.

Le contact de ses mains avait été merveilleux sur sa peau. Elles étaient dures et rêches par endroits, certes, mais si chaudes et si puissantes. Elle était sûre que le problème ne venait pas de ses mains, mais d'elle. Les terminaisons nerveuses étaient sans doute endommagées à cet endroit. C'était si sensible que le moindre contact était pénible.

— Doucement… murmura-t-il en se penchant pour mordiller la pointe d'un de ses seins tandis que ses doigts jouaient plus bas avec légèreté. Détends-toi, tu es trop crispée. Oublie tout.

Il lui était impossible de se détendre. Le moment tant attendu était arrivé, et il y avait trop de choses en jeu. Son avenir avec cet homme, qu'elle aimait déjà tellement, se jouait là. Si elle le décevait – si elle ne ressentait rien –, peut-être ne voudrait-il plus l'épouser.

Et qui l'en blâmerait ? Aucun homme ne souhaitait passer sa vie avec une moitié de femme.

Elle sursauta violemment. Elle avait mal.

— Arrête, Ryan, je t'en prie. Ça ne va pas.

Elle sentit son hésitation et s'empressa d'ajouter :

— J'ai peut-être des sensations à l'intérieur. Si nous continuions pour savoir.

Il se remit à embrasser ses seins. Bethany savait qu'il essayait de réveiller son désir, mais elle était comme tétanisée.

Il ôta son pantalon, enleva ses bottes, puis il fut au-dessus d'elle, aussi beau qu'une statue de bronze. Il agrippa ses hanches, et elle glissa légèrement vers le bas.

— Si tu souffres, dis-le tout de suite et j'arrêterai, ma Bethany.

Elle sentit le contact de ses jambes contre l'intérieur de ses cuisses. Elle rassembla son courage, sachant qu'il ne tarderait pas à la pénétrer. *Ô mon Dieu, faites que je sente quelque chose !* En cet instant, il n'y avait rien d'autre qu'elle pût souhaiter avec autant de ferveur. *Sentir*, simplement *sentir*.

Elle éprouva une sensation bizarre – comme une pression s'accentuant à l'intérieur de son corps. Elle chercha le regard de Ryan. Ses yeux bleus n'étaient que question.

— Tu as mal ?

Alors, Bethany sut. Et ce fut aussi violent que si elle avait reçu un coup en pleine poitrine.

Il était en elle… et elle ne sentait rien à part cette étrange sensation de pression.

Absolument rien.

15

Ryan garda Bethany dans ses bras jusqu'à ce qu'elle s'endorme, puis il se glissa hors du lit, s'habilla et sortit de la maison. Une fois au bord du lac, il s'assit au pied de son arbre de méditation.

Cette nuit, les ombres qui l'entouraient ne lui apportaient aucun réconfort. Quand il regardait les montagnes baignées de lune dont les sommets se dressaient tels des spectres au-dessus des forêts, il ne voyait plus leur majestueuse beauté. Il ne pensait qu'à Bethany.

Elle avait apporté la lumière dans sa vie. Elle s'était donnée à lui de toute son âme, de tout son corps. Il l'aimait comme un fou. Il aurait fait n'importe quoi pour la rendre heureuse. Et pourtant il ne pouvait pas lui donner ce dont elle avait le plus besoin : le plaisir.

Lui faire l'amour avait été l'expérience la plus merveilleuse qu'il ait jamais vécue. Il avait éprouvé un sentiment de complétude impossible à exprimer. Il avait tellement reçu, et en retour il n'avait rien pu donner. *Rien*.

Il avait senti la tension dans son corps après lui avoir fait l'amour – le genre de tension qui dit à un homme qu'il n'a pas su combler une femme. Elle avait bien essayé de dissimuler son malaise, le serrant contre elle, blottissant son visage au creux de son épaule et lui murmurant combien elle était heureuse. Mais il n'avait pas été dupe et il avait eu envie de pleurer.

Maintenant il était seul. S'il pleurait, ce serait son secret.

Les larmes lui brûlaient les yeux. Une boule se forma dans sa gorge. Cette expression dans les yeux de Bethany... il doutait de pouvoir l'oublier un jour. Le choc, la déception, et puis un terrible désespoir qu'il avait été incapable de dissiper.

Dans l'obscurité de la nuit, Ryan pleurait maintenant comme un enfant pour la femme qu'il avait laissée endormie dans son lit. Et il pria pour qu'un miracle se produise. Car si Dieu ne permettait pas que les choses s'arrangent, il se pourrait bien qu'il la perde.

Le lendemain matin, devant le miroir de la salle de bains, Bethany se dit qu'il était temps de faire le compte de ses bonheurs. Et ils étaient nombreux. Elle aimait l'homme le plus fantastique de la terre, qui l'aimait en retour. Et faire l'amour avec lui avait été la plus belle expérience de sa vie. Tout s'était passé dans une parfaite harmonie, jusqu'au moment de la conclusion.

Que voulait-elle d'autre ? Elle avait pris plaisir à ses caresses. C'était déjà tellement plus que ce qu'elle avait jamais espéré avoir. Permettre que cette merveille soit ternie par son incapacité à sentir la pénétration serait de la pure idiotie.

Pas question ! Elle arborerait un sourire radieux, et remercierait Dieu de lui avoir accordé autant. C'était largement suffisant. Si elle pouvait vieillir auprès de Ryan, elle s'estimerait la femme la plus comblée au monde.

Quand elle gagna la cuisine, il était à table, une tasse de café dans les mains. Il lui en tendit une et sourit.

— Bonjour, mon soleil.

— Bonjour ! dit-elle avec un entrain qui ne lui ressemblait guère.

Elle regarda par la fenêtre.

— Quelle magnifique journée ! Le printemps arrive peut-être tard dans cette région, mais il est tellement beau.

— Chérie, tu n'es pas obligée de te forcer.

Le visage de Bethany se crispa.

— Faire quoi ?

Il continua de fixer sa tasse.

— Faire comme si tout était merveilleux. Je sais que tu es bouleversée, que ce n'était pas bien pour toi hier soir, et j'en suis désolé.

Il haussa les épaules et lui glissa un regard de chien battu.

— Je m'excuse de ne pas être arrivé à te donner du plaisir.

Le cœur de Bethany se serra. Ryan pouvait s'accommoder d'une relation physique imparfaite pour lui-même, mais l'idée que cela n'avait pas été parfait pour elle le rongerait comme un cancer.

Elle n'aimait pas le mensonge, et elle détestait l'idée de mentir à Ryan en particulier. Mais, dans ce cas précis, elle se demandait si la vérité ne ferait pas plus de mal que de bien. Malgré son manque d'expérience, elle n'était pas naïve. L'amour était un échange où chacun des partenaires avait besoin de la satisfaction de l'autre. Bethany ne pouvait pas supporter l'idée de le perdre. Pas maintenant. Pas après l'avoir connu intimement. Elle n'avait pas eu d'orgasme. Et alors ? Le reste avait été si magnifique – si absolument parfait. Elle ne voulait plus de l'existence vide qui avait été la sienne auparavant. Une existence sans Ryan.

Sans plus se demander si sa décision était bonne ou mauvaise, elle prit le parti de mentir. Avant de faire l'amour une deuxième fois avec lui, elle regarderait *Quand Harry rencontre Sally* et s'entraînerait à simuler l'orgasme jusqu'à ce qu'elle soit assez convaincante pour que Ryan ne se rende compte de rien. Il ne la regarderait plus jamais avec ces yeux-là. Jamais. Elle serait la meilleure amante qu'il ait jamais eue. Une experte.

Ce qu'elle ignorait, elle l'apprendrait, même si elle devait consulter un sexologue ou se plonger dans la littérature érotique. Elle ferait n'importe quoi pour ne pas le perdre.

— Ryan, comment peux-tu dire que ce n'était pas bien pour moi ? C'est faux. C'était merveilleux.

Il s'adossa à sa chaise et croisa furtivement son regard.

— N'entrons pas dans ce jeu-là, mon amour. D'accord ? La sincérité est notre carte maîtresse. Parler franchement et chercher ensemble une solution est notre seul espoir. Nous trouverons un moyen. Je te le promets. Il faudra juste un peu de temps.

Il lui fit un clin d'œil et lui adressa un sourire qui avait perdu de son habituelle malice.

— On dit que la pratique est le chemin de la perfection.

— Ryan, regarde-moi.

Elle attendit qu'il la regarde de nouveau pour poursuivre.

— C'était fantastique, l'expérience la plus merveilleuse de ma vie.

Jusque-là elle ne mentait pas.

— C'est vrai que je ne ressentais rien au début. Mais pas ensuite. Quand tu es entré plus profondément, je t'ai *senti*. C'était une impression incroyable.

L'espoir anima son regard.

— Vraiment ?

— Oui, vraiment.

Elle serra ses bras autour de sa taille, priant pour qu'il ne remarque pas ses mains qui tremblaient.

— Je t'aime tellement, Ryan. C'était tellement beau d'être avec toi de cette façon. Et je suis si heureuse d'avoir senti quelque chose quand tu étais en moi.

— Plus profondément, répéta-t-il. Tu as senti quelque chose à ce moment-là ? Bethany, c'est merveilleux. Dis-moi comment c'était.

Elle n'avait aucune idée de ce que ressentait une femme au moment de la pénétration. Se référant aux sensations qu'elle avait eues quand il avait embrassé ses seins, elle chercha ses mots.

— Une sensation électrique, des picotements, de la chaleur.

Elle pressa une main sur son ventre.

— Juste là, très loin à l'intérieur. C'est difficile à décrire.

Une expression de bonheur envahit le regard de Ryan. Il se leva et vint s'accroupir près d'elle pour la prendre dans ses bras. Il resta un moment ainsi, le visage enfoui dans ses cheveux.

— Ça ira, mon amour, dit-il d'une voix enrouée d'émotion. On y arrivera.

Bethany lui rendit son étreinte avec fougue et fit le vœu qu'ils y « arriveraient » plus tôt qu'il ne l'espérait.

— Je t'aime, Ryan. Je veux que tu sois heureux. Autant que je le suis.

Bethany consultait l'annuaire, ignorant le ronronnement de l'ordinateur installé à côté d'elle. Au diable les commandes. Elle avait une tâche plus importante à accomplir, à savoir apprendre tout ce qui pouvait rendre un homme heureux. Il n'y avait pas de sexologue répertorié dans les pages jaunes.

— Bonjour, petite sœur.

Bethany ferma l'annuaire d'un coup sec et leva les yeux vers Jake.

— Jake ! s'exclama-t-elle en posant une main sur son cœur. Tu m'as fait une peur bleue.

Il la considéra lentement.

— Comment ça va entre Ryan et toi ?

— Bien. *Très bien.* Il, euh… nous allons bien.

Elle avait une de ces migraines.

— Je, heu… et toi, comment ça va ?

— Bien.

Il désigna l'annuaire de la tête.

— Je peux t'aider à trouver quelque chose ? Tu semblais assez concentrée quand je suis arrivé. Qu'est-ce qu'il y a ?

— Rien. J'étais seulement... il n'y a rien.

Il la sonda du regard.

— Es-tu heureuse, Bethie ?

Le sens de sa question ne faisait aucun doute. Il savait qu'elle avait dîné la veille chez Ryan. Comme à son habitude, il avait dû l'appeler en fin de soirée pour s'assurer qu'elle était bien rentrée. Son appel étant resté sans réponse, il avait dû naturellement conclure qu'elle passait la nuit chez Ryan.

— Oui, il me rend heureuse, répondit-elle sans équivoque. Tu sais, je n'aurais jamais cru que nous puissions un jour vivre ensemble. Mais il est en train de me persuader que c'est possible. Il a même racheté Wink.

— Vraiment !

Bethany aurait pu être dupe de la surprise feinte de Jake si Ryan ne lui avait pas parlé du rôle qu'il avait joué dans le rachat de la jument.

— C'était si merveilleux de la revoir, Jake. Tu ne peux pas t'imaginer à quel point. On a passé la moitié de la soirée dans son box. On y a même dîné.

— Ryan a dû adorer ça, ironisa-t-il. En tout cas, je te laisse le soin d'annoncer à papa le retour de Wink. Il va faire un infarctus.

Bethany soupira.

— Oui, eh bien, j'attendrai peut-être un peu. Un choc à la fois suffira. Il y a aussi mon mariage à lui annoncer.

— Ah ? fit-il encore semblant de s'étonner. En voilà une nouvelle.

— Menteur. Je sais que tu as aidé Ryan pour racheter Wink et aménager sa cuisine.

— Bon, ben, je crois qu'il ne me reste plus qu'à filer.

— Sans me féliciter ?

— Félicitations. Mais n'oublie pas que, s'il te maltraite, tu seras une jeune veuve.

Bethany secouait encore la tête quand il disparut dans l'escalier menant au rez-de-chaussée. Elle attendit un moment, puis rouvrit l'annuaire. Elle allait bien trouver quelqu'un avec qui parler franchement de ses problèmes.

— Vous avez vu les filtres à café ?

Bethany sursauta, referma de nouveau l'annuaire et leva les yeux vers Kate, l'une des employées du magasin. Elle se tenait sur le seuil de son bureau, la cafetière remplie d'eau à la main.

— Dans ce placard.

Bethany s'empressa d'aller ouvrir le placard métallique. En attendant, Kate entra et posa la cafetière sur le bord du bureau.

— Merci, dit-elle quand Bethany lui tendit une boîte de filtres.

Kate était une jeune femme mince, aux traits harmonieux et aux longs cheveux auburn dont les boucles retombaient en cascade sur ses épaules. Ses yeux lourdement maquillés étaient injectés de sang ce matin, et elle affichait un sourire fatigué signifiant clairement qu'elle avait la « gueule de bois ». D'après Jake, elle faisait la fête et avait d'innombrables amants, mais c'était une employée hors pair. Bethany ne travaillait habituellement pas à la vente, ce qui ne favorisait pas les relations avec le personnel du rez-de-chaussée, mais elle avait toujours apprécié Kate.

Kate récupéra la cafetière sur le bureau.

— J'ai trop bu hier soir, dit-elle d'une voix éraillée. Sans un café bien fort, je ne serai bonne à rien.

— Je connais. Sauf que je n'ai pas besoin de faire la bringue pour ça. Je me réveille tous les matins avec les batteries déchargées.

Kate repéra le cendrier posé sur le bureau de Bethany. Il était destiné à ceux qui ignoraient qu'ils entraient dans une zone non-fumeurs, pour leur permettre d'éteindre leur cigarette. Elle jeta un coup d'œil par-dessus son épaule.

— Ça vous embêterait si je fermais la porte pour tirer deux ou trois bouffées ? demanda-t-elle d'un ton conspirateur. Jake a un odorat particulièrement développé.

— Je suppose que je peux fermer les yeux pour une cigarette.

Kate adressa un regard reconnaissant à Bethany et ferma la porte.

— Vous êtes sympa, dit-elle en sortant son paquet de cigarettes de la poche de sa chemise. Je me suis levée en catastrophe.

Kate sortit un briquet de la poche de son jean moulant et alluma sa cigarette. Elle inhala la fumée comme on avale un grand bol d'air et la relâcha par le nez.

— Bon sang, ça va mieux !

Bethany ne détestait pas l'odeur de la cigarette, mais celle de tabac froid la rendait malade.

— J'ai essayé de fumer une fois.

Kate haussa les sourcils pour marquer sa surprise.

— Je ne vous vois pas du tout fumer.

Bethany s'adossa à son fauteuil, sur le point de se lancer dans une description amusante de sa brève incursion du côté des jeux interdits à la fac. Mais une idée la frappa brusquement. Kate était exactement la personne qu'elle recherchait – une experte en matière de sexe.

— Dites-moi, Kate ? Que faites-vous ce soir après le travail ?

— Pourquoi ? Vous avez du boulot en retard ? À vrai dire, j'ai un mal de tête terrible. Demain, si vous voulez…

— Non, il ne s'agit pas de travail. Je me disais seulement qu'on pourrait prendre un café quelque part et discuter un peu.

Kate fronça les sourcils.

— J'ai déconné ? Vous n'allez pas me passer un savon, hein ?

Comme Bethany ne trouvait pas d'explication raisonnable à son brusque élan de sympathie, elle décida de lui dire la vérité.

— Non, ce n'est pas du tout ça. Je n'ai pas d'amie à qui parler. Or j'ai un problème personnel à résoudre, et mes frères ne peuvent pas m'aider. L'avis d'une femme conviendrait mieux. Si vous aviez quelques minutes à m'accorder…

Kate lança un regard embarrassé en direction de la porte.

— Jake est au courant ?

— Non. J'ai 26 ans. Je n'ai pas besoin de la permission de mon frère pour voir quelqu'un en dehors du travail.

— Je ne vous croyais pas si âgée.

Elle haussa les épaules.

— D'accord. C'est votre tournée ?

Bethany rit.

— J'offre même une part de tarte.

— Ça marche. D'ici là, mon estomac pourra le supporter.

— On va où ? demanda Kate en allumant une cigarette dès qu'elle eut pris place dans le van.

— Il y a un salon de thé quelques rues plus loin, proposa Bethany en se retenant de lui indiquer qu'il n'était pas permis de fumer dans sa voiture.

Kate soupira.

— J'imagine que ce serait trop demander de troquer le café plus tarte contre une bière.

— Une bière ?

— Ouais. Je connais un endroit tranquille où on pourrait aller.

Bethany hésita. Elle n'avait pas l'habitude de boire de l'alcool. D'autre part, Kate menait un rythme de vie trépidant, et sa définition de la tranquillité pouvait différer de la sienne.

— Allez, la pressa Kate. Laissez-vous un peu vivre.

Dix minutes plus tard, Bethany pénétrait dans un bar à l'aspect plutôt miteux. Kate lui indiqua une table et se dirigea vers le comptoir comme si elle était la propriétaire des lieux.

— Deux bières, Mike ! commanda-t-elle.

— Ça roule ! lança le barman.

Kate écarta une chaise de son passage et vint à la table. Après avoir sorti son portefeuille, elle posa son sac par terre. La table voisine était occupée par deux hommes en tenue de maçons. Bethany ne leur prêta guère attention tandis qu'elle regardait Kate repartir chercher leurs bières et revenir.

— J'étais censée payer, lui rappela-t-elle.

— La prochaine tournée sera pour vous.

La prochaine tournée ? Bethany n'était pas sûre de pouvoir boire autant. Elle prit une gorgée de bière et sourit, surprise du plaisir que lui procura la fraîcheur de la boisson.

— Mmm. Finalement, j'avais très soif.

Kate but d'un trait la moitié de son verre.

— Ça fait sacrément du bien, renchérit-elle en essuyant la mousse sur ses lèvres. Merci, Bethany. Je sais que ce n'est pas votre truc.

— Je m'attendais à un endroit un peu plus animé, remarqua Bethany. Je vous imaginais plutôt dans l'un de ces bars bondés où une célibataire séduisante n'a que l'embarras du choix.

— Vous m'avez fait suivre ? plaisanta Kate.

Elle poussa un gros soupir.

— Je n'ai pas la pêche aujourd'hui. Mais si vous revenez demain, c'est pas ici que vous me trouverez.

Elle se pencha vers Bethany et alluma une autre cigarette.

— Alors, de quoi vouliez-vous parler ?

Bethany avala une grosse gorgée de bière pour se donner du courage.

— De sexe.

Kate haussa les épaules et souffla sa fumée.

— Je m'en doute. Mais plus exactement ?

Bethany reprit une gorgée.

— J'ai absolument besoin d'un conseil. Je suis… vous voyez, je n'ai aucune expérience sur ce point. Il n'y a rien de tel qu'un fauteuil roulant pour réduire à néant la vie amoureuse d'une femme, et j'entame à peine ma première relation.

Kate plissa les yeux.

— Bon Dieu, c'est la chose la plus triste que j'aie jamais entendue ! Vingt-six ans sans sexe ? C'est moche.

— Oui, enfin, je compte seulement à partir de l'adolescence. Ça paraît moins pathétique.

— C'est tout de même une longue traversée du désert.

Bethany but encore et sourit tristement.

— J'ai survécu. Mais vous avez complètement raison. C'est moche.

Kate gloussa.

— Ben oui, sans le sexe, à quoi rime la vie ?

— Exactement, acquiesça Bethany. Ce qui m'amène à mon problème. J'ai beaucoup apprécié, mais vers la fin… Certaines paraplégiques ne sentent rien au moment de conclure, et il semble que ce soit mon cas.

Kate la considéra gravement.

— Vous ne pouvez pas jouir.

Bethany regarda autour d'elle pour s'assurer que personne n'écoutait. Puis elle se perdit un moment dans la contemplation de sa bière.

— Non, dit-elle sombrement. Même si tout le reste a été très agréable. Le hic, c'est que je tiens énormément à cet homme.

Kate s'adossa à sa chaise.

— C'est con, commenta-t-elle.

Puis elle considéra Bethany, l'air de peser la situation.

— Bon, il y a pire. Des tas de femmes n'arrivent pas à jouir. Elles passent leur vie entière à simuler l'orgasme, et ça n'a pas l'air de les traumatiser.

Bethany sourit.

— On apprend à être heureux avec ce qu'on a, j'imagine. En tout cas, moi, j'estime que j'ai beaucoup de chance. Il est la plus belle chose qui me soit arrivée, et je ne veux pas le perdre.

— Logique.

— À la pause déjeuner, j'ai acheté *Quand Harry rencontre Sally*. Mais je doute que les films ou les livres puissent m'aider. J'ai besoin de détails sur la façon de donner du plaisir à un homme. Je me suis dit que vous connaissiez peut-être des trucs. Comment s'habiller, par exemple, quels gestes faire. Il me faut un cours accéléré.

— Pas facile de partager dix ans d'expérience le temps d'une bière ou deux.

— Je sais que je demande beaucoup. Mais on peut essayer, dit-elle avec un regard suppliant.

Kate soupira.

— Pouvez-vous mettre un porte-jarretelles et des bas ? Les hommes en raffolent généralement. Et n'oubliez pas le soutien-gorge en dentelle noire. Vous lui ouvrez la porte ainsi vêtue, ça devrait faire son petit effet.

— Vous êtes sûre ? demanda Bethany en riant. Je me sentirais un peu stupide.

— Pas longtemps, lui assura Kate avec un clin d'œil. Vous verrez, ça marche du tonnerre. Les mecs sont bizarres. Vous pouvez aussi essayer de servir le dîner avec rien d'autre qu'un tablier.

— Rien d'autre qu'un tablier ?

Elle n'aurait vraiment jamais pensé à ça.

— Les talons hauts sont aussi très efficaces. Allez savoir ! Un jour j'en ai accidentellement planté un dans la fesse de mon partenaire. Il n'a même pas ralenti.

— Kate, vous êtes incroyable ! s'extasia Bethany en riant de bon cœur. Malheureusement, je ne peux pas porter de talons.

— Détrompez-vous. Ce qui compte, c'est que vous les ayez aux pieds, pas que vous fassiez des kilomètres avec.

Bethany se pencha en avant.

— Une autre question. Vous avez vu *Quand Harry rencontre Sally*, n'est-ce pas ? À votre avis, la scène où elle a un orgasme est-elle proche de la réalité ?

Kate roula des yeux effarés.

— Vous ne savez même pas ça ? Leçon numéro un sur les hommes. Ils ont besoin de croire qu'ils sont parfaits. Simulez du mieux que vous pouvez et dites-lui qu'il est fabuleux. Il planera sur un petit nuage pendant une semaine.

Bethany éclata encore de rire. Elle ne savait plus vraiment si c'était l'effet de la bière ou l'humour de Kate qui la rendait si gaie.

Cette dernière termina son verre et alla chercher une deuxième tournée. Bethany posa un billet sur la table.

— C'est pour moi, annonça-t-elle quand Kate revint s'asseoir avec leurs bières.

Kate bloqua le billet sous son index, puis le fit tourner lentement.

— Je sais que c'est une question indiscrète, mais vous êtes vraiment insensible à cet endroit ?

Bethany rougit et jeta un regard par-dessus son épaule. Les deux ouvriers semblaient plongés dans leur conversation, et le serveur nettoyait les robinets.

— Pas totalement, répondit-elle à voix basse. C'est assez bizarre. Je peux avoir des sensations dans certaines parties de mon corps sans qu'elles fonctionnent pour autant.

— Hum ! Combien de fois avez-vous essayé la pénétration ?

Bethany se rappela l'horrible moment où Ryan l'avait regardée dans les yeux et lui avait demandé s'il lui faisait mal. Ses lèvres se mirent à trembler. Elle but plusieurs gorgées de bière.

— Une seule fois.

— Bethany, de nombreuses femmes ne jouissent pas les premières fois.

— Ah bon ?

— Bien sûr. Ça a été pareil pour moi. J'étais trop tendue. La nervosité et l'orgasme ne font pas bon ménage.

— Je n'ai pas l'impression d'avoir été tendue, pas avant le moment de conclure, quand j'ai commencé à me demander ce que j'allais sentir, ou plutôt si j'allais sentir quelque chose.

Elle avala une grande gorgée de bière.

— Ensuite... Il a compris que je ne sentais rien et il était bouleversé. J'ai tellement peur de le perdre, Kate.

— Il ne faut pas. Comme je vous le disais, les hommes ont un ego surdimensionné. Si vous voulez le garder, et c'est ce que vous voulez, il y a moyen d'y arriver. D'accord ?

— D'accord. Kate, merci de parler avec moi. Vous êtes si nature. La plupart des gens s'imaginent que je ne suis qu'une tête quand ils voient mon fauteuil roulant.

— Une quoi ?

— Une *tête*, répéta Bethany. Je parle, je souris, je ris. Tout ce qui se situe sous le cou ne vaut pas la peine qu'on en discute.

— Peut-être parce que vous ne leur avez pas proposé d'aller boire un café pour parler de sexe, sourit Kate. Le sexe est quand même le sujet de discussion favori de pas mal de gens.

Bethany leva son verre.

— À vous ! J'aurais dû vous inviter à boire un café depuis longtemps. Ô mon Dieu, qu'est-ce que j'aime cet homme ! Le seul fait de le regarder me met dans tous mes états.

Kate gloussa.

— Comment s'appelle-t-il ?

— Ryan Kendrick.

Les yeux de Kate s'écarquillèrent.

— Vous rigolez ? Vous avez couché avec Ryan Kendrick ?

Bethany hocha la tête. Apparemment, même Kate trouvait incroyable qu'un homme comme Ryan s'intéresse à elle.

Un sourire se dessina lentement sur les lèvres de Kate, puis elle éclata franchement de rire.

— Eh ben, vous alors ! Vous ne vous embêtez pas. Ryan Kendrick ? Le beau mec plein aux as que personne ne peut épingler ?

— Jamais je n'aurais imaginé avoir une telle chance. Il est merveilleux. S'il n'est pas heureux avec moi, j'en mourrai.

— Pas étonnant que vous soyez si accro. Ce mec… c'est de la dynamite.

— Oui, souffla Bethany.

Kate s'adossa à sa chaise et secoua la tête.

— Vous êtes une fille sympa. C'est drôle. Je vous prenais pour une bêcheuse.

— Vraiment ?

— Jake vous traite comme si vous étiez la poule aux œufs d'or. Jamais vu un type aussi protecteur avec sa sœur. Ça doit être agréable.

Bethany soupira et termina sa bière. Elle contempla son verre, étonnée de l'avoir vidé aussi facilement.

— Vous savez quoi ? Je commence à aimer la bière.

— Bon sang de bonsoir. Je crois qu'il va falloir appeler un taxi.

Bethany gloussa.

— Qu'est-ce que vous dites ?

— Que vous êtes en train de prendre une cuite.

Kate se leva, prit le billet sur la table.

— Et puis, pourquoi pas ? Juste une dernière tournée.

Elle revint avec deux bières, s'assit et se pencha vers Bethany.

— Maintenant qu'on est détendues toutes les deux, passons aux choses sérieuses.

Bethany but une longue gorgée et sourit en sentant la mousse sur ses lèvres.

— Allez-y. Je vous écoute.

— Parlons un peu de ce qui vous plaît à vous. J'ai une question. A-t-il essayé l'autre façon ?

— L'autre façon ? Je ne comprends pas.

Kate se pencha plus près.

— Vous savez, la roue de secours des femmes.

Bethany éclata de rire.

— La mienne doit être crevée. Je ne vois vraiment pas.

Kate soupira.

— Votre clitoris. Il a essayé ?

— Oui. Pour être honnête, j'ai trouvé ça… pas vraiment douloureux, mais pénible, comme si tous mes nerfs étaient à vif. C'est difficile à décrire.

— Ça peut faire ça quand on ne se laisse pas vraiment aller. L'important est que vous ayez des sensations à cet endroit.

— Croyez-moi, ça ne marche pas.

— Peut-être qu'il ne sait pas s'y prendre. Vous y avez songé ?

Bethany se remémora ses autres caresses et secoua la tête.

— Impossible. Ce n'est pas sa faute, et…

Avant qu'elle ait pu finir sa phrase, l'homme assis derrière elle tourna sa chaise et lança :

— S'il ne sait pas s'y prendre, poulette, essaie quelqu'un d'autre.

— Dégage, Dave, dit Kate. On t'a pas sonné.

L'homme posa un regard appuyé sur Bethany.

— Regardez-moi ça si c'est pas mignon.

— Ça suffit, aboya Kate.

L'homme l'ignora, approchant son visage de celui de Bethany.

— Salut, ma belle. Je n'ai pas pu m'empêcher d'écouter votre petite conversation. On dirait que tu as un sacré problème.

— Je suis un peu bouleversée, admit Bethany.

Il hocha la tête.

— C'est un vrai homme qu'il te faut pour mettre ton moteur en route. Un homme dans mon genre.

Kate bondit de sa chaise.

— Hé, connard, tiens ta langue. Elle est avec moi.

Il la regarda d'un air narquois.

— Tu ne peux pas l'aider. C'est un homme qu'il lui faut.

Il tourna ses yeux bouffis vers Bethany.

— Qu'est-ce que tu en dis, chérie ? Je te chauffe, et après tu peux retourner à ton amoureux.

Bethany se recula autant qu'elle put.

— J'ai besoin d'aller aux toilettes, fut tout ce qu'elle trouva à dire.

Cela parut le refroidir. Bethany récupéra nerveusement son sac.

— Excusez-moi.

L'homme lui bloquait le passage.

— S'il vous plaît, je dois passer.

— J'attendrai, soupira-t-il en se résignant à s'écarter.

Le cœur de Bethany battait à tout rompre. Les effets euphorisants de la bière s'étaient évanouis d'un coup. Elle se dirigea vers les toilettes, suivant les indications qui la menèrent dans un long couloir sombre. Les toilettes pour dames se trouvaient au fond à gauche.

Elle allait saisir la poignée quand une main se posa sur son épaule.

— Au fait, je m'appelle Dave, dit l'homme d'une voix pâteuse.

Puis il se pencha pour attraper les bras de son fauteuil et le faire pivoter vers lui.

— Personne ne nous dérangera ici.

Bethany leva les yeux vers lui. Son regard était vitreux et dur. Il respirait bizarrement. L'odeur de sa transpiration lui donna la nausée.

— Lâchez-moi.

— Je t'ai pas touchée, fit-il remarquer. Tu veux grimper au septième ciel. Moi aussi. Allons-y ensemble.

Avant que Bethany comprenne son intention, il plaqua sa bouche sur la sienne et plongea une main dans son corsage. Elle le repoussa avec tant de violence qu'il perdit l'équilibre et partit en arrière, déchirant son chemisier dans le même mouvement.

— Tu veux la manière forte? Je suis partant, chérie.

Un bruit de verre brisé les surprit tous les deux. Dave se retourna. Kate était là, tenant le goulot cassé d'une bouteille de bière dans sa main droite.

— Enlève tes sales pattes de là.

Bethany essaya de se réfugier dans les toilettes, mais son fauteuil était juste un peu trop de biais pour pouvoir y entrer. Comme l'homme ne s'occupait plus d'elle, elle en profita pour faire une deuxième tentative. Quelques secondes plus tard, elle pénétrait dans les toilettes, claquait la porte derrière elle et reculait pour bloquer l'entrée avec son fauteuil. Elle tremblait tellement qu'elle put à peine sortir son téléphone de son sac. Priant pour que tout ne se termine pas dans un bain de sang, elle composa le numéro du magasin.

Jake ouvrit un gros catalogue dont il tourna rapidement les pages.

— Je ne sais pas où elle est allée. Vous avez essayé de la joindre chez mes parents?

Ryan posa les bras sur le comptoir.

— Je pensais qu'elle voudrait passer la soirée avec moi. Depuis quand est-elle partie?

Jake trouva la page qui l'intéressait, tout en marmonnant des numéros. Quand il eut trouvé ce qu'il cherchait, il leva la tête.

— Environ une heure et demie. Vous êtes passé chez elle?

— J'ai téléphoné, soupira Ryan, incapable de se débarrasser d'un mauvais pressentiment.

À cet instant-là, le téléphone sonna. Sans lâcher le catalogue des yeux, Jake décrocha.

— Allô ? Quoi ? Où es-tu ?

Ryan entendit une voix paniquée à l'autre bout du fil. Il l'aurait reconnue entre mille.

— Qu'est-ce qui se passe ?

Jake leva une main.

— Tu es quoi ?

Il écouta quelques secondes.

— Ne bouge pas, Bethany. Tu m'entends ? J'arrive.

Ryan poussa la porte le premier, cherchant Bethany des yeux alors qu'il pénétrait dans le bar plongé dans la pénombre. Le serveur lui indiqua du pouce la porte du fond.

— J'ai appelé les flics.

Les deux hommes se dirigèrent vers les toilettes, Ryan précédait Jake. Si un salaud avait fait du mal à Bethany, il voulait se réserver l'honneur de le tuer.

La scène qui l'accueillit au bout du couloir sombre était pire que ce qu'il attendait. Une femme armée d'une bouteille brisée tenait en respect un homme acculé contre un mur. Elle semblait prête à le castrer.

Ryan se moquait de savoir si le type s'en sortirait entier ou pas. Il poussa la porte des toilettes pour dames, mais elle refusa de s'ouvrir. Jake arriva à ce moment-là. Il plaqua les mains sur la porte.

— Bethany ? Ouvre, c'est Jake. Ryan est avec moi.

— *Ryan ?* s'écria-t-elle. Pourquoi l'as-tu amené ?

Ryan recula. Quel accueil charmant ! Il était ici pour la sauver. Elle était à lui. Pas à Jake. Et certainement pas à l'autre taré qui allait bientôt regretter d'être encore vivant.

— Bethany ? Ouvre cette fichue porte.

— Est-ce qu'il est parti ? demanda-t-elle d'une voix tremblante. Il a déchiré mon chemisier.

Ryan jeta un regard par-dessus son épaule. Il croisa deux yeux vitreux, se retourna et dit à la femme :

— Je m'en charge.

Kate s'écarta, lui cédant volontiers la place.

Il n'aurait peut-être pas frappé l'homme. Sa mère lui avait inculqué des bonnes manières, après tout. Mais l'autre le regarda de haut en bas, et lança :

— C'est toi le pauvre type qui n'arrive pas à la faire jouir ?

Ryan ne se rappela jamais exactement ce qui se passa par la suite. On lui raconta qu'il avait empoigné le type par la chemise et avait commencé à le bourrer de coups de poing.

Toujours est-il qu'il se retrouva finalement menotté sans savoir vraiment pourquoi. Un homme, entre deux flics, se tenait le visage, mais Ryan ne se souvenait pas de l'avoir frappé.

Les flics ramenèrent tout le monde au bar. Chaque fois que Bethany regardait Ryan, elle s'écriait :

— Ô mon Dieu, je voulais seulement discuter. Seulement discuter.

Kate s'affairait autour d'elle comme une vraie mère poule.

— Calmez-vous. Vous êtes majeure, vous avez quand même le droit d'aller boire une bière.

Ryan décida qu'il n'aimait pas Kate. Il y a des gens comme ça qui sont doués pour entraîner les autres dans les ennuis.

Il se demandait comment Bethany avait pu se retrouver dans un tel endroit avec cette femme quand il vit Jake s'avancer vers le serveur avec un regard qui ne présageait rien de bon.

D'une voix trop calme, il demanda :

— C'est toi qui as appelé les flics alors qu'une jeune femme en fauteuil roulant était agressée dans les toilettes ?

Au lieu d'acquiescer, le serveur bomba le torse.

— Tu me prends pour qui, mon pote, un videur ? La fille était là à se plaindre de sa vie sexuelle, et le type lui a proposé de l'aider à avoir du bon temps. Elle l'a plutôt cherché.

Et Jake cogna.

Peu après, Ryan se retrouvait avec Jake Coulter à l'arrière d'un fourgon de police.

Le poste de police de Crystal Falls n'avait sûrement jamais connu un tel grabuge. Ryan entendait son père hurler.

— Tu crois que ton père va nous faire libérer ou nous rejoindre ? lui demanda Jake depuis la cellule d'en face.

Ryan pressa son front martelé par une mauvaise migraine contre le métal froid des barreaux.

— Mon père n'a pas eu d'ennuis avec les flics depuis qu'il a épousé ma mère.

Jake écouta un moment.

— On dirait qu'il est en train de perdre son calme.

— Mais qu'est-ce qui se passe dans ce pays ! grondait-il. Une fille est agressée par un ivrogne, et vous enfermez ses amis parce qu'ils ont essayé de l'aider ! J'aimerais bien qu'on m'explique !

Une voix aussi basse qu'un murmure lui répondit quelque chose qu'ils ne purent pas entendre.

— Il est toujours comme ça ? demanda Jake.

Ryan considéra la question.

— Non. Seulement quand il est vraiment en rogne.

— Alors, appelez le juge ! tonna Keefe. Je ne vais pas laisser mes garçons au trou toute la nuit !

Ryan adressa un faible sourire à Jake.

— Félicitations. Tu viens juste de gagner un deuxième papa.

Une voix de femme s'éleva brusquement couvrant celle de Keefe.

— Non, Keefe, je t'en prie !

— Ne poussez pas ma femme, espèce de crétin !
— Keefe, je t'en prie ! s'écria encore Ann.
Un bruit significatif suivit. Jake haussa les sourcils, riva un regard inquiet sur Ryan, et souffla :
— Je crois que ton père vient de cogner un flic.

16

Sly avait aperçu le van gris de Bethany garé devant l'écurie. Il ne fut donc pas étonné de l'entendre parler à son cheval, mais il fut surpris d'entendre des sanglots. Il n'y avait que lui au ranch pour l'instant, et il n'avait pas vraiment l'habitude de gérer ce genre de situation.

Sa première réaction fut de faire demi-tour. Mais il se retourna lentement, sans trop savoir pourquoi. Il devait intervenir.

Il se dirigea vers le box de Wink. Bethany, le visage pressé contre le flanc du cheval, lui tournait le dos.

— Le temps est à la pluie, on dirait, dit Sly en se frottant la joue.

Elle sursauta, puis elle s'essuya hâtivement les joues et se tourna vers lui.

— Sly ! Vous m'avez fait peur. Je croyais qu'il n'y avait personne au ranch.

— Je passais juste nourrir les bêtes. Ryan ne l'a pas fait hier soir.

— Je sais. Il est en prison. Et c'est ma faute, conclut-elle, de nouveau au bord des larmes.

— Il faut pas vous accuser. Ce garçon est un bagarreur, depuis qu'il est tout petit.

Sly sortit un mouchoir de sa poche, s'assura qu'il était propre et entra dans le box pour qu'elle essuie les grosses larmes qui coulaient sur ses joues.

— Tenez, il est propre.

— Oh ! je… balbutia-t-elle en prenant le mouchoir d'un geste hésitant. Merci.

Sly fit mine de vérifier l'état du foin pendant qu'elle se mouchait.

— Je vous ai entendue pleurer en arrivant.

Elle poussa un soupir.

— Je me sens si mal, Sly. Les parents de Ryan vont me détester.

— Faut pas croire ça ! C'est la vie. On s'ennuyait un peu ces derniers temps au ranch. Vous avez arrangé ça.

Elle se tamponna le coin des yeux.

— Je voulais seulement parler à une autre femme. Quel désastre ! J'espérais trouver une solution à mon problème. J'ai fichu une belle pagaille.

— Ça arrive parfois. À vouloir aller trop vite, on ne sera pas plus avancé.

Elle sourit et hocha la tête.

— Je n'ai absolument rien réglé, ça, c'est sûr.

Sly la considéra. Elle avait l'air si seule, assise là, avec un cheval pour unique compagnie.

— Vous n'avez pas d'amis ?

Elle haussa les épaules.

— À Portland, mais pas ici. Bien sûr, il y a Ryan…

Elle se moucha de nouveau.

— Mais je ne peux pas lui parler. Si seulement Kate avait accepté de prendre un café, au lieu d'aller dans ce maudit bar.

Sly ne pouvait s'empêcher de se sentir désolé pour elle.

— S'il y a un problème particulier, je peux peut-être vous aider.

— Merci, Sly. C'est très gentil. Mais c'est… un problème délicat, typiquement féminin.

— C'est pas pour me vanter, mais question femmes je m'y connais un peu.

Elle sourit.

— J'apprécie votre proposition, mais il est difficile de confier certaines choses à un homme. Encore moins à vous. Vous êtes si proche de Ryan.

Plus Sly la regardait, plus il sentait son cœur se serrer. Il existait de nombreuses formes de solitude, et il avait le sentiment que cette fille avait affronté la plupart d'entre elles. Quelque chose la tourmentait aussi et, si son flair ne le trompait pas, cela avait un rapport avec Ryan. Sly aimait ce garçon comme un fils.

— C'est pas le premier secret que je lui cacherais.

Elle rougit et secoua la tête.

— Non, c'est trop personnel. Je ne pourrais pas.

Sly réfléchit un instant.

— Vous n'êtes pas la seule à avoir besoin d'un ami, vous savez. J'ai moi aussi un problème à résoudre.

— Vraiment ?

— Ouais. Je ne peux pas en parler au ranch. Sinon, adieu mon boulot.

— Les Kendrick ne vous renverraient jamais. Vous faites partie de la famille.

— Mon problème est relativement important.

Il croisa son regard.

— Les secrets, ça marche dans les deux sens. On fait un échange ?

— Je crois que j'aurais du mal à vous parler du mien.

Sly s'avança pour gratter Wink entre les oreilles.

— Vous ne devez pas vous gêner avec moi. Plus rien ne peut choquer le vieux Sly.

— Oui, mais il s'agit de *sexe,* dit-elle en baissant la tête pour murmurer ce dernier mot comme si elle craignait que quelqu'un ne l'entende.

— Le sexe ? gloussa Sly. Alors là, vous avez de la chance. Je suis un expert.

— Vraiment ? fit Bethany, les yeux écarquillés.

— Non, pas vraiment. Mais si vous avez une question, je suis prêt à vous écouter.

— Je suppose qu'un avis masculin peut être utile.

— Là, pas de problème. La dernière fois que j'ai vérifié, j'étais un homme. Alors, on les échange ces secrets ?

Bethany prit une profonde inspiration pour se donner du courage.

— D'accord. Mais vous d'abord.

— J'ai votre parole que vous ne direz rien ? À personne.

— À personne.

Sly se racla la gorge.

— Vous avez rencontré Helen, la mère de Maggie, dit-il d'un ton grave.

— Oui.

— Eh bien, elle et moi on s'aime en cachette. Si quelqu'un l'apprend, je risque ma place. Elle n'est pas tout à fait normale, vous comprenez.

Bethany le regarda avec stupéfaction pendant plusieurs secondes.

— Oh ! Sly ! Je ne sais quoi dire.

— Il y a pas grand-chose à dire, je crois. Sauf me traiter de sale putois pour ce que je fais avec elle.

— Je pense qu'elle a beaucoup de chance, Sly.

— Vous ne pensez pas que c'est mal ?

— Pas si vous l'aimez vraiment. Et il semble que ce soit le cas.

— Je me sens mieux, rien que d'en avoir parlé. Les Kendrick me font confiance, vous voyez, et en trente ans de service je n'ai jamais trahi cette confiance.

Il enleva son chapeau et le fit tourner entre ses mains.

— J'ai essayé de me tenir à distance. Je savais qu'elle me voyait peut-être à travers des yeux d'enfant, alors j'ai essayé de toutes mes forces. Mais le malheur est qu'on ne choisit pas toujours qui on aime.

— Est-ce qu'elle vous aime ?

— Elle me croit capable de décrocher la lune. C'est peut-être pour ça que je l'aime autant. Personne ne m'a jamais regardé ainsi. Je ne suis pas beaucoup allé à l'école, et des tas de gens me prennent pour un idiot. Elle m'admire et pense que je suis intelligent. Ça me fait du bien et, quand elle me regarde et que je vois les étoiles dans ses yeux, je suis comme sur un nuage.

Bethany se pencha pour lui toucher la main.

— Sly, je crois que vous sous-estimez Ryan. Si je vous comprends, lui aussi vous comprendra. Il a beaucoup de cœur.

— Je sais. Mais les Kendrick sont particuliers rapport à leurs femmes. Faut pas passer certaines limites, sinon ils voient rouge.

Il poussa un profond soupir.

— Je n'aime pas me cacher, mais je ne sais pas comment faire autrement. S'ils nous découvraient, je serais prêt à l'épouser, bien sûr.

— L'épouser est peut-être la solution. Y avez-vous réfléchi ? Les Kendrick vous estiment, et vous feriez un bon mari pour Helen.

— Ils m'estimeront moins quand ils sauront. Comme elle est simple d'esprit, ils la protègent encore plus. Ils me renverront. Et sans travail, comment je ferais pour m'occuper d'Helen ? Une femme aussi belle qu'elle mérite d'avoir de jolies choses.

Bethany lui pressa tendrement la main.

— Je suis contente que vous vous soyez confié à moi. Je sais que mon avis ne pèsera pas lourd dans la balance, mais je trouve votre histoire merveilleuse.

— Merci, dit-il d'une voix émue. Votre avis compte beaucoup pour moi. Je comprends pourquoi Ryan tient tant à vous. Vous êtes quelqu'un de vraiment bien.

Elle lui sourit, très touchée par son compliment et même un peu gênée. Au point qu'elle ne sut pas quoi répondre.

— Maintenant, ça suffit avec mon problème, reprit Sly avec plus d'entrain. Vous allez me dire le vôtre ?

Elle lui raconta sa nuit avec Ryan. Quand elle eut terminé, Sly se gratta la tête en regrettant presque de s'être embarqué dans cette histoire.

— Aucune sensation, vous dites ?

— Aucune, confirma-t-elle. Ça m'est égal. Être avec Ryan me suffit. Seulement, j'ai peur que ça ne soit pas suffisant pour lui.

— S'il vous aime, ça lui suffira. Sinon, vous ne perdez pas grand-chose. Un mariage sans amour, ça ne marche pas.

— Je veux seulement le rendre aussi heureux que je le peux.

Sly comprenait. Rien ne le rendait plus heureux que de faire sourire Helen.

— Rendre un homme heureux est assez simple. Il faut suivre votre intuition et découvrir avec le temps ce qu'il aime et ce qu'il n'aime pas. Pour la question du plaisir de la femme, je ne peux pas dire si j'en ai connu qui faisaient semblant. Mais je peux dire comment c'est quand ça leur plaît vraiment.

Elle le regarda, pleine d'espoir.

— Vous pouvez ?

Sly leva un doigt.

— Je reviens tout de suite.

Il avait le sentiment qu'il lui faudrait faire une démonstration plutôt qu'une description. Quand il était sobre, il était doué pour un certain nombre de choses, mais imiter une femme ayant un orgasme n'en faisait pas partie. Il fila au bureau chercher sa flasque d'alcool, et revint au box.

Une heure plus tard, quand Ryan rentra, il remarqua aussitôt le van de Bethany. Tandis qu'il traversait la cour, des cris lui parvinrent de l'écurie, semblables à ceux d'un coyote hurlant à la lune. Qu'est-ce qui se passait ? Quand il pénétra dans le bâtiment, il reconnut la voix traînante de Sly. Il alla jusqu'au box de Wink, où Bethany et le contremaître criaient et riaient comme des idiots.

Sly, qui avait l'air éméché, était assis contre le mur. Il regardait Bethany qui, la tête rejetée en arrière, émettait des sons bizarres, puis il rit en secouant la tête.

— Pas comme ça. On dirait qu'on vous arrache une dent.

— Je n'y arriverai jamais.

— On s'en rapproche, lui assura-t-il.

Ryan en avait vu assez pour comprendre. Il semblait que sa piètre performance d'amant était devenue le sujet de discussion principal ces derniers temps. Si d'ici demain tous les habitants de Crystal Falls n'étaient pas au courant, Bethany pourrait peut-être songer à passer une annonce dans l'*Examiner.*

— C'est une fête privée ? demanda-t-il en s'appuyant à la porte du box.

Bethany sursauta et prit un air coupable.

— Ryan ! Tu es rentré.

Il hocha la tête.

— Rafe a appelé un avocat. La seule chose sensée qu'il fallait faire. Le juge nous a finalement laissés partir, Jake et moi.

— Et votre père ? demanda Sly.

— Le juge a estimé qu'une nuit en cellule lui permettrait de se calmer. Cogner un flic n'est pas très bien vu.

— Ton père a frappé un policier ? s'écria Bethany, horrifiée.

— Le gars l'avait cherché. Il a poussé ma mère pour l'écarter de son chemin. Sa hanche a heurté l'angle du bureau et elle a eu très mal. Papa a réagi au quart de tour.

— Oh, non ! C'est un délit grave, Ryan.

— Ils ne le poursuivront pas. Rafe a emmené maman passer une radio. Le préjudice est attesté, et ton père et deux de tes frères étaient témoins. Le flic a dépassé les bornes.

Il haussa les épaules.

— Il s'en tire bien. Si ce premier coup de poing ne l'avait pas assommé, papa l'aurait vraiment amoché.

— Ça, c'est bien votre papa, confirma Sly avec un hochement de tête. Jamais vu une droite aussi puissante.

Ryan entra dans le box et s'assit à côté du vieux contremaître.

— Ne vous interrompez surtout pas pour moi, dit-il en regardant Bethany d'un air entendu. Vous aviez l'air de bien vous amuser.

— On venait de terminer, n'est-ce pas, Sly ?

— Ouais. Je crois qu'on a pour ainsi dire fini.

— Vous étiez aussi peu crédibles l'un que l'autre, fit remarquer Ryan sans détour. Ne le prends pas mal, mon amour, mais tu as besoin de pratique. Avec des hurlements et des halètements pareils, j'appelle les urgences.

Bethany lança un regard paniqué à Sly. Le contremaître se leva et ferma le bouchon de sa flasque.

— Bon, je crois qu'il est temps que je file. Bonne nuit, Bethany. Si ce gars fait sa mauvaise tête, n'y faites pas attention. Il aboie mais ne mord pas.

— C'est mieux que de hurler et de manquer de loyauté, rétorqua sèchement Ryan.

— Bon. Il fait sa mauvaise tête.

Il la salua en portant la main à son chapeau.

— Bonne nuit.

— Bonne nuit, Sly. Merci pour…

Elle s'interrompit et regarda Ryan d'un air coupable.

— … pour votre aide, termina-t-elle d'une toute petite voix.

— Ouais, Sly, merci beaucoup, renchérit Ryan d'un ton lourd de sous-entendus.

Quand les pas du contremaître se furent éloignés, il regarda Bethany droit dans les yeux.

— Explique-moi.

Elle détourna le regard et rougit.

— Que veux-tu que je t'explique ?

Ryan soupira. Elle avait pleuré. Le bout de son nez était rouge, et elle tenait un mouchoir de Sly dans sa main.

— On peut commencer par l'incident de cet après-midi. Peux-tu me dire pourquoi tu as décidé de parler de notre vie sexuelle avec une inconnue ? Et dans un bar en plus ?

Elle tritura le mouchoir, le déplia puis le remit en boule.

— Ce n'était pas une inconnue. Kate travaille pour nous. Quant au bar, je lui ai proposé un salon de thé, mais elle a dit qu'elle préférait un endroit tranquille pour boire une bière. Elle avait la gueule de bois et elle avait besoin d'un remontant.

— La gueule de bois ? Ça aurait dû t'inspirer une certaine méfiance. Et parlons-en de cet endroit tranquille ! Tu as failli te faire violer dans ce maudit bar ! Je vois que tu es rentrée te changer.

— Oui.

Elle secoua la tête d'un air désespéré.

— Ton père va passer la nuit en prison. Tout est ma faute. Ils vont me détester.

— Ils ne te détesteront pas.

Après cette affirmation lapidaire, Ryan garda le silence pendant un long moment.

— Tu sais, Bethany, la première condition pour qu'une relation fonctionne bien, c'est la franchise.

— Non, dit-elle d'une voix à peine audible. La première condition, c'est le plaisir sexuel.

— Et tu n'en as pas eu avec moi.

Elle eut l'air sincèrement scandalisé de l'entendre dire cela.

— Non, Ryan. C'est moi qui ai des problèmes, pas toi.

Il lisait une telle souffrance dans ses yeux qu'il avait envie de la prendre dans ses bras. Mais il était encore trop furieux pour faire un geste vers elle.

— C'était merveilleux.

— Tu me crois si naïve ? Je ne dormais pas quand tu t'es levé. Tu étais si bouleversé que tu es sorti.

Ryan inspira profondément tout en réfléchissant à la situation.

— Alors, plutôt que de me bouleverser davantage, tu as recruté Sly pour te montrer comment feindre un orgasme ?

— Non, bien sûr que non. J'ai d'abord parlé à Kate. Je suis tombée sur Sly par hasard.

— Et après être tombée sur lui, tu lui as demandé comment feindre un orgasme, persista-t-il. Combien de temps espérais-tu que ça marcherait, Bethany ?

— Je ne sais pas. Toujours.

Elle bredouilla :

— Je ne veux pas te perdre.

Il chassa des brins de paille de son pantalon.

— J'étais en colère, hier soir, je l'admets. Je voulais te donner du plaisir, et j'ai vraiment eu du mal à accepter de ne pas y arriver.

Elle le fixa d'un regard implorant.

— J'ai eu du plaisir. Là où c'était possible pour moi. Tu ne peux pas me comparer aux autres femmes. Avant toi, je n'avais connu personne et je n'espérais pas connaître quelqu'un un jour. Ce que j'ai pu sentir était merveilleux. Tu es merveilleux.

Elle leva les mains dans un geste désespéré.

— Je ne veux pas te perdre. Je t'en prie, essaie de comprendre. Si feindre peut augmenter ton plaisir, je suis prête à le faire.

Ryan appuya la tête contre le mur. Il se concentra sur les bruits familiers de l'écurie pour se calmer. Quand il regarda de nouveau Bethany, il était plus serein.

— Promets-moi une chose ?

— Quoi ?

— Que tu ne me mentiras plus jamais, même si c'est pour mon bien.

Elle ferma les yeux. Quand elle les rouvrit, son visage était plus pâle.

— Je suis désolée d'avoir menti. Mais essaie de me comprendre. Toutes les prières du monde ne pourront pas changer mon corps, et je risque de te perdre à cause de ça. Cette idée me terrifie. Si tu me quittais, je ne sais pas ce que je ferais.

Elle baissa la tête.

— Je m'étais juré que je ne m'accrocherais pas, que je ne te supplierais pas, que je n'essaierais pas de te garder coûte que coûte si tu n'étais pas heureux avec moi. Je suis désolée.

Ryan s'accroupit près d'elle.

— Je ne vais pas te quitter, mon amour. Et si tu essaies de partir, je te suivrai. Tu entends ?

Il l'enlaça.

— Ce que tu viens de dire – sur les sensations merveilleuses que tu as pu avoir. Je m'en souviendrai. Le problème ne venait pas de toi, hier soir. C'était fantastique, Bethany. Si fantastique que je me suis senti coupable de ne pas t'apporter autant en retour.

Elle s'agrippa à lui comme un naufragé à une bouée.

— Tu m'as tout donné, souffla-t-elle avec ferveur.

— Ouais ?

— Ouais.

Il l'embrassa au creux de l'oreille.

— Tu veux recommencer ? Hier, j'avais tellement peur de te faire mal que je n'ai pas osé pénétrer trop profondément. Qui sait, peut-être sentiras-tu quelque chose ?

— Sinon, ce ne sera pas grave. Être dans tes bras, être avec toi me suffit, Ryan.

Il la serra plus fort contre lui. Il n'avait jamais aimé personne comme il l'aimait, et si la tenir dans ses bras et l'aimer était tout ce qu'il pourrait jamais avoir, cela le comblait.

Parce que, pour lui, elle était absolument tout.

17

La lueur de la lune baignait la chambre d'un reflet argenté. Étendu sur le lit, Ryan regardait le visage de Bethany allongée contre lui. Elle était si belle, ses traits étaient si fins qu'on aurait pu les croire en porcelaine. Il suivit des lèvres le contour de ses sourcils, puis descendit sur le nez, savourant la façon dont elle retenait son souffle et lui serrait les épaules. Il passa au lobe de l'oreille, qu'il mordilla doucement.

— Qu'est-ce qui te ferait plaisir ? demanda-t-elle soudain.

— Tu me fais plaisir rien qu'en existant, murmura-t-il. En étant ici avec moi. C'est tout ce que je veux, tout ce dont j'ai besoin, plus que ce que j'ai jamais rêvé d'avoir.

Il sentit son petit nez se plisser contre sa joue, une mimique qu'elle avait souvent et qui l'attendrissait toujours.

— N'évite pas le sujet, Ryan. Tu sais très bien ce que je veux dire. J'ai besoin de savoir ce que tu trouves excitant. Tu aimes les porte-jarretelles et les bas ?

Il sourit.

— Encore Kate ?

— Elle dit que les hommes en raffolent.

— C'est vrai que j'aime bien. Mais je n'en fais pas une obsession.

— Qu'est-ce qui t'obsède, alors ? Je veux vraiment savoir, Ryan. C'est important pour moi de te faire plaisir.

Il avait seulement envie qu'elle s'allonge et le laisse la dévorer. Mais il ne pensait pas que c'était ce qu'elle voulait entendre.

— Tu me fais plaisir. Beaucoup.

Elle rit et lui pinça le bras.

— Quelle tête de mule ! Allez, il doit bien y avoir des choses qui t'excitent. Les talons hauts ?

— Pas vraiment. Je ne peux pas dire que j'aime quelque chose en particulier.

Il embrassa le petit creux velouté juste sous son oreille, savourant le goût de sa peau.

— Tu m'exciterais même vêtue d'un sac de jute.

— Tu es impossible.

— J'aime les jeans moulants et les chemises à franges, confessa-t-il en jouant avec une mèche de ses cheveux. Tu sais, celles qui ont des boutons de nacre sur les poches de poitrine ? Voir ces boutons me faire de l'œil, ça me met dans tous mes états.

Elle gloussa et posa un baiser sur son torse.

— Je m'en achète une dès demain. Tu aimerais que je la porte sans rien dessous ?

Il resta un instant sans voix.

— Tu ferais ça ?

— Si ça te plaît. Et est-ce que tu aimerais me voir cuisiner avec rien d'autre qu'un tablier ?

— Tant que je peux défaire la ceinture.

Il embrassa sa joue, descendit vers ses lèvres avec l'intention de s'en emparer.

— Oh ! tu me rends fou ! Je te veux, Bethany. Maintenant.

Elle se déroba.

— Juste quelques questions encore.

Il poussa un soupir.

— Juste quelques-unes.

Elle leva vers lui ses beaux yeux bleus innocents.

— Est-ce que tu aimes la fellation ? Je n'en ai jamais fait, mais…

Sa phrase se perdit dans un murmure timide. Stupéfait, Ryan s'écarta pour la regarder. Il avait connu beaucoup de femmes, mais aucune ne lui avait posé cette question aussi crûment.

— Je trouve ça agréable, répondit-il prudemment, craignant qu'elle ne plonge aussitôt sous le drap s'il se montrait plus enthousiaste. Ce n'est pas l'un de mes trucs préférés.

— Pourquoi ? Je pensais que les hommes adoraient vraiment ça.

Il se pencha pour prendre sa bouche dans un long baiser gourmand.

— Je préfère te le faire, souffla-t-il quand il quitta ses lèvres.

Elle fronça de nouveau le nez.

— Je veux aussi te faire des choses que tu aimes. Hier, j'ai été complètement passive.

Elle ne le laisserait pas en paix tant qu'il ne lui répondrait pas, et il avait intérêt à coopérer s'il ne voulait pas qu'elle ait un autre tête-à-tête avec Kate, son gourou du sexe. Poussant un soupir, il s'installa à côté d'elle, la tête en appui sur une main.

— J'aime te toucher et t'embrasser. Te faire plaisir me donne du plaisir.

— Tant mieux parce que j'ai adoré tout ce que tu m'as fait hier soir, dit-elle. Mais ça ne peut pas marcher uniquement dans un sens. Je veux être une partenaire à la hauteur. Je ne veux pas que tu te sois frustré.

— Ça n'arrivera jamais. Ce que je vis avec toi est incroyable, Bethany.

— Ryan, c'est vraiment ce que tu penses ?

— Oui. Et je ne veux rien de particulier. Sauf que tu arrêtes de parler.

Il captura le bout d'un sein entre ses doigts, et sourit quand elle poussa un petit cri et se cambra. Puis il se pencha pour titiller du bout de la langue le téton prisonnier.

— Je veux seulement t'aimer, chuchota-t-il. Aussi longtemps que je le veux, comme je le veux. Y vois-tu un inconvénient ?

Sa seule réponse fut un gémissement de plaisir. Elle plongea les doigts dans ses cheveux pour rapprocher encore plus sa tête de ses seins, s'offrant à lui silencieusement. C'était une invitation qu'il ne pouvait pas refuser.

Il entreprit d'embrasser chaque parcelle de son corps, lui apportant tout le plaisir qu'elle était capable de recevoir. Il voulait que ces préliminaires soient magnifiques. S'il ne pouvait pas lui faire connaître l'orgasme, il lui montrerait à quel point il l'aimait avec ses mains et sa bouche.

Des caresses lentes, aussi légères que des plumes. Des baisers presque imperceptibles. Il utilisait toute son expérience amoureuse, oubliant l'urgence de son propre désir pour aller à la rencontre du sien.

Il la fit se tourner sur le ventre et explora son dos de ses lèvres. D'abord les épaules délicates, puis le creux juste sous le bras. Il sentit sa peau satinée se hérisser quand il descendit vers les reins. Il s'y attarda avant de descendre savourer ses fesses rebondies, qui frémirent sous l'experte caresse de sa bouche.

Quand il la retourna sur le dos, ses seins se dressaient irrésistiblement vers lui. Il s'allongea à côté d'elle et les caressa avec ses mains, avec ses lèvres. Lorsqu'il se mit à en mordiller les pointes, Bethany poussa un cri, l'appelant dans une sorte de sanglot, s'arquant contre lui avec fougue.

Il continua jusqu'à ce qu'il sente les muscles de son ventre se durcir sous l'assaut du plaisir. De son côté, son désir était si intense qu'il en devenait douloureux. Glissant une main entre ses cuisses, il frôla son clitoris. Bethany sursauta comme si elle avait reçu une décharge électrique. Ryan se figea, redoutant de rencontrer les mêmes obstacles que la veille. Puis il balaya ses craintes, décidé à tout tenter pour que leur union soit la plus harmonieuse possible.

— Est-ce que je peux t'embrasser à cet endroit ?

Elle fronça les sourcils.

— C'était pénible hier.

— Je sais, mais mes lèvres sont plus douces que mes mains.

— Je ne sais pas…

— Je t'en prie, laisse-moi essayer. J'aimerais tellement te faire jouir.

— Tu arrêteras si j'ai mal ?

— Bien sûr, souffla-t-il.

Puis il plongea avec délices dans la soyeuse intimité de son corps. Il commença très doucement, très lentement. Bethany poussa un cri surpris puis un gémissement qui s'acheva dans un soupir de plaisir.

Il sentait son clitoris durcir sous sa langue, son sexe s'ouvrir comme une fleur.

Avec précaution, il accentua la pression de sa bouche et les caresses de sa langue. Elle gémit encore et se cambra pour mieux s'offrir à lui. Elle était au bord de la jouissance.

— Ryan ? appela-t-elle d'une voix paniquée. Je… j'ai besoin que tu me tiennes.

Il empoigna ses fesses et la maintint ainsi contre sa bouche, terminant son assaut avec une détermination renouvelée. Son corps trembla. Un sanglot lui échappa. L'instant d'après, avec un grand cri, Bethany se perdit dans les spasmes de son premier orgasme.

Ryan ne s'était jamais senti aussi comblé de sa vie.

Bethany était tout engourdie. Elle ne pouvait pas bouger, ne pouvait pas penser, et cela lui était égal. Elle était à peine consciente de la présence de Ryan au-dessus d'elle.

— Ça va ?

Elle était incapable de parler. Son cerveau ne fonctionnait plus. Son corps semblait liquéfié. Et il lui demandait si cela allait ? Peut-être avait-elle succombé à une crise cardiaque. Peut-être se trouvait-elle au paradis.

— Mmm, parvint-elle seulement à répondre.

Il rit doucement. Puis elle sentit cette étrange pression, la même que la veille, et elle comprit qu'il venait de la pénétrer.

— Accroche-toi à mon cou.

« Lève les bras », s'ordonna Bethany. Au lieu d'obéir, ses membres restèrent inertes. Le visage souriant de Ryan réapparut.

— Allez, tiens-toi à moi.

Avec effort, elle réussit enfin à lever les bras et à enlacer mollement son cou.

— Prête pour le décollage ?

Elle hocha la tête, regrettant qu'il ne la laisse pas s'endormir maintenant. Elle était si délicieusement détendue. Et puis, de toute façon, elle n'allait rien sentir.

— Prête, réussit-elle tout de même à dire avant de bâiller.

Il la tint fermement contre lui alors qu'il effectuait avec précaution un premier mouvement. Les yeux de Bethany s'écarquillèrent de surprise. Elle venait de sentir quelque chose, et ce n'était pas désagréable. Ses mains semblèrent reprendre vie pour s'agripper aux épaules de Ryan.

Il lui sourit encore et plongea plus profondément en elle, faisant en sorte de frôler son clitoris dans le même mouvement.

— N'aie pas peur. Je m'arrêterai s'il le faut, l'entendit-elle murmurer.

Puis il se pencha pour l'embrasser. Quand leurs lèvres se séparèrent, il chuchota contre sa bouche :

— Envole-toi avec moi.

Il bougea de plus en plus rapidement, et avant qu'elle puisse formuler une pensée, encore moins l'articuler, elle s'envolait avec lui. Les sensations indescriptibles qui l'envahissaient lui donnaient le vertige.

— Ryan ! cria-t-elle.

— Je suis là, répondit-il dans un souffle rauque. N'aie pas peur...

— Je n'ai pas peur. Je te sens, Ryan.

— C'est vrai ?

Avec un rire mêlé de larmes, elle l'attira à elle.

— Oui, oh ! oui, gémit-elle quand il recommença à bouger. Oui, je te sens, Ryan.

Il imposa un rythme puissant et rapide qui rendait toute parole impossible. Mais Bethany savait qu'il n'avait plus besoin de mots pour comprendre ce qu'elle ressentait. Elle *volait*. Il était en train de l'emmener au paradis. De plus en plus vite, unis dans un même tourbillon de plaisir, ils s'élevaient.

Quand ils atteignirent l'extase, elle s'arqua du mieux qu'elle put contre lui, alors qu'un violent orgasme prenait possession de son corps.

Ryan la garda dans ses bras avec une ferveur possessive, jusqu'à ce que leurs souffles se calment et que leurs corps s'apaisent.

— Ryan, murmura-t-elle en pressant son visage contre son épaule, je t'aime tant.

Il la serra encore plus fort dans ses bras.

— J'aurais dû t'embrasser comme ça hier, dit-il au bout d'un moment. Ça nous aurait épargné vingt-quatre heures d'enfer.

Bethany frotta sa joue contre sa peau. Ses muscles durs et souples à la fois formaient un confortable oreiller.

— Il faut peut-être connaître l'enfer pour apprécier le paradis. Mais, tu sais, je n'ai absolument rien senti quand tu m'as pénétrée.

— J'ai pu te faire jouir, mon amour. C'est l'essentiel.

Il lui embrassa le bout du nez.

— Et maintenant que je connais la recette, compte sur moi pour recommencer.

— Je me demande pourquoi c'était si pénible hier quand tu m'as caressée ?

— Tu étais trop tendue. Je crois que tu es hypersensible à cet endroit-là tant que tu n'es pas vraiment prête. Mais je ne demande qu'à te préparer. Tu voulais savoir ce qui m'excite le plus ? J'adore t'embrasser comme ça. Je sens déjà que je ne pourrai plus m'en passer.

Bethany n'allait pas s'en plaindre. Cela avait été fantastique. Elle flottait à présent dans un tel état de bien-être qu'elle avait du mal à garder les yeux ouverts.

— Je t'aime, Ryan, murmura-t-elle d'une voix endormie en se blottissant contre lui.

Et elle s'abandonna au sommeil.

18

Quand Bethany se réveilla, la matinée était trop belle pour l'accueillir avec mauvaise humeur. Le soleil qui entrait à flots par les fenêtres faisait briller les cheveux de Ryan. Ils partageaient le même oreiller, ce qui lui apparut comme un heureux présage pour leur avenir. Il dormait, un bras passé sous son cou, sa main négligemment posée sur son sein gauche.

Elle poussa un soupir de plaisir. Ils avaient refait l'amour un peu plus tard. Et l'enchantement s'était reproduit.

Il la surprit en murmurant soudain contre ses cheveux.

— Tu prendrais le petit déjeuner avec moi comme ça ?

— Dans la cuisine ? Nue, tu veux dire ?

— Où serait l'intérêt sinon ?

— Seulement si tu fais la cuisine. L'huile saute toujours quand je fais cuire des œufs.

— On mangera seulement des fruits et des tartines.

Il caressa le bout de son sein.

— Imagine ma bouche ici quand j'aurais bu une gorgée de café chaud.

Bethany sentit un frisson la parcourir à cette idée.

— Je t'enduirai de miel et je te lécherai partout, poursuivit-il. Tu ne sortiras pas de la maison avant midi.

— Je dois aller travailler, protesta-t-elle en riant.

— Reste avec moi aujourd'hui.

Il taquina son oreille du bout des lèvres.

— Viens avec moi en ville. Nous irons récupérer mon père à sa sortie de prison et nous commencerons les démarches pour notre mariage.

— Rien ne presse.

— Mais si, je suis très pressé de t'épouser.

Elle se tourna pour embrasser sa joue.

— Ryan, tu es un amour !

— Pas vraiment. Si je ne t'épouse pas immédiatement, Jake me tuera.

— Ne t'inquiète pas pour Jake. J'en fais mon affaire.

Il l'intercepta avant qu'elle ne pose un autre baiser sur sa joue et s'empara de ses lèvres.

— Je n'admettrai aucune objection, dit-il quand leur long baiser prit fin. Tu m'épouses dans les jours qui viennent.

— C'est impossible. Il faut du temps pour préparer un mariage.

Il eut l'air un peu surpris.

— Je pensais que tu voulais quelque chose de simple.

— Autrefois, je rêvais de me marier près d'un lac de haute montagne.

— Enfin un souhait !

Le cœur de Bethany se serra.

— C'est hors de question maintenant.

Il l'embrassa dans le cou.

— Je connais un lac de montagne. Il est magnifique. En fait, c'est là que je veux que nous passions notre lune de miel, juste toi et moi.

— Ryan, je ne peux plus faire ce genre d'expédition. Je te l'ai dit, je…

Il posa un doigt sur sa bouche.

— Je t'ai commandé un fauteuil tout-terrain. Il est très léger et peut se plier pour être transporté à cheval. Il sera livré la semaine prochaine, en même temps que ta selle.

— Quoi ?

Il lui vola un autre baiser.
— Ne fronce pas les sourcils. Tu vas avoir des rides.
— Même avec un fauteuil tout-terrain, il me faut un équipement approprié pour mes besoins personnels. Il m'est absolument impossible de…
— J'y travaille. Maman m'a aidé à concevoir des toilettes extérieures pour toi.
— Des toilettes extérieures ?
— Oui. Mon père s'y est mis aussi. Il s'y connaît bien en matériaux légers. Tu verras, tu auras le même confort qu'à la maison.
Elle s'écarta pour le regarder avec incrédulité.
— Tu es sérieux ?
— Évidemment. Nous partons en randonnée en pleine nature pour notre lune de miel. Toi et moi, au bord d'un merveilleux lac de montagne, exactement comme tu aimais le faire avant ton accident. Nous pêcherons des truites pour notre dîner et nous les ferons griller au feu de bois. Nous ferons l'amour à la belle étoile. Puis je te raconterai des histoires qui font peur pour que tu te blottisses contre moi, et je te ferai l'amour dans le sac de couchage. Nous nous baignerons aussi, et je te ferai l'amour dans l'eau. Il y a une cascade là-bas. C'est si beau que tu en auras le souffle coupé, et…
Elle éclata de rire.
— … tu me feras l'amour sous la cascade.
Il sourit d'un air coquin.
— Comment as-tu deviné ?

Bethany céda et prit sa journée pour pouvoir rester avec Ryan. Tandis qu'elle dégustait sa troisième tasse de café, il alla s'occuper des chevaux. La journée était si belle qu'elle ouvrit la baie vitrée pour laisser entrer l'air printanier. Elle était sur le point de fermer la moustiquaire quand le téléphone sonna. Contournant Vagabond, qui somnolait près de la table, elle attrapa son portable.

— Allô ?

— Salut, frangine. Comment ça va ce matin ? Remise des émotions d'hier, j'espère ?

— Je suis en pleine forme, Jake.

Il poussa un soupir de soulagement.

— Tant mieux. J'étais un peu inquiet quand j'ai appris que tu ne venais pas travailler.

Elle expliqua que Ryan voulait s'occuper des papiers pour leur mariage.

— Il ne perd pas de temps. Tu es sûre que c'est la bonne décision, Bethany ? Rien ne presse.

— Je n'ai jamais été aussi sûre de quelque chose. Je l'aime à la folie.

Long silence.

— Excuse-moi d'aborder un sujet délicat, mais pas plus tard qu'hier tu prenais une cuite en te plaignant de ta vie sexuelle.

— Où es-tu allé pêcher ça ?

— Le barman.

Bethany était horriblement gênée.

— Je ne me plaignais pas. J'avais peur que Ryan soit déçu. Mais c'est du passé maintenant. Tout est magnifique.

— Magnifique ? Tu en es certaine, Bethany ?

— Absolument. Je t'en prie, ne sois pas inquiet. Je l'aime tant, et il m'aime…

Elle entendit un bruit derrière elle et regarda d'un air coupable par-dessus son épaule. Ryan n'apprécierait certainement pas de l'entendre parler de leur relation avec Jake.

C'était T-Bone. Bethany affronta le regard placide du taureau, hésitant entre pousser un hurlement et le saluer. Quelle idiote ! Elle avait laissé la baie ouverte. Ryan l'avait pourtant prévenue que T-Bone entrait dès qu'il avait une occasion.

Le taureau poussa un mugissement si puissant que les murs en vibrèrent.

— Nom de Dieu, c'était quoi ? demanda Jake.

— Un taureau.

Bethany imagina T-Bone la pousser comme il avait poussé Ryan. Cela n'avait rien de réjouissant. Si son fauteuil basculait, l'animal pourrait la piétiner.

— Je dois te laisser, Jake. Je te rappelle plus tard.

— Tu n'es pas dans la maison ?

— Euh... oui, admit-elle faiblement.

— Ce mugissement semblait bien proche, comme s'il était juste à côté de toi.

Il était juste à côté d'elle. Presque, en tout cas.

— Tout va bien, Jake. Je te rappelle.

Elle coupa la communication.

— Bonjour, T-Bone, dit-elle d'une voix mal assurée.

De longs filets de bave pendaient de la gueule du taureau. Il poussa le bras de Bethany. Elle s'attendit au pire, mais l'animal en resta là. Sa douceur était surprenante. D'une main tremblante, elle le gratta derrière les oreilles comme elle avait vu Ryan le faire.

— Je suppose que tu aimerais une carotte. Ne bouge pas, je vais t'en chercher une.

« Et la lancer dehors », pensa-t-elle en ravalant sa peur.

Elle se hâta vers la cuisine. T-Bone suivit docilement. Une fois devant le réfrigérateur, elle dut endurer des reniflements mouillés pendant qu'elle fouillait dans le bac à légumes. Le taureau semblait apprécier son parfum et l'odeur de son shampoing. Il n'arrêtait pas de renifler son oreille et ses cheveux. Elle sortit deux carottes et lui en donna une, espérant pouvoir le contourner pendant qu'il mangeait.

Pas de chance. Il lui bloquait le passage, la coinçant dans la cuisine avec lui pendant qu'il savourait sa petite friandise. Quand il l'eut mangée, il beugla pour en avoir davantage. Tout en frissonnant à cause du froid provenant du réfrigérateur, elle lui donna la deuxième carotte et en chercha d'autres dans le bac. Il n'en restait plus que trois, constata-t-elle avec horreur. T-Bone les dévorerait en un rien de temps. Et après ?

Ses craintes se vérifièrent très vite.

— C'est tout, dit-elle d'une voix tremblante. Il faut que tu t'en ailles.

T-Bone vint renifler son chemisier. Quand il découvrit son aisselle et y nicha son museau, elle éclata de rire.

— Il n'y a rien à manger ici. C'est du déodorant, espèce de goinfre.

Elle commença à se détendre. Le taureau ne semblait pas d'humeur à la bousculer. Il était simplement curieux. Elle poussa un soupir et lui tapota la tête tandis qu'il reniflait toujours.

— Tu aimes les fruits ?

Elle se dirigea vers le bar et attrapa une pomme.

— Tiens.

T-Bone mangea la pomme de bon cœur. Il adorait visiblement ça. Bethany lui en donna rapidement une autre, qu'il dévora en deux coups de mâchoire. Elle se mit à rire.

— Et du pain et du fromage, ça te dirait ?

Comme si elle venait de sonner la cloche du dîner, Vagabond se leva et accourut. Le labrador grassouillet s'assit à côté du taureau, langue pendante, ses yeux implorants rivés sur elle. Elle prit le paquet de petits pains et lui en donna un. T-Bone renifla le pain mais déclina poliment l'offre. Il adorait les bananes, cependant, et en mangea trois.

C'est en cette joyeuse compagnie que Ryan trouva Bethany quelques minutes plus tard. Accoudé au bar, il l'observa un moment. N'importe quelle autre femme serait devenue hystérique en se retrouvant coincée par un taureau. Mais Bethany lui donnait simplement à manger en lui tapotant la tête comme si nourrir un taureau dans une cuisine était la chose la plus naturelle du monde.

— Tu ne les gâtes pas un peu trop ? demanda-t-il enfin.

Elle sursauta, puis sourit.

— Je suis contente que tu sois de retour. J'ai un petit problème.

— Un gros problème, tu veux dire. Rien n'est petit en ce qui le concerne. Et en plus, ce coquin essaie de me voler mon amoureuse dès que j'ai le dos tourné.

— Ne t'inquiète pas, je n'ai d'yeux que pour toi. J'ai eu un peu peur au début, mais on dirait qu'il comprend que je suis différente.

Le taureau choisit ce moment pour tenter de fourrer son museau sous sa jupe.

— Il a manifestement compris que tu es une femme.

— Je parlais de mon handicap. Tu ne t'imagines pas comme il a été délicat.

— Tant mieux. J'aurais détesté devoir l'abattre.

— Oh ! non, s'écria-t-elle, horrifiée à cette idée. Promets-moi de ne jamais faire ça. Je ne le supporterai pas. Regarde comme il est gentil.

Ryan devait admettre que T-Bone se montrait particulièrement doux.

— Il a déjà l'air très attaché à toi. Mais comment est-il entré, au fait ?

— J'ai oublié de refermer la baie vitrée.

Ryan contourna le comptoir et donna une tape sur le postérieur de T-Bone pour attirer son attention.

— Allez, mon gars. Il est temps de retourner dehors.

Il le fit pivoter, puis agita son Stetson pour le faire sortir. Il referma la fenêtre avec un sentiment de tristesse. Maintenant que Bethany allait vivre ici, il lui faudrait prendre une décision au sujet de T-Bone. Il ne voulait courir aucun risque. Par nature, un taureau était une créature imprévisible.

— N'y pense même pas, dit Bethany.

Ryan se tourna pour la trouver juste derrière lui. Ses grands yeux bleus questionnaient les siens.

— Je suis sérieuse, affirma-t-elle avec fermeté. S'il n'est pas là la prochaine fois que je viens, je ne me le pardonnerai jamais.

— J'ai peur qu'un accident arrive, plaida Ryan.

Elle regarda le taureau qui se trouvait encore sur la terrasse.

— Tu dois lui donner une chance de prouver qu'il n'y en aura pas. Je serai prudente avec lui, Ryan. Et si je sens le moindre problème, je te promets que je t'en avertirai immédiatement. Ça te va ?

Ryan regarda T-Bone à son tour. Il se souvenait de lui bébé et de tous les bons moments qu'ils avaient passés ensemble depuis. Il s'était sacrément attaché à ce fichu taureau.

— J'y réfléchirai, murmura-t-il.

— Vas-tu être un de ces maris qui s'arrogent le droit de prendre toutes les décisions, sans se soucier de l'avis de leur femme ?

Ryan la regarda avec étonnement.

— Bien sûr que non. Mais là c'est différent.

— C'est ce qu'ils disent tous.

Elle leva un menton têtu.

— Si tu abats ce taureau sans une raison valable, je ne te le pardonnerai jamais. Est-ce que c'est clair ?

— Vas-tu être une de ces épouses qui fourrent le nez dans les affaires de leur mari et donnent leur opinion à tout bout de champ ?

Elle hésita. Puis elle haussa de nouveau le menton.

— Probablement. J'ai été élevée dans un ranch. Je m'y connais en bétail.

— J'espérais t'entendre dire ça.

Il lança son chapeau en direction du portemanteau. Le Stetson atteignit le crochet, tourna sur lui-même, et se mit en place.

— Alors, quand vas-tu quitter cet emploi de bureau et m'aider au ranch ?

— Tu veux que je quitte mon travail au magasin ?

— Si Jake peut se passer de toi. La tâche est lourde ici. J'ai besoin d'un partenaire en qui je puisse avoir confiance. Tu pourrais t'occuper des chevaux en particulier.

Une lueur d'intérêt s'alluma brièvement dans les yeux de Bethany.

— Je ne peux pas gérer l'écurie, objecta-t-elle comme si elle énonçait l'évidence même. Je suis dans un fauteuil roulant.

— Tu y as totalement accès maintenant, lui rappela-t-il. La semaine prochaine, tu recommences à monter. Tu peux tenir les comptes, diriger les employés, régler certaines affaires par téléphone, comme je le fais moi-même. Cite-moi une chose que tu ne peux pas faire parce que tu es dans un fauteuil roulant.

— Tout le travail manuel.

— Cela ne fait pas partie de tes attributions. Les gars que je paie sont là pour ça. Je ne veux pas te voir assumer des tâches d'hommes.

— Des tâches d'hommes ? répéta-t-elle, le défiant du regard.

Ryan s'empressa d'expliquer :

— Les travaux dans un ranch sont tout simplement trop rudes pour une femme, surtout quand elle est aussi fine et délicate que toi. C'est tout ce que je voulais dire.

— J'accepte ton explication si tu concèdes qu'une femme a un cerveau pour compenser son éventuelle faiblesse physique.

Il sourit.

— Je ne discuterai pas ce point.

Elle se détendit et lui rendit son sourire.

— L'idée de travailler au ranch est très tentante.

Elle regarda en direction de l'écurie par la baie vitrée.

— Et si une jument met bas ?

— Tu appelleras un vétérinaire, comme je le fais.

— Tu as réponse à tout, remarqua-t-elle en roulant des yeux. Le malheur est que, même si je commence à monter occasionnellement avec toi, je ne serai jamais en mesure de me mettre en selle et de descendre de cheval toute seule. C'est un peu léger pour quelqu'un qui est censé gérer une écurie, non ?

— On est en train de t'installer un élévateur. Entièrement électrique.

— Quoi ?

Il vint poser les mains sur les bras de son fauteuil et se pencha vers elle.

— Un élévateur. Le siège est en nylon. Une fois en selle, il se détache de ses crochets et tu peux le garder pendant que tu montes. Au retour, tu n'as plus qu'à le rattacher aux crochets, et il te ramènera à ton fauteuil.

Elle le regarda un long moment d'un air ébahi.

— Un élévateur, répéta-t-elle d'une voix atone, comme si elle n'avait jamais entendu ce mot. Pour l'écurie ?

— Spécialement conçu pour toi. Ce n'était pas si difficile à réaliser. Nous avons déjà des plates-formes électriques pour les chevaux. Nous en avons modifié une. Chacun y a mis du sien. Papa a dessiné le modèle. Maman a confectionné le siège avec sa machine à coudre. Nous aimons tous l'équitation et nous savons quelle joie ce serait pour toi de pouvoir monter librement.

— Oh ! Ryan !

— Ce n'était pas grand-chose, insista-t-il, craignant presque qu'elle ne se mette en colère.

— Il est déjà dans l'écurie ?

— Maman en est aux finitions. Il sera prêt avant que ta selle arrive.

— Et ça marche ? Comment peux-tu savoir si ça marche ?

Ryan comprit qu'elle avait peur d'y croire, d'entretenir de faux espoirs.

— C'était la contribution de Maggie. Elle a à peu près ta taille. Elle a été notre cobaye. L'élévateur l'a hissée sur le cheval sans problème.

Un sourire s'installa lentement sur les lèvres tremblantes de Bethany.

— Je peux le voir ?

— Bien sûr, acquiesça-t-il, avec soulagement. Tout de suite, si tu en as envie.

— J'en ai envie.

Bethany n'en crut pas ses yeux quand, quelques instants plus tard, Ryan lui montra le fonctionnement de l'élévateur. Les yeux rivés à l'ingénieux système, elle avait l'impression de rêver. Elle *devait* rêver. Une femme paralysée ne pouvait pas entrer dans une écurie et sauter en selle pour aller faire une balade à cheval comme n'importe quelle personne normale.

C'était sans compter avec Ryan Kendrick. Pour lui, tout problème avait forcément sa solution. Il suffisait de réfléchir et de mobiliser les compétences nécessaires.

Ne jamais dire « impossible ». Tel était son credo. Et grâce à lui, ce qu'il venait de réaliser pour elle dépassait ses espoirs les plus fous. Désormais, elle pourrait monter Wink quand elle en aurait envie, comme avant.

Elle croisa le beau regard bleu de Ryan, vibrant d'amour.

— J'espère que ça te rendra heureuse, dit-il avec douceur.

— Je ne sais pas quoi dire. C'est incroyable, Ryan. J'ai peur de me réveiller et de m'apercevoir que j'étais en train de rêver.

— Non, mon amour, c'est bien réel. Et moi aussi.

— J'espère bien. Tu sais, à part le retour de Wink, c'est le plus beau cadeau qu'on m'ait jamais fait.

— J'avais un peu peur de te brusquer avec tous ces changements. Mais, chez les Kendrick, nous sommes comme ça. On a un peu tendance à s'imposer avec les femmes.

— Un peu ?

Sly passa sa tête dans l'entrebâillement de la porte.

— Vous êtes de vrais bulldozers, oui. Quand vous avez jeté votre dévolu sur une dame, elle n'a pas une seule chance.

Il fit un clin d'œil à Bethany.

— Bonjour. Comment ça va par cette belle journée ?

Bethany aurait voulu l'embrasser. Au lieu de cela, elle le regarda dans les yeux, essayant d'exprimer par le regard ce qu'elle ne pouvait pas lui dire tout haut, qu'elle n'oublierait jamais leur discussion de la veille et qu'elle appréciait son amitié.

— Je vais merveilleusement bien. Et vous ?

— Je ne me suis jamais senti mieux.

Son regard glissa vers Ryan.

— On dirait qu'il s'est calmé et que vous avez survécu. Je le savais, de toute façon. Tout le portrait de son père, ce garçon. Il suffit d'une étincelle pour l'enflammer, mais une fois sa colère passée, il est tout doux.

Bethany sourit. Ryan marmonna dans sa barbe et jeta un regard noir à Sly.

— Tu as besoin de quelque chose, Sly ?

— Non.

Le contremaître gloussa et adressa un autre clin d'œil à Bethany.

— Vaut mieux que j'arrête de vous faire du charme. Il est jaloux.

Il se tourna pour partir, puis se ravisa.

— Rafe est allé chercher ton père, au fait. Il est de sale humeur, il paraît. Intenable tout le long du trajet.

— On aurait dû envoyer maman, remarqua Ryan. Elle sait le prendre.

Sly s'adressa à Bethany.

— Vous entendez ça ? Vous n'aurez qu'à observer Ann en pleine action. Elle vous apprendra tout ce que vous devez savoir. Elle seule le fait filer droit.

— C'est vrai ? s'étonna gaiement Bethany.

— Comme je vous le dis. Ça fait vingt ans qu'il a renoncé à lui résister. Il secoue la tête et la laisse faire. La plupart du temps, elle a raison, de toute façon, alors y a pas de problème.

Ryan poussa un soupir agacé.

— Sly, s'il te plaît, tais-toi. Tu lui donnes de mauvaises idées.

— Désolé de te dire ça, fiston, mais elle a une tête et sait sans servir.

Sur ce, Sly s'en alla. Effaré, Ryan le suivit des yeux un moment, puis il éclata de rire.

— Il a mangé de la vache enragée ou quoi ?

— Il est merveilleux, répondit Bethany, et elle le pensait de tout son cœur.

— Tu ne trouveras jamais un meilleur ami, renchérit Ryan, retrouvant son sérieux. J'étais un peu en colère contre lui hier soir, mais je suis content qu'il ait été là pour te parler.

— Il t'aime. Te rends-tu compte à quel point ?

Le regard de Ryan s'assombrit.

— Il donnerait sa vie pour moi.

— Ne l'oublie jamais, dit-elle doucement. S'il a un jour besoin que tu prennes sa défense, rappelle-toi de ça.

— Je ne peux pas l'oublier, rétorqua-t-il, intrigué par ses paroles énigmatiques. Il est comme un second père pour moi. Pourquoi dis-tu ça ?

Bethany sourit et haussa les épaules.

— Pour rien.

— Il y a bien une raison. Je te connais. Sly a des ennuis ?

Bethany aurait voulu parler du problème de Sly. Elle était certaine que Ryan comprendrait, tout comme elle-même avait compris. Mais il ne lui appartenait pas de dévoiler un tel secret.

— Souviens-toi juste de ça. Si jamais tu doutes de lui – si son honneur est en question –, souviens-toi de ce moment et chasse tes doutes. Prends sa défense. Il le mérite, non ?

Ryan regarda dans la direction où Sly venait de s'éloigner.

— Fichtrement, oui.

Bethany comprit alors que tout irait bien, que le moment venu Ryan se tiendrait au côté de Sly et qu'il se dresserait pour prendre sa défense. C'était tout ce qui comptait.

19

Plus tard dans la matinée, Bethany laissa Ryan à ses diverses tâches pour passer chez elle nourrir Cléo. Avant de revenir au ranch, elle s'arrêta chez ses parents. Il était temps de les informer du tour inattendu que sa vie avait pris. Elle ne tenait pas à ce qu'ils apprennent sa relation avec Ryan par des tiers.

Harv Coulter ne se montra pas particulièrement enthousiaste quand il apprit que sa fille paraplégique allait épouser un homme qu'elle connaissait depuis moins de deux mois.

— Tu vas quoi ?

Bethany croisa rapidement le regard de sa mère. Mary Coulter sourit avec sérénité et posa une main sur l'épaule de son mari.

— Harv, notre fille n'a jamais été tête en l'air. Écoute-la, et rappelle-toi qu'elle a toujours été sérieuse.

Harv posa un regard inquiet sur Bethany.

— Ryan Kendrick est un vaurien. Il court d'un jupon à l'autre. Tu t'imagines quoi, que tu vas l'apprivoiser ? Épouse-le et tu maudiras le jour où tu l'as fait.

— Il n'est pas comme ça, papa. Il a peut-être un peu papillonné. Il l'admet lui-même. Qu'est-ce qu'un homme peut faire d'autre quand il cherche l'âme sœur ? Jake flirte avec des tas de filles, et tu ne le traites pas pour autant de vaurien.

Harv prit la salière et la reposa d'un coup sec sur la table. Puis il regarda sa femme d'un air désemparé.

— Mary, parle-lui.

Mary parut déconcertée.

— Pour lui dire quoi ?

— Raisonne-la. Elle doit comprendre que c'est de la folie de se lier à un… vaurien comme Ryan Kendrick !

— Mais, Harv, Bethany a raison, argumenta Mary avec douceur. S'il suffit de ne pas avoir de relation stable pour être un vaurien, même Jake en est un. Et toi aussi. Tu te souviens ? Papa disait que tu ne valais rien, que tu me briserais le cœur. Il avait tort.

Harv posa ses coudes sur la table et enfouit sa tête dans ses mains.

— Bon sang, Mary, c'était différent. J'admets avoir soulevé quelques jupons, mais je te cherchais sous chacun d'eux.

Mary eut un sourire rayonnant et glissa un regard candide vers sa fille.

— Est-ce que ton Ryan a soulevé beaucoup de mauvais jupons, chérie ?

Harv poussa un grognement. Bethany étouffa un rire. Enfin, sa mère admettait que la conception se passait sous les jupes et pas dans les bottes. C'était un jour à marquer d'une pierre blanche.

— Oui, maman, parvint-elle à dire avec sérieux.

Elle regarda son père, qui se tenait toujours la tête.

— Je ne sais pas combien de jupes papa a soulevées, mais Ryan a dû én soulever beaucoup avant de me trouver.

— Bon sang ! souffla Harv.

— Allons, allons, murmura Mary en se penchant vers lui.

Et elle lui dit quelque chose qui le fit rougir jusqu'aux oreilles. En se redressant, elle tapota sa main, puis s'assit face à Bethany.

— Est-ce qu'il t'aime, Bethany ? Quand il te regarde, as-tu l'impression qu'il pourrait passer à travers un nid de serpents pour toi ?

— Maman, je crois qu'il pourrait dormir sur un nid de serpents pour moi.

Mary hocha la tête et pressa les mains de sa fille.

— Une femme sait ces choses-là. La vie est parsemée d'épreuves. Si tu sais, sans aucun doute, qu'il te protégera contre toute menace, c'est l'homme qu'il te faut.

— Il mourrait pour moi, maman. Il est tellement merveilleux.

Les yeux de Mary s'éclairèrent.

— Quand comptes-tu nous le présenter ?

— Je l'ai déjà rencontré, dit Harv entre ses dents serrées. C'est un beau parleur, un gosse de riches gâté, qui ne cherche qu'à s'amuser et depuis si longtemps qu'il a oublié le sens du mot honneur.

— Ce n'est pas vrai, démentit fermement Bethany. Il est aussi honorable que n'importe lequel de mes frères.

Harv leva un doigt sentencieux.

— Tes frères ne feraient jamais une promesse qu'ils ne tiendraient pas.

Après avoir quitté ses parents, Bethany s'arrêta au magasin pour parler à Jake. Il était manifestement débordé, mais l'accueillit quand même avec le sourire.

— J'espérais que tu pourrais m'accorder quelques minutes, dit Bethany. Il y a deux choses dont j'aimerais te parler. Apparemment, tu es submergé.

Jake leva la main pour lui signifier d'attendre. Il termina d'aider un client, demanda à un employé de le remplacer, puis entraîna Bethany vers l'ascenseur. Une fois en haut, ils s'installèrent dans son bureau.

Jake se laissa tomber dans un fauteuil et appuya ses pieds sur le bord du bureau.

— Quelle matinée ! Tu ne m'as pas rappelé, canaille. J'étais un peu inquiet. On aurait vraiment dit que ce taureau était à côté de toi.

— Il l'était.

Elle lui parla de T-Bone.

— Ryan n'est pas très rassuré, mais je l'ai convaincu de temporiser.

— Je comprends qu'il ne soit pas rassuré. Un taureau, ça peut être dangereux.

— T-Bone est particulier. Il a été si doux avec moi. Nous verrons bien.

Jake jeta un coup d'œil à sa montre.

— Alors, de quoi voulais-tu me parler ?

Bethany regarda la photo de ses chevaux accrochée au mur. Elle savait qu'il espérait un jour avoir un ranch, qu'il n'avait pas envie de tenir un magasin toute sa vie. Si quelqu'un était en mesure de comprendre ce qu'elle allait dire, c'était bien lui.

— Tu n'as pas l'air dans ton assiette.

— Pas exactement. Je me sens un peu coupable à cause d'une décision que j'ai prise. Si cela te pose le moindre problème, n'hésite pas à me le dire, Jake. D'accord ?

Il se pencha vers elle.

— Ryan t'a demandé de quitter le boulot.

— Si tu as besoin de moi, je ne te laisserai pas tomber. Mais Ryan a tout arrangé pour que je puisse travailler au ranch, et l'occasion est…

Sa voix se brisa. Elle avait été sur le point de parler d'un rêve devenu réalité, mais cela n'aurait pas été gentil pour Jake. Lui aussi avait des rêves, et pourtant il était là, s'occupant des affaires familiales.

— L'occasion est trop belle ? termina-t-il à sa place.

Il soupira et rangea machinalement quelques papiers sur son bureau.

— Je peux m'arranger sans toi. Si c'est ce que tu es venue demander, considère que c'est réglé.

— Je ne veux pas être égoïste et injuste envers toi. Je suis aussi un membre de cette famille.

— Merci, petite sœur. Mais la vérité est que je suis ici autant pour moi que pour papa. Quand les médecins lui ont conseillé de réduire son activité, il a voulu vendre le magasin. Je l'en ai dissuadé.

— Toi ? Je pensais que tu voulais acheter un ranch.

— C'est vrai. Et je le ferai. Je dois encore économiser quelques mois pour réunir le capital de départ. Ici, j'ai un bon salaire et un intéressement aux bénéfices.

Bethany le fixa avec stupeur.

— Tu m'as demandé de quitter mon job à Portland alors que tu avais l'intention de gérer le magasin seulement quelques mois ?

— Avant même que je t'appelle, Zeke avait décidé de prendre le relais quand je m'en irais. Tu as un emploi aussi longtemps que tu le souhaites.

Son sourire se fit plus tendre.

— Ton aide m'a été très utile, mais maintenant ça tourne. Je peux me débrouiller sans toi.

— Jake, tu en es certain ?

— Il faut que tu vives ta vie, Bethie. Rien d'autre ne compte.

— Mais je ne veux pas partir si tu as besoin de moi.

— Eh bien, je n'ai pas besoin de toi, alors fais ton baluchon et file.

— J'ai peur que tu dises ça pour me faire plaisir.

— Bethany, il y a huit ans je t'ai veillée toutes les nuits. Après mon travail, je venais à l'hôpital. Tu te rappelles ?

Elle hocha la tête.

— Je blaguais et je faisais comme si tout allait s'arranger, poursuivit-il d'une voix émue. Tu avais besoin que je sois fort. Mais quand tu t'endormais, il m'arrivait souvent de pleurer comme un bébé et de supplier Dieu d'accomplir un miracle. Tu n'avais que 18 ans, et ta vie venait d'être détruite.

Bethany baissa les yeux, le cœur serré. Elle ne dormait pas toujours quand il pleurait.

— Dieu n'a pas voulu que tu marches à nouveau et jusqu'à maintenant je craignais que tu ne te maries jamais et que tu n'aies jamais une vie normale. Et puis Ryan Kendrick est arrivé. Il a l'air de t'adorer. Il t'offre une vie que tu ne peux qu'aimer. À ton avis, ça me fait quoi ?

— Plaisir ? souffla-t-elle.

Il hocha la tête.

— Énormément, Bethie. Le destin t'offre une chance d'être heureuse. Vraiment heureuse. Saisis-la. Sans regarder en arrière. Personne ne le mérite autant que toi.

— Jake, tu es le meilleur des frères !

— Arrête, ou on va pleurer tous les deux. Quelle est la seconde chose dont tu voulais me parler ?

Bethany s'éclaircit la gorge.

— Je me demandais si tu accepterais de plaider ma cause auprès de papa. Il ne veut pas entendre parler de mon mariage…

Jake éclata de rire.

— C'est là que je joue le mauvais frère. Pas question.

— Mais…

— Non, la coupa-t-il en se levant. C'est le problème de Ryan. S'il est l'homme que je pense, il ira trouver papa.

— Justement. Je ne veux pas qu'il affronte la colère de papa. Sa famille m'a accueillie à bras ouverts.

— Normal. Ryan a une sacrée chance d'être tombé sur toi.

— La réciproque est aussi vraie.

— Peut-être, mais que Ryan convainque papa. C'est mon dernier mot. Je ne me mêlerai pas de ça.

Sur la route du retour, Bethany essaya de ne pas songer à la réaction de son père pour ne penser qu'à Ryan. Elle l'aimait follement. Jake venait de lui donner sa bénédiction. Elle avait toutes les raisons de se réjouir.

Malgré tout, lorsqu'elle arriva au ranch, elle avait le cœur lourd. Son père était le meilleur des hommes. Il l'avait épaulée tout au long de sa vie, et elle souffrait qu'il ne partage pas son bonheur à présent.

— Qu'y a-t-il ? s'inquiéta Ryan en l'accueillant. Cléo va bien ?

— Elle va très bien.

Elle regarda en direction du lac, regrettant de lui annoncer la mauvaise nouvelle, mais mieux valait prévenir Ryan de la réaction de son père.

— J'ai vu mes parents, Ryan.

Il s'accroupit devant elle.

— J'espère que tu n'as pas pris sur toi de leur annoncer ma demande en mariage ?

— Pris sur moi ? Ce sont mes parents. Bien sûr que je le leur ai dit.

Ryan repoussa son chapeau en arrière.

— Chérie, si ton père ressemble un tant soit peu au mien, il est plutôt vieux jeu.

— Un peu. Et alors ?

— Les pères vieux jeu ont leur idée sur la façon dont ces choses-là doivent se dérouler. Je suis censé aller lui demander ta main. Ça lui donnera l'occasion de me tester. Si je réponds ce qu'il faut, il se réjouira de la situation. Sinon, il me dira d'aller me faire voir.

Bethany déglutit péniblement.

— Que se passera-t-il s'il te dit ça ?

Ryan lui fit un clin d'œil.

— Il ne le dira pas. Je suis un beau parleur.

— Justement, c'est une des choses qu'il n'aime pas en toi.

Il éclata de rire.

— Je saurai comment le prendre, mon amour, lui assura-t-il. Ne t'inquiète pas, d'accord ? Il trouvera que je suis ce qu'il y a de mieux depuis l'invention du pop-corn.

Dans l'après-midi, Ryan déposa Bethany chez elle pour qu'elle rassemble quelques affaires. Il se rendit ensuite chez les Coulter. Après deux minutes de conversation devant leur porte, Ryan se demanda comment les choses avaient pu s'envenimer à ce point.

Les cris du père de Bethany résonnaient encore à ses oreilles tandis qu'il retournait à son camion. Il n'était qu'un fainéant, un vaurien.

Une fois dans son camion, Ryan imagina la déception de Bethany quand il lui annoncerait le résultat de l'entrevue. Il abattit son poing sur le volant et regarda la maison des Coulter, pensant qu'il pourrait en acheter une centaine comme celle-là. Pour qui ce vieux grincheux le prenait-il ?

Il sortit du camion, claqua la portière et retourna vers cette maudite maison d'un pas furieux. Cet homme était le père de Bethany. Il lui devait certes le respect, mais il n'allait pas pour autant se dérober.

Il frappa à la porte, jurant dans sa barbe. S'attendant à ce que la mère de Bethany vienne répondre, comme la première fois, il fit son possible pour ne pas paraître hors de lui. Mais la porte s'ouvrit à la volée, et il se retrouva nez à nez avec le vieil homme. Deux yeux bleus semblables à ceux de Bethany lui lançaient des éclairs.

— Monsieur Coulter, j'apprécierais que vous daigniez au moins m'écouter.

— Vous n'avez rien à dire qui puisse m'intéresser. Si ma fille vous épouse, ce sera contre ma volonté. C'est mon dernier mot.

Ryan perdit patience.

— Il n'y a pas de « si ». Je *vais* épouser votre fille. Rien de ce que vous pourrez dire ou faire ne m'en empêchera. Nous sommes deux adultes consentants, et notre décision nous appartient. Je suis ici uniquement par courtoisie, monsieur Coulter, plus pour son bien que pour le vôtre. Votre approbation est très importante pour elle.

— Vous demandez d'abord ma bénédiction et, une seconde après, vous m'informez que vous n'en avez rien à faire. Vous appelez ça de la courtoisie ?

Le visage de Harv était cramoisi.

— Hors de ma vue.

— Vous pouvez me renvoyer, monsieur, mais à quoi bon ? Pour commencer, sachez que je reviendrai demander sa main.

— Et je dirai non. Vous ne la méritez pas.

— Aucun homme sur cette terre ne la mérite.

— Amen.

— Cela étant, m'accorderez-vous au moins le bénéfice du doute et croirez-vous que je fais tout ce qui est en mon pouvoir pour la mériter ?

— Foutaises !

Ryan soupira de lassitude.

— Écoutez, monsieur Coulter, je comprends ce que vous éprouvez.

— Non, vous ne comprenez pas. Ma fille n'est pas comme les autres jeunes femmes. Je ne veux pas qu'elle souffre, et vous avez tout du bourreau des cœurs.

Ryan rassembla ce qui lui restait de patience.

— Je sais que Bethany a des problèmes très particuliers et qu'il lui faut un homme très particulier doté d'une grande constance pour la rendre heureuse. Je sais que vous n'avez pas confiance en moi. Je vous donne ma parole que je ne la ferai jamais souffrir.

— Je connais votre père, c'est un homme bien. Mais cela ne signifie pas que vous l'êtes.

— Il m'a élevé, non ? C'est vrai que je n'ai jamais eu de relation durable, jusqu'à présent. Mais c'est seulement parce que je n'avais pas encore trouvé la femme de ma vie.

— Écoutez, mon gars, je n'ai rien contre vous, d'accord ? Notre Bethany… si elle était comme les autres, je serais sans doute moins intransigeant. Elle n'est pas comme les autres. Comment réagirez-vous dans un an, quand la flamme de la passion se sera calmée et que vous vous retrouverez coincé avec une femme en chaise roulante ? Qu'adviendra-t-il alors de ma petite fille ?

— Donc au lieu de me croire, vous préférez lui briser le cœur tout de suite ?

La détermination de Harv parut flancher un peu.

— Qu'est-ce que vous dites ?

— La vérité. Si vous n'approuvez pas son choix, alors qu'elle voudrait tant que vous partagiez son bonheur, vous allez gâcher ce qui devrait être le moment le plus heureux de sa vie.

Il planta son regard dans celui du vieil homme.

— Je ne vous reproche pas de l'aimer et d'avoir peur pour elle. Mais, pour qu'elle ait une vie normale, vous devrez la laisser vivre. Vous ne pouvez pas la protéger de tout, à moins d'être celui qui lui fera le plus de mal.

— Je ne lui ferai jamais de mal.

— Alors, donnez-nous votre bénédiction.

La mère de Bethany apparut sur le seuil de la porte à côté de son époux. Elle sourit à Ryan.

— Considérez qu'il vous l'a donnée. Dites à Bethany que son père est heureux, et que le jour de son mariage sera le plus grand jour de sa vie.

— Mary ! explosa Harv.

— Allez, et embrassez-la pour moi, poursuivit Mary comme si elle ne l'avait pas entendu.

Elle passa son bras sous celui de son mari.

— Je prends les choses en main.

— Mary ! répéta Harv.

Ryan supposa que Mary Coulter savait ce qu'elle faisait, alors il suivit son conseil et regagna son camion.

— Juste une chose, Kendrick ! cria Harv. Si un jour ma petite fille doit pleurer à cause de vous, vous aurez affaire à moi.

Ryan riait quand il démarra. On ne lui avait jamais autant mis de bâtons dans les roues que depuis qu'il avait rencontré Bethany. D'abord Jake, maintenant son père. Il ne lui restait plus que quatre frères à affronter.

Dans la chambre de Bethany, Ryan jeta un coup d'œil indiscret au sac qu'elle venait juste de remplir. Il y découvrit une chemise de nuit en pilou, ainsi qu'un grand tee-shirt imprimé à l'effigie de Snoopy. Dès que possible, il l'emmènerait faire les magasins. Il préférait de loin les dentelles au coton.

Elle le surprit en train de froncer les sourcils.

— Qu'y a-t-il ? Tu n'aimes pas mon T-shirt Snoopy ?

— J'adore Snoopy.

Il fourra le vêtement dans le sac.

— Je pensais à autre chose.

— Tu avais l'air soucieux. Il y a eu un problème avec papa dont tu ne m'as pas parlé ?

— Il s'est montré un peu revêche. Rien d'insurmontable. Nous avons sa bénédiction. C'est ce qui compte, non ?

— Exact.

Elle soupira et parcourut la pièce du regard.

— Je crois que j'ai tout ce qu'il me faut. Sauf mon équipement de salle de bains. Ça t'ennuie de le charger dans ton camion ?

— Tu n'en auras pas besoin.

— Et comment prendrai-je mon bain ?

Il sourit d'un air entendu.

— Devine.

Elle rougit.

— Je serai beaucoup plus à l'aise avec mon bon vieux système.

— Quel intérêt ? Quand j'aurai fini de te savonner, tu seras propre comme un sou neuf, souffla-t-il.

Elle détourna le regard.

— Si intéressant que ce soit, j'aime me débrouiller seule, et je ne veux dépendre de personne pour prendre un bain.

— Je t'ai commandé un nouvel équipement qui est beaucoup mieux.

— Ryan, dit-elle sur un ton de reproche, qu'est-ce que tu m'as acheté encore ?

— Pas grand-chose.

— Quoi, exactement ?

— Tu veux rester là toute la nuit ?

— Je commence à me sentir vraiment mal.

— Pourquoi ?

— Parce que tu dépenses tellement d'argent pour moi. Je sais que nous allons nous marier, mais je me sens redevable.

— Ça me convient.

— Qu'est-ce qui te convient ?

Il lui fit un clin d'œil.

— Que tu te sentes redevable. Je peux te trouver des moyens fantastiques de régler ta dette.

— En m'occupant de l'écurie ?

— Non. Tu auras un salaire pour ça.

Son regard glissa vers le lit.

— Je pense à quelque chose de plus intéressant.

Elle rit alors qu'il s'avançait vers elle.

— Ce n'est pas la peine d'y songer.

— Pourquoi ?

— Quelqu'un pourrait venir. Mes frères ont chacun leur clé.

Cela l'arrêta net. Il lui adressa un regard boudeur.

— Nous ne sommes pas encore mariés et j'ai déjà les beaux-frères dans les pattes. Mais ce n'est pas grave. On est jeudi. J'ai d'autres projets pour toi.

— Quelle importance qu'on soit jeudi ?

Les yeux de Ryan pétillèrent de malice.

— C'est ton soir de piscine. J'en ai une, couverte et chauffée, à l'arrière de la maison. Je vais te donner une leçon de natation.

— Je sais déjà nager, je te rappelle.

— Tu n'as pas encore vu ma version de la brasse…

Cléo vint se frotter contre son pantalon juste à ce moment-là. Quand Ryan baissa les yeux et vit la chatte, son sourire se figea.

— Fichu chat. J'étais bien lancé.

— Elle se sent abandonnée. Je ne l'ai jamais laissée seule aussi longtemps.

— Amenons-la avec nous, dans ce cas, suggéra-t-il.

— J'avais l'impression que tu n'aimais pas beaucoup les chats.

— Je les hais. Sais-tu qu'elle te mangerait si tu mourais ?

— Non ! Qui t'a dit une chose aussi atroce ?

Cléo plissa ses yeux verts. Ryan l'imita en retour.

— Je le sais de source sûre. Quand j'étais enfant, la grand-mère de mon voisin est morte, et ses chats l'ont presque entièrement dévorée avant qu'on la retrouve.

— Ces pauvres bêtes étaient vraisemblablement affamées parce que personne ne les nourrissait.

— Elle les nourrissait.

Il fit mine de frissonner.

— Je suis sûr qu'elle voit en moi son prochain repas.

— Pas du tout. Elle a sans doute un peu peur de toi. Elle aime les croquettes pour chat. Désolée, mais tu ne l'attires sûrement pas.

— Toi oui, sans doute.

Il lui fit un clin d'œil.

— En tout cas, moi tu m'attires.

Elle rougit de nouveau.

— Tu ne penses donc qu'à ça ?

— La plupart du temps. Il paraît que le mâle moyen y pense toutes les quatre minutes.

— Tu plaisantes ?

— Non. Mais je dois être un peu en dessous de la norme. Il se passe parfois dix minutes sans que j'y pense.

Il lui fit un autre clin d'œil.

— Tu es prête ? Je peux porter la chatte et un sac, si tu prends l'autre.

— En fait, j'envisageais de confier Cléo à ma mère. Les chats sont sensibles. Elle a besoin d'un foyer où elle se sente aimée et comprise.

Ryan regarda la chatte dans les yeux, et se dit que la pauvre bête n'avait pas l'air très intelligente.

— Nous nous comprenons tous les deux.

Cléo comprenait qu'il ne l'aimait pas, et il comprenait qu'elle ne l'aimait pas.

— J'apprendrai à l'aimer, je le promets.

Avec la chance qu'il avait, la maudite chatte vivrait encore vingt ans.

— J'aime tous les animaux.

Sauf les chats.

— J'hésite. Elle n'a jamais vécu près d'un chien. Je crains qu'elle n'apprécie pas Vagabond.

Ryan cala l'animal sous son bras.

— Ils s'entendront bien. Vagabond a l'habitude des chats de Rafe.

Après un trajet épique en camion, où Cléo ne cessa de bondir du sol au plafond, Ryan lâcha enfin la chatte affolée dans la maison. Vagabond s'approcha aussitôt pour faire connaissance. Il en fut quitte pour un coup de griffes sur le museau, et détala vers la chambre. Cléo fila dans la direction opposée, s'agrippa à un store qu'elle escalada pour se percher sur la cantonnière, où elle se mit à cracher, le dos rond et les poils hérissés.

— Ça commence bien, commenta Ryan.

Bethany se dirigea vers la chambre.

— Vagabond ? Viens là, mon beau. Ryan, il n'est pas ici, cria-t-elle depuis la chambre.

Ryan la rejoignit. Il trouva finalement le chien dans la baignoire.

— Je ne suis pas fier de toi, Vagabond, le gronda-t-il doucement. Tu es bien plus fort que cette petite chatte.

— Ryan, il saigne !

Elle se pencha pour examiner le museau du chien.

— Pauvre chou. Elle ne t'a pas raté.

— Il survivra. Ça doit juste le piquer un peu.

Bethany le regarda avec inquiétude.

— J'espère que ça ne présume pas de notre avenir.

— Mais non. Notre avenir sera absolument parfait, mon amour. Cléo s'habituera, et tu les verras bientôt nichés ensemble sur le canapé.

— Tu crois ? Elle est si facilement perturbée. J'ai peur qu'elle ne s'habitue jamais à cette maison. Elle a toujours vécu en appartement, sans sortir.

— Ne t'en fais pas. Les chats s'adaptent vite.

Quelques minutes plus tard, quand Ryan tenta de déloger Cléo de son perchoir, elle miaula, bondit et planta ses griffes dans sa chemise.

— Espèce de…

Ryan se retint à temps.

— … petite chipie, termina-t-il.

La chatte se propulsa de sa chemise au sol, puis sauta sur le meuble stéréo. Une fois sur son nouveau perchoir, elle fixa un regard luisant sur Ryan et cracha de nouveau.

— Je n'ai pas l'impression qu'elle s'adapte très bien, remarqua Bethany.

— Ça va aller. Elle sent peut-être que tu t'inquiètes. Si tu te détends et que tu l'oublies un peu, elle en fera peut-être autant.

Il enleva son chapeau et le lança vers le portemanteau. Le Stetson rata le crochet et tomba par terre. Ce n'était pas bon signe.

— Oh, non ! s'écria Bethany.

Ryan se retourna.

— Quoi ?

Il suivit son regard horrifié vers le meuble stéréo. Cléo était en train de griffer le bois comme pour recouvrir quelque chose. Ses poils étaient tout hérissés.

— Qu'est-ce qu'elle fabrique ?

— Je crois qu'elle l'a déjà fait.

Cette fois, Ryan ne put retenir un juron.

20

La date du mariage fut fixée au samedi du deuxième week-end suivant, et les quelques jours qui les séparaient de ce moment furent les plus merveilleux de la vie de Bethany. Ryan avait insisté pour qu'elle reste au ranch et, de l'instant où elle ouvrait les yeux le matin à celui où il l'embrassait pour lui souhaiter une bonne nuit, tout ne fut que bonheur. Même les choses les plus banales devenaient merveilleusement surprenantes à ses côtés.

Le mélange improbable, par exemple, des divers animaux du ranch. Qui aurait cru qu'une chatte et un taureau deviennent des amis inséparables ? Certainement pas elle, en tout cas. Ce fut pourtant ce qui se passa dès le lendemain de l'arrivée mouvementée de Cléo.

Après le petit déjeuner, Ryan s'apprêta à aller nourrir le bétail. Avant de sortir, il se tourna vers Bethany et lui sourit.

— Ici, même ma femme doit se rendre utile. Dépêche-toi de me rejoindre.

Bethany allait répondre quand elle vit Cléo filer dehors.

— Oh, non !

Ryan se précipita derrière la chatte, Vagabond aboyant sur ses talons. Bethany se hâta vers la porte. La pauvre Cléo n'avait pas l'habitude des grands espaces. Elle allait se perdre et serait une proie facile pour les multiples carnivores de la région.

— Cléo ! appela Ryan avec autorité. Reviens !

Bethany ne la voyait nulle part.

— Ne lui parle pas sur ce ton. Tu vas l'effrayer.

Ryan lui lança un regard agacé.

— Comment doit-on lui parler ?

— Cléo, ici ! appela Bethany d'une voix frémissante de peur. Ici, mon petit chat !

Ryan jura dans sa barbe, parcourut la terrasse à grands pas, et commença à appeler l'animal d'une voix aiguë qui sonnait terriblement faux. Bethany appréciait ses efforts pour trouver la bonne tonalité, mais il n'était guère convaincant. Ce fut T-Bone qui répondit à ses appels. Bethany était à peu près sûre que, maintenant, Cléo ne se montrerait plus.

C'était sans compter avec Vagabond. Le chien avait clairement une revanche à prendre, et la chatte se trouvait sur son terrain à présent. Il flaira le sol, zigzagua dans la cour en direction d'un tas de bois de chauffage, et se mit à remuer la queue de contentement.

— Elle est là ! s'écria Ryan en fonçant vers le tas de bois. Ici, ma petite Cléo !

Il entreprit de dégager quelques bûches.

— Maudite bestiole, marmonna-t-il.

Bethany descendit la rampe à toute vitesse pour aller au secours de Cléo avant que Ryan ne la déniche. Malheureusement, elle n'arriva pas à temps. Ryan enleva une bûche, sous laquelle la pauvre Cléo s'était terrée. Elle miaulait et crachait, totalement terrorisée, puis évitant les mains de Ryan elle détala entre ses jambes. Grave erreur. Elle tomba nez à nez avec Vagabond, qui continuait à aboyer énergiquement.

Quand ils sont effrayés, la plupart des chats se réfugient sur l'endroit le plus haut qu'ils peuvent trouver. Cléo ne faisait pas exception à la règle. Or, à part Ryan, le point le plus élevé dans les environs immédiats se trouvait être T-Bone. La chatte grimpa sur le dos du taureau. Surpris par cet hôte inattendu et griffu, T-Bone fit ce que n'importe quel taureau peu futé aurait fait.

Il s'enfuit en courant.

Déterminé à sauver la stupide chatte de Bethany, Ryan poursuivit l'incroyable duo, mais dès qu'il se rapprochait pour attraper Cléo, l'animal prenait peur et enfonçait ses griffes dans la peau de T-Bone, qui se remettait à courir de plus belle.

Au bout de trente minutes d'une chasse infructueuse, Ryan rejoignit Bethany.

— Je n'arrive pas à l'attraper, chérie.

Bethany regarda en direction du lac. T-Bone s'y trouvait, Cléo agrippée à son dos. Le tableau qu'ils formaient était si absurde qu'elle éclata de rire.

— Je crois qu'elle va rester là. T-Bone est un parfait véhicule pour chat !

Ryan essuya la sueur de son front.

— Un véhicule tout-terrain, et qui peut atteindre des vitesses insoupçonnées ! Je suis désolé de n'avoir pas pu la récupérer. Maintenant, tu vas t'inquiéter toute la journée.

Bethany poussa un soupir résigné.

— Elle est plutôt en sécurité sur le dos de T-Bone. Et elle ne va sûrement pas y élire domicile.

À midi, la chatte était toujours perchée sur le dos du taureau qui paissait tranquillement. Bethany les observa en secouant la tête. Elle n'en était pas certaine, mais il semblait bien que Cléo était en train de faire une sieste. Puisque T-Bone avait apparemment accepté la présence de Cléo, il ne restait plus qu'à attendre que la chatte revienne de son plein gré.

Comme s'il avait deviné ses pensées, Ryan déclara :

— La faim la fera revenir.

Ce soir-là, Bethany posa une assiette de croquettes sur la pile de bois. Au cours de la nuit, la chatte avait dû quitter le dos du taureau pour aller se nourrir, parce que, au matin, l'assiette était vide. Mais Cléo n'était nulle part en vue.

— Elle est toujours sur T-Bone, l'informa Ryan quelques minutes plus tard quand elle pénétra dans l'écurie. Sly les a vus. Elle faisait sa toilette pendant que T-Bone prenait son petit déjeuner.

Bethany en était stupéfaite.

— Elle se sent en sécurité sur lui. Il est grand et solide.

Elle sourit à Ryan.

— Un peu comme toi, en fait.

— Ah bon ? dit Ryan, les yeux soudain brillants – un signe que Bethany savait désormais parfaitement interpréter. Tu te sens bien sur moi ?

Il regarda autour d'eux pour s'assurer qu'ils étaient seuls, puis se pencha pour l'embrasser. Un long baiser passionné qui la chavira.

— J'ai envie de toi, murmura-t-il.

Bethany aussi, ce qui ne manqua pas de l'étonner. Après leur exploit dans la piscine la veille, deux autres séances au lit, et une galipette au réveil, ils auraient dû être rassasiés.

— Sois sage, souffla-t-elle. Sly est dans les parages.

Ryan donna une chiquenaude aux franges blanches qui ornaient la chemise qu'elle avait spécialement achetée pour lui.

— Tu ne crois tout de même pas que je peux rester de marbre quand je vois ces franges se balancer sur tes seins ?

Sans crier gare, il souleva Bethany de son fauteuil et l'emporta dans ses bras. Elle poussa un cri et s'agrippa à son cou.

— Pas dans l'*écurie* !

— Je vais nous trouver un coin tranquille.

Il l'emmena dans la sellerie, ferma la porte, et la déposa sur une balle de foin. Puis il s'attaqua aux boutons de sa chemise. Bethany rejeta la tête en arrière alors qu'il commençait à mordiller la pointe de ses seins à travers la dentelle du soutien-gorge.

— Ryan, j'ai peur que Sly m'entende.

Il attrapa une lanière de cuir suspendue au-dessus d'eux. Tout en continuant à l'embrasser, il murmura :

— Mords là-dedans.

Bethany rit, puis son rire se mua en gémissement de plaisir. Toute pensée déserta son esprit quand il défit son soutien-gorge et qu'elle sentit le contact brûlant de ses lèvres sur sa peau. Le soleil de juin entrait par l'unique fenêtre pour jouer sur leurs corps. Ryan lui murmura quelque chose à l'oreille qui la rendit haletante de désir alors qu'il dégrafait son jean.

— J'ai faim de toi. Il ne me faudra pas longtemps pour te dévorer.

Cela dura longtemps, et Bethany en savoura chaque seconde.

Elle découvrait de jour en jour quel amant impulsif, imprévisible et insatiable il était, le genre d'homme qui pouvait un moment être totalement absorbé par son travail et, l'instant d'après, s'appliquer à lui faire l'amour avec fougue.

Après l'épisode de la sellerie, Bethany ne s'attendait pas à ce qu'ils fissent encore l'amour avant la nuit. Ryan ne l'entendait pas ainsi. Plus tard ce matin-là, dans le bureau de l'écurie, alors qu'il lui montrait les livres de comptes, le téléphone sonna. Bethany répondit machinalement parce qu'elle se trouvait à côté de l'appareil. C'était Jake.

Elle eut à peine le temps de dire bonjour à son frère que Ryan sourit malicieusement et commença à déboutonner sa chemise. Elle le repoussa. Quand il se pencha pour embrasser son décolleté, elle posa une main sur son front pour tenter de le tenir à distance. Autant essayer d'empêcher l'eau de couler d'une cascade.

— Cette chemise me rend fou, souffla-t-il. Pourquoi ces franges auraient-elles tout le plaisir ?

Il écarta les pans du vêtement, défit le soutien-gorge, prit ses seins en coupe dans ses mains, et entreprit de la rendre folle avec sa bouche experte pendant qu'elle s'efforçait de mener une conversation cohérente avec son frère.

Quand Ryan commença à mordiller ses tétons, Bethany dut demander à Jake de répéter sa question. Elle jeta un regard inquiet vers la porte.

— Je suis toujours prévoyant, chuchota Ryan avec un petit rire satisfait. Elle est fermée.

Elle se sentit un peu mieux – jusqu'à ce qu'il presse ses seins l'un contre l'autre pour pouvoir taquiner les deux pointes à la fois. Ryan s'écarta pour les contempler, son regard bleu animé d'une lueur de pure malice. À cet instant, Bethany se demanda comment sa mère avait survécu au petit diable qu'il avait dû être.

Durant le week-end, les parents de Ryan leur rendirent visite. Ann boitait à cause de sa blessure à la hanche.

— Le médecin a dit que ça mettra un moment à guérir. Je n'ai plus l'âge de rebondir contre les angles de bureau.

Keefe passa un bras autour des épaules de sa femme.

— Désormais, ce petit salaud y réfléchira à deux fois avant de bousculer une femme.

Il adressa un clin d'œil à Bethany.

— À l'idée de voir l'histoire en première page des journaux, il a reconnu que sa conduite envers ma femme avait été inexcusable.

— Je me demande qui lui a mis cette idée en tête, intervint Ryan d'un air songeur. Tu ne l'as pas menacé d'appeler les journaux, n'est-ce pas, papa ?

Ann sourit.

— Ce n'est pas le genre de ton père. J'ai menacé d'alerter la presse.

Elle regarda amoureusement son mari et tendit une main.

— Ça fera 10 dollars, espèce de vieux grincheux.

Keefe manifesta son mécontentement en marmonnant, mais il sortit un billet de son portefeuille et le déposa dans sa main. Ann le glissa dans la poche de sa chemise.

Ce n'était pas la première fois que Bethany voyait les hommes du Rocking K sortir 10 dollars de leur poche pour les donner à Ann. Remarquant son regard étonné, Ryan lui expliqua rapidement la règle en vigueur au ranch à propos des mots grossiers. Bethany trouva l'idée très judicieuse. D'ici à ce que Ryan et elle adoptent un enfant, les hommes du Rocking K feraient attention à leurs propos.

Le lundi, la selle arriva. Ryan l'installa aussitôt sur Wink. Bethany l'observait, le ventre noué, en comprenant qu'il avait l'intention de la faire monter tout de suite. Quand il se retourna et vit son expression, il vint s'accroupir près d'elle.

— Tu n'es pas obligée de la monter, tu sais. S'il te suffit d'aimer Wink et d'être près d'elle chaque jour, je n'y vois aucun inconvénient.

Bethany garda le silence pendant un long moment, les yeux rivés à sa jument. Des images de son accident l'assaillaient soudain, avec une telle violence que des gouttes de sueur perlaient à son front. Elle avait terriblement envie de monter Wink à nouveau. Mais elle était aussi terrifiée.

Elle ferma les yeux.

— Ryan, j'en ai tellement envie. Mais j'ai peur, si peur.

Il prit son visage entre ses mains.

— Je peux te conduire au lac dans un 4x4 pour notre lune de miel. Tu n'es absolument pas obligée de monter. D'accord ?

Le mariage. Tout le monde avait prévu de se rendre au lac à cheval pour la cérémonie. Elle n'y arriverait jamais. Quand son regard croisa de nouveau celui de Ryan, il exprimait tout le désarroi du monde.

— Chérie, je suis désolé, souffla-t-il en couvrant son

visage de baisers. Cette épreuve est trop difficile pour toi. Je suis un idiot. Pardonne-moi.

Bethany posa ses mains sur les siennes.

— Je veux monter, Ryan.

Il sonda intensément son regard, cherchant la confirmation de ce qu'elle venait de dire.

— J'y tiens, répéta-t-elle. Il faut juste que je rassemble mon courage.

Un quart d'heure plus tard, Bethany était en selle, solidement attachée à Wink. Elle transpirait à grosses gouttes et commençait à avoir la nausée.

Ryan tenait les rênes.

— Ce n'est pas une obligation, insista-t-il, inquiet. Laisse-moi te détacher.

— Non.

Bethany s'aperçut qu'elle se cramponnait à la selle comme un enfant apeuré. Le sol semblait être à des kilomètres. Elle imagina Wink trébuchant, tombant sur elle…

— Il le faut. Même si je ne sors jamais du corral, je dois y arriver.

Ryan ne bougeait pas. Il la fixait, tenant fermement les rênes comme s'il ne voulait plus les lâcher.

— Bethany, je t'en prie. C'est ma faute. Descends.

— Non !

Elle n'avait pas eu l'intention de crier, mais c'était plus fort qu'elle.

— Vas-tu rester planté là éternellement ou faire quelque chose pour m'aider ?

Il caressa le cou de Wink, essayant de calmer la jument déstabilisée par la nervosité de sa cavalière.

— J'ai besoin que tu m'aides, répéta Bethany d'une voix tremblante.

— Que veux-tu exactement ?

— Parle-moi. Aide-moi à me calmer.

L'instant d'après, il était en selle derrière elle. Quand ses bras se refermèrent autour d'elle, son angoisse reflua enfin.

— Je suis là, mon amour. Avec toi.

Elle se laissa aller contre lui. Elle se sentait en sécurité quand il la tenait dans ses bras. Elle savait que ce n'était pas rationnel, que Ryan ne pouvait pas la protéger de tout. Mais sa peur non plus n'était pas rationnelle.

Elle se mit à parler de l'accident. De ses sensations juste avant qu'il ne se produise. L'ivresse de la course. Elle avait l'impression de voler tellement Wink courait bien ce jour-là. Et puis le choc brutal. L'impression d'être propulsée en l'air. Enfin la douleur. Une douleur si vive qu'elle avait éclipsé tout le reste.

— Quand je me suis réveillée, je ne sentais pas mes doigts de pieds.

Elle rejeta la tête en arrière et regarda le ciel bleu au-dessus d'eux.

— Je ne m'inquiétais pas pour mes jambes. Je ne sentais pas mes doigts de pieds. Même en me concentrant de toutes mes forces. Et puis j'ai compris. Mes parents étaient là. Jake a attrapé mes bras et les a maintenus sur le lit. Je me souviens de son regard dans le mien et de mes hurlements.

Ryan lâcha les rênes et la serra contre lui.

— Pardonne-moi, Bethany. Ne te force pas.

— J'ai besoin de monter, Ryan, comme j'ai besoin d'air pour respirer. Ne me laisse pas renoncer. Je n'aurai jamais le courage de remonter en selle si je ne vais pas jusqu'au bout.

Il reprit les rênes.

— Sly ! appela-t-il.

Le vieil homme se montra bientôt. Ryan lui demanda d'ouvrir le portail du corral. La gorge de Bethany était atrocement nouée. Elle avait l'impression que le sol allait se dérober sous eux. Ryan prit la direction du lac. Même s'ils allaient au pas, la jeune femme était paniquée. Elle allait sûrement mourir. Son cœur cesserait de battre.

La brise qui provenait du lac caressait le visage de Bethany, charriant un mélange de merveilleux parfums – l'herbe printanière, les fleurs sauvages, les pins et les sapins. Et peu à peu, la jeune femme parvint à se décontracter.

Il pressa son visage contre ses cheveux.

— Tu sais, mon amour, il me semble qu'il y a deux façons de vivre. Se protéger contre tous les dangers possibles, s'enfermer dans une bulle. Ce qui ne garantit pas qu'on ne finira pas écrasé par un bus ou vaincu par une horrible maladie.

— Quelle est l'autre façon ? demanda-t-elle avec un rire mal assuré.

— Prendre la vie à pleines mains, en savourer chaque instant, et risquer d'être blessé ou tué en faisant ce qu'on aime.

— Pas de juste milieu ? S'amuser tout en préservant sa sécurité, par exemple ?

Il lui embrassa le cou.

— Ce serait comme faire l'amour et ne jamais avoir d'orgasme. Très frustrant.

— Je n'ai pas envie de ça.

— Alors, jouis de la vie, murmura-t-il.

L'instant d'après, elle était seule sur le cheval. Il lui tendit les rênes.

— Tu es attachée, tu ne peux pas tomber. Compte sur Wink pour te mener à bon port.

Elle hocha la tête, ferma les yeux et prit une profonde inspiration.

— Je retourne au ranch, lui dit Ryan. Pour cette première fois, tu ferais peut-être mieux de revenir près de l'écurie, comme ça, je ne serai pas loin de toi.

Bethany regardait devant elle, si terrifiée qu'elle en tremblait.

— Le terrain est plat, se rassura-t-elle à voix haute. Je suis sûre que tout se passera bien… J'ai besoin d'y arriver seule, Ryan.

Elle l'entendit soupirer. Elle ne tourna pas son regard vers lui, craignant de perdre tous ses moyens.

— Très bien, céda-t-il à contrecœur. Je te conseille quand même de ne pas trop t'éloigner, mais c'est à toi de décider.

Bethany opina, résistant à l'envie de lui demander de seller son cheval et de l'accompagner.

— Je n'irai pas trop loin.

— Je serai à l'écurie quand tu rentreras. Je t'aiderai.

Bethany hocha de nouveau la tête.

— Si… euh… si je ne suis pas là dans une demi-heure, viens me chercher. D'accord ?

— Chérie, cela va sans dire.

La gorge nouée, elle s'éloigna au pas.

Pour Ryan, l'attente fut une véritable torture. Au bout de vingt minutes, n'y tenant plus, il sella son cheval et partit à sa recherche. Quand il la rejoignit, elle se trouvait sur la rive opposée du lac, près de la maison de ses parents. Elle l'entendit arriver, se retourna et lui fit signe, le visage rayonnant de bonheur.

— Ryan, merci. Grâce à toi, je retrouve la liberté.

Il avança au pas à ses côtés.

— Une journée particulière, hein ?

— Oh, oui ! J'ai moins peur maintenant. Je ne suis pas encore tout à fait à l'aise, mais je progresse.

— Comment se comporte Wink ?

— Fabuleusement. Elle qui aimait tant galoper, aujourd'hui, elle semblait heureuse d'aller simplement au pas.

Elle se pencha pour caresser le cou de la jument.

— On se fait peut-être vieilles toutes les deux.

— Aller au pas permet d'apprécier le paysage.

— Et il est magnifique. Tu n'as pas idée de ta chance. Avoir un domaine avec un lac, des forêts, et cette vue sur les montagnes, c'est le paradis !

— C'est aussi ton domaine désormais.

Elle offrit son visage à la caresse du soleil.

— J'ai encore du mal à y croire.

— Nous nous marions dans cinq jours, lui rappela-t-il.

— Seulement cinq jours ?

Elle lui sourit tendrement.

— Tu n'as pas peur ?

— Non. Et toi ?

Elle secoua la tête.

— Je n'ai jamais été aussi sûre de moi.

Ryan détestait jouer les rabat-joie, mais il craignait qu'elle ne reste trop longtemps en selle.

— Il ne faut pas abuser le premier jour. Tes jambes peuvent en souffrir sans que tu t'en rendes compte.

— Encore un peu. C'est si merveilleux.

— Tu veux faire le tour complet du lac ? lui proposa-t-il. Au point où nous en sommes, cela reviendra au même que de faire demi-tour.

— J'adorerais !

Il leur fallut une demi-heure pour revenir au ranch. Peu après que Bethany fut descendue de cheval, elle commença à avoir des crampes dans les jambes. Ryan l'emmena rapidement à l'intérieur de la maison. Quand il lui eut enlevé ses chaussures et son jean, il constata que ses muscles étaient tétanisés.

Lorsqu'il tenta de redresser ses jambes, elle ne put réprimer un cri de douleur. Ryan se rua sur le téléphone pour appeler le Dr Kirsch, leur médecin de famille. Celui-ci arriva très vite, examina Bethany et lui fit immédiatement une injection.

Puis il s'assit au bord du lit, tenant la main de Bethany en attendant que le remède fasse son effet.

— À compter d'aujourd'hui, procédez par étapes, jeune dame. Demain, pas d'équitation. Le jour suivant, dix minutes seulement. Si tout se passe bien, vous pourrez rajouter quelques minutes chaque jour. Votre corps doit s'accoutumer progressivement.

— Mais nous avons prévu de nous marier près d'un lac de montagne samedi. Nous devions nous y rendre à cheval.

Le docteur se tourna vers Ryan.

— À quelle distance se trouve ce lac ?

— Environ trois heures de cheval.

— Elle ne sera pas prête. Reportez d'au moins une semaine, et faites le voyage sur deux jours.

— Entendu, dit Ryan sans la moindre hésitation. Bethany et moi partirons le jeudi et nous camperons. Ça sera amusant, conclut-il en la regardant tendrement.

— Je suis désolée, Ryan, s'excusa-t-elle, embarrassée que tout soit bouleversé à cause d'elle. J'étais si excitée de monter Wink de nouveau. Je n'ai même pas pensé aux crampes.

Le docteur lui tapota la main.

— On fait tous ce genre d'erreur. Je ne monte pas l'hiver et, quand le printemps revient, je pars faire une belle balade à cheval. Résultat, je clopine pendant plusieurs jours. Chaque année, je jure que je ne me laisserai plus prendre, chaque année je recommence.

— Vous montez à cheval ?

Kirsch gloussa et fit un clin d'œil à Ryan.

— Pourquoi croyez-vous que cette bande-là m'aime tant ? Keefe ne ferait pas vraiment confiance à un homme qui n'aime pas les chevaux. Ryan, quand vous partirez en promenade, emportez du vinaigre blanc. Si elle attrape des crampes, tu lui en fais boire deux gorgées.

— Beurk, fit Bethany, dégoûtée à cette seule idée.

— Je sais, il y a meilleur comme boisson, mais ça marche bien.

Kirsch entreprit ensuite de la questionner avec délicatesse sur son accident et sa paralysie.

— Eh bien, jeune dame, j'espère vous revoir très bientôt, dit-il quand elle eut répondu à ses questions. J'ai mis au monde tous les enfants Kendrick. Si Ryan n'y voit pas d'objection, j'en ferai autant pour le vôtre.

Bethany pâlit.

— Il est très improbable que je puisse mener une grossesse à son terme. Ryan et moi voulons essayer, bien sûr. Mais mes chances sont extrêmement minces.

Le médecin parut surpris. Très surpris.

— Je vois. Et quelle en est la raison ? Avez-vous eu des blessures internes irréversibles ?

— Je... non. À ma dernière visite, ma gynécologue m'a assuré que tout allait bien.

— Alors, pourquoi craignez-vous de ne pas pouvoir mener une grossesse à terme ?

— Le chirurgien qui m'a opérée affirme que je suis plus sujette que la moyenne des femmes aux infections, ce qui favorise les fausses couches ou les accouchements prématurés. Il a aussi parlé d'une maladie très dangereuse – dont j'ai oublié le nom.

Le Dr Kirsch réfléchissait.

— Avez-vous eu des infections urinaires ? demanda-t-il finalement.

Bethany secoua la tête.

— Je vois.

Il se frotta le menton.

— La maladie contre laquelle il vous a prévenue était probablement la dysréflexie autonome.

— C'est possible. Je me souviens d'un nom de ce genre. Telle qu'il me l'a décrite, ça semblait être une maladie vraiment horrible.

— Elle l'est, confirma-t-il. Elle provoque de graves complications durant la grossesse ou lors de l'accouchement. Cependant, elle ne touche que les femmes ayant subi un dommage au-dessus de la septième vertèbre.

— Ce n'est pas mon cas. Mais il a affirmé qu'il y avait un risque.

— J'aimerais parler à votre chirurgien. Me permettez-vous de le contacter ?

— Bien sûr, mais il vous répétera exactement ce qu'il m'a dit – que je ne devrais pas avoir d'enfant.

Son regard s'assombrit.

— Il a même dit que c'était mieux ainsi.

— Hum, fit Kirsch en secouant la tête. Comment s'appelle ce médecin ?

— C'est le Dr Reicherton. Il est à Portland. Vous ne le connaissez probablement pas.

— Il se trouve que oui. Le monde médical est plus petit qu'on ne pourrait le croire. Benson Reicherton.

Il sourit.

— C'est un chirurgien compétent, l'un des meilleurs de la côte Ouest.

— Papa voulait le meilleur. Je ne l'ai jamais beaucoup apprécié, mais il est compétent, effectivement.

Kirsch hocha la tête.

— Si j'avais un problème à la colonne vertébrale, je n'hésiterais pas à m'adresser à lui. En revanche, je ferais des kilomètres pour l'éviter en tant que partenaire de golf.

— Vous avez l'air de bien le connaître, dit Bethany en riant.

Puis elle bâilla. Le docteur lui sourit et lui fit un clin d'œil en se levant.

— La piqûre commence à faire effet, jeune dame, alors je vais me retirer et vous laisser vous reposer.

Il prit ses affaires et suivit Ryan qui le raccompagna. Une fois devant la maison, Kirsch gratta son crâne dégarni d'un air pensif.

— Quelque chose ne colle pas. Je vais essayer de joindre Reicherton dès mon retour au cabinet.

— Vous pensez qu'elle peut avoir des enfants, n'est-ce pas ?

— Je ne te conseille pas de lui dire ça, pas avant que j'en sois sûr. Je ne suis certainement pas spécialiste de la colonne vertébrale.

— Vous êtes un très bon médecin, et je vous fais confiance.

Le Dr Kirsch sourit avec une pointe de fierté.

— Pour répondre à ta question, mon garçon, le très bon médecin pense que cette jeune dame a mal compris les propos de Reicherton ou qu'il lui a donné une information fausse. La paralysie n'empêche généralement pas une femme de porter un bébé, particulièrement dans un cas comme le sien, où tous les nerfs n'ont pas été endommagés. Mais il faut que j'effectue quelques recherches pour pouvoir te le confirmer. Possible que je ne sois qu'un vieux médecin de campagne qui ne comprend rien à rien.

Il leva la main en signe d'au revoir et s'éloigna.

— Je te tiens au courant.

Après avoir salué le docteur, Ryan retourna auprès de Bethany. Elle dormait déjà. Il s'assit à côté d'elle un moment, contemplant son visage. On aurait dit un ange. Il sourit avec attendrissement, le cœur serré à l'idée qu'il puisse lui arriver quelque chose. Si elle courait le moindre risque en tombant enceinte, il préférait mille fois renoncer à avoir des enfants.

Une heure plus tard, quand le Dr Kirsch appela, Ryan prit l'appel dans la cuisine.

— Qu'a dit Reicherton, docteur ?

— Beaucoup de banalités. Aucun médecin ne peut garantir, même à une jeune femme en parfaite santé, qu'elle pourra mener une grossesse à son terme. Les risques qu'elle ait un problème sont peut-être minimes mais ils existent. Ces risques augmentent considérablement si la jeune femme a un problème de santé particulier. Bon, je n'irai pas jusqu'à dire que Reicherton a menti à Bethany. Cependant, je crois qu'il a mentionné des complications improbables dans son cas de paralysie.

— Pourquoi ? s'indigna Ryan.

— Très bonne question. Je connais Ben depuis des années. Il m'a confié un jour qu'il avait choisi cette spécialité parce que sa mère était tétraplégique.

— Et alors ?

— Et alors je m'avance peut-être, mais son enfance a dû être difficile parce que sa mère était gravement handicapée. Peut-être ne supporte-t-il pas l'idée qu'une femme en fauteuil roulant élève des enfants. Toujours est-il qu'il n'a rien dit au téléphone pour justifier ce que Bethany a entendu de sa bouche. Après quelques raclements de gorge, il a pointé le fait que le cas datait de plusieurs années et qu'il n'avait pas le dossier sous les yeux. Mais il a globalement confirmé mon diagnostic. Dans le pire des cas, Bethany devra accoucher par césarienne, mais rien ne l'empêche d'avoir des enfants.

Ryan revit la souffrance sur le visage de Bethany quand elle lui avait annoncé qu'elle ne pourrait jamais avoir d'enfants. Comment un médecin pouvait-il agir ainsi ? Il y avait sans doute des femmes handicapées incapables d'élever des enfants, mais chaque cas était différent, et ce n'était pas au Dr Reicherton d'en décider.

— Ryan ? Tu es toujours là ?

— Oui. Je réfléchissais et je crois que j'ai envie de foncer à Portland pour refaire le portrait de ce Dr Reicherton. À cause de lui, voilà huit ans que Bethany vit avec l'idée qu'elle n'aura jamais d'enfants.

— Ce ne sont que des suppositions, lui rappela Kirsch. Et, excuse-moi, mais je pense qu'il serait vain de céder à la colère aujourd'hui pour quelque chose qu'on ne pourra de toute façon jamais prouver. Pourquoi gâcher ton bonheur ? Tu adores visiblement cette fille. Profite du temps présent, et oublie Reicherton.

— Vous avez raison, admit Ryan. Après avoir tordu le cou à Bethany pour ne pas m'avoir parlé de la dysréflexie autonome, c'est ce que je ferai.

Le docteur éclata de rire.

— Allons, allons. Si je te disais que faire l'amour risquait de te tuer, que ferais-tu ?

— Je mourrais heureux.

— Tu y es. Ne lui reproche pas d'avoir fait le même choix.

— C'est entièrement différent, les rapports sexuels ne sont pas dangereux pour elle. Être enceinte n'est pas important au point de mettre sa santé en danger.

— De ton point de vue. Les femmes voient les choses différemment parfois. Avoir un bébé est la chose la plus importante au monde pour certaines d'entre elles.

Ryan poussa un soupir résigné.

— Je comprends. Au lieu de lui tordre le cou, je lui passerai juste un savon.

— J'aime mieux.

— Vous êtes invité au mariage, au fait.

— Compte sur moi. Oh ! Ryan, qu'elle prenne rendez-vous avec moi. Rien ne presse. Mais je veux l'informer des précautions à prendre pendant la grossesse.

— Je le lui dirai. Hé, docteur, vous pensez que je dois continuer à utiliser des préservatifs avant qu'elle vous rende visite ?

Kirsch gloussa.

— Tout dépend. Est-ce que tu ferais la gueule si tu devais te lever à 3 heures du matin pour donner un biberon dans environ neuf mois ?

— Bien sûr que non !

— Alors, fonce et fais un bébé à cette jeune dame. Elle est tout à fait capable de le porter et de l'élever.

Ryan souriait encore quand il raccrocha. Il retourna dans la chambre, s'allongea près de Bethany, et la prit dans ses bras. Un *bébé*. Il avait été sincère en disant qu'il adopterait volontiers un enfant. Mais au fond de son cœur, il mourait d'envie de voir grossir son ventre, d'être près d'elle au moment de la naissance, de la regarder donner le sein.

Il l'embrassa sur le front, puis ferma les yeux pour rêver de leurs fils et de leurs filles. Ils seraient élevés sur le domaine où lui-même avait grandi. Il leur apprendrait à aimer ces montagnes, songea-t-il en s'assoupissant peu à peu, et un jour ils prendraient la relève au Rocking K.

Il se souvint du jour où il avait parlé de sa solitude à Rafe, de ces longues soirées d'hiver où il aurait pu sombrer dans la déprime sans la présence de ses fidèles animaux. Ce sentiment avait disparu.

Comment un homme pouvait-il se sentir seul quand il tenait le paradis entre ses bras ?

21

Le surlendemain, Ryan travaillait dans le bureau de l'écurie quand il se rendit compte qu'il était près de 11 heures et que Bethany ne l'avait pas encore rejoint pour sa séance quotidienne de formation. Non pas qu'ils fussent très efficaces, ils avaient un désir insatiable l'un de l'autre et, chaque fois qu'ils se retrouvaient seuls dans cette pièce, ils finissaient par faire l'amour.

Se souvenant de la dernière fois et la revoyant, si belle, nue sur le bureau, Ryan sentit un désir irrépressible monter en lui. Il s'apprêtait à abandonner ses livres de comptes pour aller la chercher quand il entendit Sly l'appeler. Au son de sa voix, il comprit tout de suite que quelque chose n'allait pas et bondit de sa chaise.

— Je suis là ! cria Sly alors que Ryan sortait du bureau.

Ryan vit le vieux contremaître disparaître dans le box où l'élévateur de Bethany était installé. Il s'y précipita, n'osant pas imaginer ce qui avait pu arriver.

Bethany gisait par terre à côté de Wink.

— Nom de Dieu ! lâcha-t-il en poussant Sly pour s'agenouiller près d'elle. Bethany ? Bethany, parle-moi !

— Je vais bien, Ryan. J'ai juste glissé de la selle. Ce n'est pas très haut.

La peur de Ryan se mua en colère.

— Qu'est-ce qui t'a pris, bon sang ?

Il lança un regard noir à Sly.

— Il fallait me prévenir.

Sly leva les deux mains en signe de défense.

— Hé, te défoule pas sur moi, fiston. J'étais pas au courant avant de la trouver là.

— C'est ma faute, Ryan. Je voulais me débrouiller seule.

Ryan avait envie de la secouer, de hurler sa fureur, mais au lieu de cela il la prit entre ses bras tremblants.

— Ne fais plus jamais ça. Promets-moi que tu n'essaieras plus jamais de monter seule.

Elle le regarda d'un air rebelle.

— Cet élévateur était bien destiné à ça, non ? À favoriser mon autonomie.

— Oui, mais plus maintenant. Si tu prends encore une fois le risque de te briser le cou, gare à toi.

Bethany le repoussa pour se redresser et épousseter sa chemise.

— Ne dramatise pas, dit-elle d'un air agacé en balayant des brins de paille de sa manche. J'y suis presque arrivée, tu sais. La prochaine fois, je ne détacherai pas les crochets avant d'avoir sanglé mes jambes. J'ai été stupide.

Ryan la prit dans ses bras et se redressa pour se diriger vers le bureau. Elle l'arrêta en posant une main sur son torse.

— Je veux essayer encore une fois. Pose-moi dans mon fauteuil et laisse-moi, s'il te plaît. Il faut que j'y arrive.

— Pas question.

Elle soutint son regard.

— Je ne tomberai plus.

— Qu'en sais-tu ?

Il l'imagina piétinée par le cheval ou les jambes fracturées. Son sang se glaça dans ses veines.

— J'étais sérieux tout à l'heure. Essaie encore une fois, et je...

Elle posa un doigt sur ses lèvres.

— Je sais que tu as eu une belle frayeur. Moi aussi j'avais peur de tomber, et c'est ce qui m'a fait commettre une erreur grossière.

Elle sourit avec confiance.

— Maintenant, je sais au moins que ce n'est pas aussi affreux que je l'imaginais. Je n'ai même pas eu mal. Je t'en prie, Ryan, essaie de comprendre. Je dois me débrouiller sans toi.

Ryan regrettait presque d'avoir mobilisé toute sa famille pour mettre au point ce fichu élévateur, justement pour que Bethany soit plus libre de ses mouvements. Simplement, il ne s'était pas attendu à tant d'obstination et de témérité de sa part.

Pourtant, dès le début, il avait aimé la façon dont elle haussait son petit menton fier. Elle était ainsi. Autrement, comment aurait-elle pu devenir championne de saut d'obstacles ? Elle repoussait sans cesse ses limites. Tout ce qu'elle entreprenait, elle le faisait à fond.

— Me permettras-tu de faire juste une chose avant que tu réessaies ?

— Ça dépend.

— Tu le sauras très vite.

Il l'installa dans son fauteuil.

— Promets-moi de ne pas bouger avant mon retour.

Elle poussa un lourd soupir.

— Ne tarde pas trop. Plus j'attends, plus je suis nerveuse.

Ryan regarda Sly qui attendait au seuil du box.

— Tu peux me donner un coup de main ?

Le contremaître hocha la tête et le suivit dans la pièce où ils dormaient habituellement quand une jument était sur le point de mettre bas. Quelques secondes plus tard, ils en ressortirent avec des matelas en mousse qu'ils transportèrent dans le box.

Ryan sourit à Bethany tout en posant un matelas à côté de la jument.

— Voilà qui devrait t'éviter de briser ton joli cou, lui dit-il en débarrassant Sly du deuxième matelas.

— Merci, fit-elle avec tendresse quand le tapis improvisé fut en place. C'est très sécurisant.

Elle regarda les deux hommes, attendant manifestement qu'ils s'en aillent.

— Eh bien, allez-vous me laisser maintenant ? dit-elle voyant qu'ils ne bougeaient pas.

Comme ils hésitaient, elle sourit d'un air qu'elle espérait rassurant.

— Je ne tomberai pas, c'est promis.

Ryan fit signe à Sly de le suivre, et ils s'éloignèrent. À environ 2 mètres de la porte du box. Ryan sentit son ventre se nouer quand il entendit le moteur de l'élévateur se mettre en route. Où serait le mal si elle acceptait un peu d'aide pour cette première fois ? se demandait-il, torturé d'angoisse. N'en pouvant plus, il s'avança, mais Sly le retint par le bras.

— Arrête, lui conseilla-t-il dans un murmure. Elle doit y arriver seule, fiston. Ce fichu élévateur est là pour ça.

Ryan savait qu'il avait raison, mais que c'était dur ! Ces matelas n'étaient pas très larges. Si elle tombait à côté et...

— Ça y est ! s'écria soudain Bethany. J'ai réussi, Ryan ! Viens voir !

Ryan et Sly se bousculèrent presque en franchissant le seuil. Puis Ryan s'abîma dans la contemplation de sa Bethany. Elle fit pivoter Wink vers eux, les yeux brillants, les joues rouges de bonheur. À cet instant, il eut une vision fugace de la jeune fille fougueuse et intrépide qu'elle avait été avant son accident. Ses cheveux en bataille encadraient joliment son visage. Elle se tenait droite sur la selle, l'air totalement dans son élément.

En cet instant, elle lui parut magnifiquement libre. Et c'était pour vivre ce moment de magie avec elle qu'il avait racheté sa jument, commandé la selle et installé l'élévateur. Il était sûr à présent qu'il avait eu raison, et qu'il ne devait pas tout gâcher en la surprotégeant.

Il jeta un coup d'œil à sa montre.

— Le docteur a dit pas plus de dix minutes aujourd'hui. Tu es en train de perdre de précieuses secondes.

Elle agita les rênes et claqua sa langue pour faire avancer la jument.

— Hors de mon chemin, messieurs !

Ryan la regarda descendre l'allée centrale.

— Fais attention sur le ciment ! cria-t-il.

C'était plus fort que lui, il la couvait comme une vraie mère poule. Il glissa un regard à Sly.

— Bon sang ! Je n'aurais jamais cru que c'était si difficile d'être amoureux. Est-ce que je vais survivre ?

Sly soupira en secouant la tête d'un air entendu.

— C'est pareil avec les gosses. Faut les laisser prendre leur envol. Je me souviens la première fois que tu es monté à cheval. J'ai failli avoir une crise cardiaque. C'est pas facile de lâcher la bride, fiston, mais il faut le faire. C'est la vie.

Ryan ne put qu'acquiescer. Il avait dit à peu près la même chose au père de Bethany. Sa famille l'avait toujours beaucoup trop couvée, au point qu'elle avait fini par assimiler leur amour à une sorte d'étouffement. Il ne voulait surtout pas qu'elle se sente oppressée avec lui.

Onze minutes plus tard, Ryan voulait seller Bucky pour aller chercher Bethany. Sly s'interposa une fois de plus.

— Elle a qu'une minute de retard. Laisse-lui le temps de revenir. Ça lui gâchera son plaisir si elle te voit arriver comme la cavalerie.

Les deux plus longues minutes de la vie de Ryan s'écoulèrent avant que le claquement des sabots de Wink sur le ciment ne se fasse entendre. Il s'empressa d'attraper un seau, dans l'intention de paraître affairé. Sly l'imita. Puis les deux hommes échangèrent un regard perplexe. Que faire maintenant ? Ce n'était pas l'heure de nourrir les bêtes.

— Salut ! lança gaiement Bethany en entrant. C'était fantastique ! Vous ne pouvez pas imaginer !

Il lui restait encore à descendre de ce fichu cheval, pensa Ryan. Il se retint de justesse d'en faire la remarque.

— Je suis si fière de moi, poursuivit-elle en dirigeant Wink dans le box.

Puis, comme si elle avait des yeux derrière la tête, elle stoppa Ryan et Sly dans leur élan en lançant :

— Ne bougez pas. Je descendrai toute seule.

Ryan croisa le regard du contremaître qui enleva son chapeau pour s'éponger le front. Le moteur de l'élévateur ronfla. Ryan se mordit l'intérieur de la joue pour ne pas hurler des recommandations.

Une éternité sembla s'écouler.

— Voilà ! annonça-t-elle enfin. Je suis descendue.

Quand ils entrèrent dans le box, elle était de nouveau dans son fauteuil et leur souriait d'un air absolument ravi.

— On devrait faire breveter ce système. On deviendrait millionnaires.

— Je suis déjà millionnaire, lui rappela Ryan d'un ton grognon.

Cela l'irritait au plus haut point de la voir si joyeuse alors qu'il avait eu tellement peur.

— Quand nous serons mariés, la moitié de cet argent sera à toi.

— Je suis pas riche, fit remarquer Sly. Je déposerai peut-être le brevet. Si j'avais un gros compte en banque, je pourrais peut-être me marier.

Ryan lui lança un regard stupéfait.

— Avec qui ? Tu fréquentes quelqu'un que je ne connais pas ?

Sly haussa un sourcil, se gratta l'oreille et dit :

— Et puis après ? Je suis plus qu'en âge. Ça te pose un problème ?

Ryan était si abasourdi par cette révélation qu'il en oubliait presque ses préoccupations concernant Bethany.

— Je n'ai jamais dit ça. Je trouve que c'est génial. Qui est l'heureuse élue ?

Le contremaître sourit d'un air énigmatique.

— À toi de deviner. Je te dirais juste que je l'aime. Il ne faudra pas l'oublier.

Sur ce, Sly quitta le box. Ryan tourna un regard perplexe vers Bethany.

— C'est très romantique, n'est-ce pas ? dit-elle.

Ryan fronça les sourcils.

— Il gagne très bien sa vie ici. Il n'a pas besoin de millions pour se marier.

Bethany s'empressa de sortir du box.

— Viens, Wink. Il est temps de rentrer chez toi.

La jument suivit sa maîtresse comme un chien bien dressé. Ryan les suivit du regard un moment, puis appela un des palefreniers pour qu'il vienne s'occuper de Wink.

Quelques minutes plus tard, alors qu'ils se dirigeaient vers le bureau, Bethany lui lança un sourire malicieux par-dessus son épaule. Une fois à l'intérieur de la petite pièce, ce fut elle qui ferma à double tour cette fois. Elle se retourna et, d'un air malicieux, donna une chiquenaude aux franges de sa chemise.

— Je t'ai manqué ?

Ryan n'avait pas encore récupéré de sa frayeur.

— Je ne suis pas vraiment d'humeur à ça pour l'instant, maugréa-t-il.

Elle se contenta de sourire et commença à déboutonner sa chemise.

— Je suis désolée de t'avoir fait si peur. Je ne ferai plus la même erreur. C'est promis.

Ryan évita son regard, déterminé à ne pas se laisser distraire.

— Nous devons discuter sérieusement de la nécessité de prendre les précautions…

Il entendit le bruissement d'un vêtement, et ses yeux furent attirés vers elle comme par un aimant. Elle avait enlevé sa chemise. Ses seins l'appelaient irrésistiblement.

— Je t'en prie, ne sois pas en colère, dit-elle avec douceur.

Tout en parlant, elle caressa ses pointes dressées.

— Viens ici et laisse-moi te calmer.

Dieu du ciel, elle avait débuté tard, mais elle apprenait vite ! Ryan l'avait rejointe avant même de réaliser qu'il avait bougé. Il oublia rapidement tous ses griefs. Comment, dans de telles conditions, un homme pouvait-il rester rationnel ?

Le jeudi suivant quand ils se mirent en route pour le lac Bear Creek, Bethany était fin prête pour une heure et demie de trajet à cheval. Elle était si heureuse et si confiante dans l'avenir que cela l'effrayait presque. Cléo s'était adaptée au ranch comme si elle y était née, passant ses journées sur le dos de T-Bone et ses nuits à l'intérieur de la maison, nichée dans son petit panier. Ryan souhaite un centre équestre, pas seulement pour entraîner des graines de champion comme Heidi mais aussi de jeunes paraplégiques.

Tout paraissait trop beau pour être vrai. Un mari séduisant, merveilleusement aimant. L'espoir d'avoir des enfants, vivre et travailler avec des chevaux, être libre de se promener dans ce magnifique domaine qu'était le Rocking K. Son univers avait subitement pris des proportions gigantesques, et elle en avait parfois le vertige. On ne pouvait pas être aussi heureux sans qu'un malheur se prépare.

Elle confia son angoisse à Ryan.

— Mon amour, tu mérites d'être heureuse. Rien ne viendra gâcher notre bonheur. *Rien*.

Bethany leva les yeux vers le ciel.

— Je sais que c'est stupide. Seulement… Oh, Ryan, je suis *si* heureuse ! Tu comprends ? J'ai vécu tellement longtemps en réprimant mes désirs. Et soudain, j'ai absolument tout ce que je voulais si fort. On n'a pas le droit d'être aussi heureux.

Il rit et se pencha pour lui voler un baiser.

— Bethany, je ne t'imagine pas en train de commettre un péché. Je n'ai jamais connu un cœur aussi pur. Je crois bien que Dieu m'a envoyé un ange.

Ses yeux pétillèrent de malice, et elle détacha une pomme de pin pour la lui lancer.

— Ça m'étonnerait que les anges aient des pensées aussi impures que les miennes. Arrêtons-nous et allons nous reposer sous un arbre.

Ryan était fortement tenté d'accepter. Mais il ne fallait pas trop traîner.

Il tendit la main pour lui ébouriffer les cheveux.

— Nous nous arrêterons plus tard.

Elle fit la moue.

— Nous ne sommes même pas encore mariés et tu es déjà lassé de moi.

— Pas du tout. Seulement, j'ai prévu quelque chose pour cet après-midi. Quand nous aurons installé notre bivouac, me feras-tu l'honneur de devenir ma femme ?

Elle le regarda avec surprise.

— Aujourd'hui ? Le pasteur n'arrive que samedi.

— Nous n'avons pas besoin de pasteur. Prononçons nos serments aujourd'hui, juste toi et moi, avec Dieu pour seul témoin. N'est-ce pas ce qui compte le plus ?

Après un moment de réflexion, elle lui sourit.

— C'est une excellente idée, Ryan. Je pense même que notre cérémonie privée aura plus de sens que celle de samedi.

Deux heures plus tard, Ryan s'agenouilla aux pieds d'un ange aux cheveux sombres et lui jura amour, respect et fidélité jusqu'à la fin de ses jours. Puis ce fut au tour de Bethany de lui promettre un amour éternel. *Bethany !* Elle était sans nul doute un don du ciel. En lui-même, Ryan fit le serment d'être l'homme qu'elle méritait, de la protéger et de la rendre heureuse.

Il sortit des anneaux de la poche de sa chemise, et leva celui de Bethany vers la lumière du soleil.

— Il paraît que l'anneau est un symbole d'amour pur et éternel. La plupart des gens l'oublient. Je ne l'oublierai jamais. Je te le promets.

Il passa l'anneau au doigt de Bethany, puis se pencha pour l'embrasser.

— Par cet anneau, je te prends pour épouse.

Elle sourit en contemplant la bague à son doigt. Puis elle leva l'anneau de Ryan vers le soleil.

— À chaque fois que tu regarderas cette alliance, souviens-toi que je passerai le reste de mes jours à essayer de t'aimer plus que moi-même, murmura-t-elle.

Elle se pencha pour l'embrasser. Avec son aide, il glissa l'anneau à son doigt.

— Par cet anneau, je te prends pour époux.

Ils échangèrent un long baiser.

— Passons maintenant à la meilleure partie de la cérémonie, murmura Ryan quand il abandonna ses lèvres. Scellons nos vœux en faisant l'amour.

— *Ici ?*

Ryan regarda autour d'eux.

— Ce qu'il y a de bien à la montagne, c'est que les voisins ne sont ni curieux ni portés sur les ragots.

Il se leva, la prit dans ses bras et l'emporta vers un coin d'herbe verdoyante sous un pin. Après avoir écarté quelques aiguilles de pin du bout du pied, il la posa délicatement sur le sol et lui fit l'amour dans la lumière dorée du soleil.

L'extase…

Ryan tenait sa femme contre son cœur, trop épuisé pour faire un mouvement. Le soleil jouait sur leur peau nue, chaude caresse à laquelle il n'avait pas envie de se soustraire. Mais la crainte que Bethany n'attrape un coup de soleil le poussa finalement à bouger.

Ils pêchèrent des truites pour le dîner et se régalèrent autour d'un feu de camp. Juste avant la nuit, ils se baignèrent et firent l'amour dans la rivière proche. Quand ils sortirent de l'eau, frissonnants mais comblés, Ryan sécha rapidement Bethany et l'emmena à leur bivouac où il l'enveloppa dans une couverture. Puis il s'assit près du feu, la tenant bien serrée dans ses bras jusqu'à ce qu'elle se réchauffe.

— Écoute, souffla-t-elle quand ils furent installés sous leur tente un peu plus tard.

Ryan tendit l'oreille. Un instant plus tard, il entendit les coyotes hurler.

— C'est beau, n'est-ce pas ? Jamais je ne pensais les réentendre un jour.

Elle était couchée sur le côté, face à lui. Elle se pencha pour l'embrasser, lui murmurant qu'il n'aurait pas pu lui faire un plus beau cadeau. Puis elle parcourut son cou de petits baisers qui l'enflammèrent aussitôt. Et ils refirent l'amour, passionnément, amoureusement, avant de s'endormir, bercés par les hurlements des coyotes et le souffle du vent.

Bethany se réveilla à l'aube. Depuis qu'elle s'était installée au ranch, elle avait cessé de se réveiller de mauvaise humeur. Mais ce matin-là, Ryan s'émerveilla du changement.

— Je me sens vivante ! s'écria-t-elle dès qu'elle fut installée dans son fauteuil, offrant son visage au vent et au soleil.

Sa gaieté illumina toute leur matinée. Quand ils furent de nouveau en route, elle se mit à chanter des chansons stupides qui rappelèrent à Ryan que, après tout, elle n'était pas parfaite. Elle chantait faux. Il était en train de rire de bon cœur, entonnant un refrain avec elle, quand il entendit un animal traverser les broussailles sur leur gauche. Il eut à peine le temps d'apercevoir la robe brune d'une vache entre les arbres. Rencontrer du bétail sur ces hauteurs n'avait rien d'exceptionnel. Les bêtes du Rocking K jouissaient d'un domaine ouvert et paissaient en toute liberté dans les montagnes environnantes. Mais il avait rarement vu une vache courir aussi vite.

Il s'arrêta, aussitôt imité par Bethany.

— Qu'est-ce qui se passe ? Pourquoi courait-elle comme ça ?

Ryan fronça les sourcils.

— Je ne sais pas. Mais je crois que je devrais aller jeter un coup d'œil. Il y a quinze jours, un rancher a perdu deux bêtes à cause des braconniers.

Il fit pivoter son cheval et tendit les rênes de leur cheval de somme à Bethany.

— Attends-moi une minute, chérie. Je reviens.

Il repéra très vite les empreintes de la vache et les suivit. Bientôt, il aperçut quelque chose de brillant sur l'une des branches basses d'un sapin. Il s'approcha pour toucher les aiguilles. C'était du sang. Continuant à suivre la piste de l'animal, il vit du sang par terre. Elle était gravement blessée.

Il retourna auprès de Bethany et lui rapporta ce qu'il avait trouvé.

— Un idiot de chasseur a dû lui tirer dessus. Ces débiles ne sont pas capables de viser juste. On se demande ce qu'ils font avec un fusil.

— Que c'est triste. On ne peut pas la laisser mourir comme ça. Elle va se vider de son sang. Ce sera une mort lente et horrible.

Ryan était d'accord.

— Je peux la retrouver. Mais le terrain est très accidenté, et je ne pense pas que tu puisses m'accompagner.

— Aucun problème. Je t'attendrai ici.

— Il y a une jolie prairie un peu plus loin. Si je t'y installais confortablement pour m'attendre ?

— Avec des réserves de nourriture ?

Il éclata de rire.

— Tu as de la chance, j'ai préparé quelques en-cas.

— Hum… c'est alléchant. Et puis un peu de repos ne me fera pas de mal.

Quelques minutes plus tard, Ryan l'avait installée dans son fauteuil sous un grand pin à la lisière d'une prairie parsemée de pâquerettes et de coquelicots.

— J'ai l'impression d'être une princesse ! Il ne me manque plus qu'une boisson fraîche et ce petit festin que tu m'as promis.

Il alla chercher une bouteille de jus de fruits dans la glacière et attrapa le panier de pique-nique qu'il vint déposer à ses pieds. Puis il détacha son étui à revolver de ses hanches et le lui tendit.

— On ne sait jamais, dit-il. Tu sais te servir d'un revolver, j'espère.

Elle s'empara de l'arme et leva fièrement le menton.

— Bien sûr que je sais m'en servir. Tu me prends pour qui ?

Elle contempla la paisible prairie.

— Pourquoi, au juste, ai-je besoin d'une arme ? Les écureuils sont dangereux par ici ?

Il se dirigea vers son cheval en riant.

— Je pensais plutôt aux serpents à sonnette.

— Je déteste les serpents, dit-elle avec un frisson de dégoût.

Ryan monta en selle. Il la regarda sortir un couteau et du fromage de son panier.

— Garde-m'en un peu. Je risque de revenir affamé.

— Je vais essayer, plaisanta-t-elle. J'espère que tu la trouveras, Ryan, ajouta-t-elle d'un ton plus sérieux. Bonne chance.

— Hé ! tu as devant toi l'un des meilleurs traqueurs de la région.

Il lui fit un clin d'œil et vérifia que son fusil était bien chargé.

— Elle saignait beaucoup. Je n'aurais pas de mal à la repérer. Si sa fin est proche, je l'achèverai. Sinon j'appellerai Rafe.

Il tapota le téléphone portable accroché à sa ceinture.

— Par signaux de fumée, bien sûr.

Elle riait encore quand il s'éloigna.

— Sois prudent !

— Cela va sans dire, ma belle.

Il décida de gagner du temps en coupant à travers bois. La vache avait dû être touchée dans ce secteur-là, il en était à peu près sûr. Attentif au moindre signe, il avança parmi les buissons qui poussaient à profusion hors du sentier.

Il s'était à peine éloigné quand une sensation bizarre s'empara de lui. Arrêtant son cheval, il écouta et huma l'air. Les bois étaient devenus étrangement silencieux. Même le vent semblait retenir son souffle. Ryan parcourait ces montagnes depuis sa plus tendre enfance. Il en connaissait chaque arête, chaque ravin comme sa poche. Quand quelque chose clochait, il le sentait.

Et quelque chose clochait.

Il fut presque tenté de retourner auprès de Bethany. Sans savoir vraiment pourquoi. Une peur irrationnelle, instinctive, commençait à s'emparer de lui.

Puis il sentit l'odeur. Celle du *sang*. Il était trop souvent allé à l'abattoir pour ne pas reconnaître l'odeur du bétail que l'on vient de tuer. Il avança, une sourde colère montant en lui. Que s'était-il passé ? Des gosses armés de fusils avaient-ils pris leurs vaches pour cibles d'entraînement ?

Un peu plus haut, il y avait un point d'eau où le bétail venait volontiers se rafraîchir en été, à l'ombre des grands arbres qui en bordaient les rives.

Ryan se dirigea vers cet endroit qui, étant donné sa configuration, pouvait constituer un véritable piège pour un groupe de bêtes que l'on aurait alors tirées comme des canards. L'odeur du sang s'accentua. Beaucoup de sang. Une horrible odeur métallique. Il se prépara au pire.

Quand il vit le carnage, son cœur se souleva.

Dieu du ciel ! Les vaches étaient bien là. Mais ce n'était pas l'œuvre d'un tireur. Ryan n'avait jamais vu un tel massacre de sa vie. Il y en avait au moins dix, certaines gisant dans l'eau, d'autres sur la rive.

Quelque chose les avait déchiquetées.

À cette distance, Ryan ne pouvait pas déterminer quel animal avait pu faire ça. Il y avait une importante concentration de pumas dans la région. Mais les pumas ne se déchaînaient pas ainsi sur leurs proies. Ils les égorgeaient et les emportaient quelque part pour les manger.

Ryan mit pied à terre, attacha Bucky à une souche d'arbre, et sortit son fusil. Une fois parvenu au point d'eau, il examina les traces près des vaches mortes. C'était incontestablement des traces d'ours.

Ryan n'en croyait pas ses yeux. Les ours bruns ne faisaient pas ce genre de choses. Ils étaient carnivores, certes, et ils tuaient occasionnellement pour se nourrir, mais en règle générale ils avaient une tendance à l'opportunisme, se nourrissant de créatures déjà mortes, d'insectes ou de baies.

Pourtant aucun doute n'était permis. Les traces signalaient un ours de grande taille. Un ours qui n'avait visiblement pas tué pour se nourrir, mais dans un moment de folie meurtrière. Et la tuerie était récente.

Ryan sentit un frisson de peur le parcourir. *Bethany*. Il l'avait laissée dans cette prairie sans aucun moyen de défense. Le revolver ne ferait que rendre l'ours encore plus furieux. Ça ne l'arrêterait certainement pas.

Il revint en courant à son cheval, rangea son fusil pour avoir les deux mains libres et chevaucher à bride abattue.

Bethany ! Elle s'apprêtait à couper du fromage quand il était parti. Un ours pouvait sentir l'odeur de la nourriture à plus d'un kilomètre de distance. Priant Dieu que le pire ne soit pas arrivé, il talonna les flancs de sa monture, la poussant à son maximum.

Quand il atteignit la lisière de la prairie, son soulagement fut immense. Bethany était là, à l'endroit où il l'avait laissée. Elle l'aperçut et lui fit signe. Ryan ralentit son allure. Il était assez proche maintenant pour tuer un ours avant qu'il n'atteigne Bethany.

— L'as-tu trouvée ? demanda-t-elle. Est-ce que tout va bien.

— Non, je ne l'ai pas cherchée.

Il scruta les collines entourant la prairie. Il ne voulait pas effrayer Bethany, mais il ne voulait pas non plus lui mentir.

— C'était un ours, chérie. Il faut ranger la nourriture dans le panier et bien le fermer. Je n'ai pas envie d'avoir un invité surprise.

— Tu as vu un ours ? s'émerveilla-t-elle en commençant à ranger. Je n'en ai pas vu depuis une éternité.

— Ils se sont multipliés depuis qu'ils sont passés dans la catégorie des espèces protégées, comme les pumas.

Il arrêta Bucky près de Wink et du cheval de trait. Dès qu'il mit pied à terre, il s'empara du fusil.

— En fait, je n'ai pas vu l'ours. Juste ses traces.

Quand elle le vit venir vers elle avec le fusil sous le bras, son sourire s'évanouit.

— Ryan… qu'y a-t-il ?

Il scruta de nouveau les collines.

— Je ne veux pas te faire peur, chérie. Mais ce n'est pas un ours ordinaire. Il est devenu fou.

— Quoi ? Qu'entends-tu par fou ?

Il lui raconta ce qu'il venait de voir.

— *Quoi ?* Tu penses qu'un ours brun a tué dix vaches ? C'est insensé, Ryan. Les ours ne font pas ça. Un grizzly, peut-être, mais pas un ours brun de l'Oregon.

— Les gens deviennent bien fous. Pourquoi pas les ours ?

Il posa son fusil contre l'arbre à côté d'elle.

— Est-ce que tu t'en sors aussi bien avec un fusil qu'avec un revolver ?

— Je n'en ai pas tenu un depuis longtemps. Je ne garantis rien.

— Ouvre bien l'œil pendant que je selle Wink. On s'en va.

Il se dépêcha de seller la jument. Quand il revint, la vue de Bethany en train de scruter les collines, une main posée sur le fusil, le fit sourire.

— Je te mets en selle, dit-il en la soulevant dans ses bras, et je reviens chercher nos affaires.

— Tu es vraiment inquiet, remarqua-t-elle en s'agrippant à son cou.

— Je n'ai jamais rien vu de pareil, admit-il. En revenant, je priais pour qu'il ne te soit rien arrivé. Le revolver n'aurait pas arrêté ce…

Un rugissement retentit derrière eux. Ryan se retourna. Quand il vit l'ours charger dans leur direction, son cœur bondit et sembla se figer comme un bloc de glace dans sa poitrine. L'animal était énorme, et il courait à une allure incroyablement rapide.

— Ô mon Dieu ! cria Bethany.

Ryan regarda le fusil contre l'arbre, à seulement quelques mètres d'eux. S'il posait Bethany, il aurait peut-être le temps de s'en emparer. Mais il y avait toutes les chances pour que l'animal poursuive aveuglément sa course, droit sur elle. Dans ce cas, il l'atteindrait avant qu'il puisse tirer.

Bethany pouvait être tuée.

Ryan n'avait pas le choix. Il posa Bethany sur l'herbe là où ils se trouvaient et fit face à l'ours, sans arme.

Pendant les quelques secondes qui s'écoulèrent avant que l'ours ne l'atteigne, il lui revint en mémoire des bouts d'informations entendues au fil des années sur les ours qui chargent, notamment qu'il fallait les affronter en se faisant le plus imposant et le plus agressif possible. Il s'interposa entre Bethany et l'animal, écarta les bras et cria aussi fort qu'il put. Mais l'ours ne s'arrêta pas.

Ryan hurla encore une fois.

Puis il avança, se demandant tout en faisant cela s'il n'avait pas complètement perdu la raison. Il rugit, essayant d'imiter le cri de l'animal.

— Ryan ! cria Bethany. Cours ! Sauve-toi !

Et puis l'ours fut sur lui. Ryan eut l'impression qu'une locomotive venait de le percuter. Ses pieds décollèrent du sol, et lui et l'ours firent un vol plané. Il entendit confusément Bethany crier. Il avait mal. Mal au point de ne plus pouvoir penser.

— Le fusil ! réussit-il à hurler. Le fusil !

On lui avait toujours dit de faire le mort si jamais un ours l'attaquait. Il sentit l'animal mordre sa hanche. Ses os craquèrent comme de la craie sous la force de ses mâchoires. Comment pouvait-on faire le mort en souffrant un tel martyre ? Ryan hurla. Il hurla comme si on était en train de le démembrer sur un chevalet de torture.

Peut-être était-il en train d'être démembré... Des images des vaches massacrées défilèrent à toute vitesse dans sa tête. Bethany ! L'ours s'en prendrait à elle ensuite. Aveuglé par la douleur, Ryan se força à rouler sur le ventre, cherchant le couteau fiché dans sa ceinture. Cela reviendrait à planter une aiguille dans un hippopotame, mais c'était la seule arme dont il disposait.

Le fusil.

Bethany se traîna en direction de l'arbre, le regard rivé au fusil. Elle entendait Ryan hurler. Il aurait pu se sauver en courant chercher le fusil. Mais non. Il s'était dressé entre elle et l'ours, et maintenant... maintenant il était en train de mourir pour elle.

Elle s'agrippait farouchement à la terre, avançant à une lenteur abominable. Inutile. Elle était absolument inutile. En train de mourir. Ryan était en train de mourir. Et elle se traînait comme une limace, incapable de lui venir en aide.

Quand elle atteignit enfin le fusil, il lui semblait qu'une éternité s'était écoulée. Elle attrapa l'arme, s'assit tant bien que mal contre l'arbre, enleva le cran de sûreté, mit une cartouche, épaula et visa.

L'ours était en train de déchiqueter Ryan, jouant avec lui comme avec une poupée de chiffon. À chaque fois que Bethany s'apprêtait à tirer, elle perdait son sang-froid, mourant de peur de toucher Ryan.

L'ours était déchaîné. Bethany réalisa qu'elle devait absolument tirer. Elle visa l'animal, refusant de penser à la présence de Ryan dans son angle de tir. Elle inspira, retint son souffle, et pressa sur la détente. Le recul du fusil la plaqua contre l'arbre.

L'ours rugit de fureur et se tourna vers elle, se dressant sur ses pattes arrière. Bethany engagea une autre cartouche, visa. Avant qu'elle ait pu tirer, l'ours s'enfuit en courant.

Sanglotant, criant le nom de Ryan, Bethany se traîna jusqu'à lui. Il y avait du sang partout. Elle n'en avait jamais vu autant. Il devait être mort. Elle poussait le fusil devant elle, sachant qu'elle en aurait besoin si l'ours revenait. Ryan! Elle l'aimait tellement. Il ne fallait pas qu'il meure.

Quand elle arriva enfin à lui, il marmonna quelque chose et ouvrit les yeux. Il lui sourit faiblement.

— Tu l'as eu?

— Je ne sais pas, sanglota-t-elle. Oh! Ryan! tu es gravement blessé.

— Ma hanche…

Il la fixa un moment comme s'il ne pouvait plus rassembler ses pensées.

— Bethany, je suis… Garde le fusil, chérie. Ne le laisse pas te faire du mal.

Ce fut tout ce qu'il put dire avant de perdre connaissance.

Priant avec ferveur pour qu'il reste en vie, Bethany réussit à s'asseoir près de lui. Elle entreprit de l'examiner, à la recherche d'une éventuelle hémorragie. Elle regarda d'abord sa hanche. Elle faillit vomir et se mit à pleurer, puis elle se fit violence pour réagir. Pas de crise d'hystérie. Elle devait garder son sang-froid. Faire ce qui devait être fait.

Elle enleva ses chaussures pour récupérer ses chaussettes. Puis elle ôta son chemisier et son soutien-gorge. Elle devait tamponner les blessures et les panser en serrant fort pour arrêter le sang.

Elle accomplit sa tâche sans cesser de prier. Quand elle eut fait tout ce qui était en son pouvoir pour arrêter l'hémorragie, elle sortit le téléphone portable de la ceinture de Ryan. L'ours ne l'avait pas plus épargné que sa victime. Elle tenta quand même de s'en servir. L'appareil ne fonctionnait plus.

Il fallait pourtant trouver de l'aide. Elle réfléchit, regarda les chevaux. Ils étaient leur dernier espoir.

Gardant le fusil avec elle, Bethany se traîna vers leurs montures. Les trois bêtes étaient terrifiées et ruaient nerveusement. Elle prenait le risque de recevoir des coups de sabot en s'approchant ainsi, mais peu importait. Ryan mourrait si elle ne faisait rien.

Bucky serait leur meilleure chance, décida-t-elle. Le cheval de somme était trop chargé pour faire diligence, et Wink n'était pas au ranch depuis suffisamment longtemps pour retrouver le chemin. Bucky avait probablement parcouru nombre de fois ces montagnes avec Ryan. Une fois libéré, il retournerait au Rocking K.

Par miracle, le cheval cessa de s'agiter dès qu'elle fut près de lui.

— Tu es un bon cheval, murmura-t-elle à travers ses larmes.

Avant de le détacher, elle frotta son bras couvert de sang sur son flanc, pensant que ces traces se remarqueraient dès qu'on le retrouverait.

— Il faut que tu ailles à la maison, Bucky. Aussi vite que tu peux.

Elle dégagea les rênes de la souche d'arbre.

— Allez ! cria-t-elle. Allez ! Rentre !

Becky, déjà terrifié et de toute façon craintif de nature, ne se fit pas davantage prier pour décamper.

Bethany le suivit des yeux, espérant de tout son cœur que son plan marcherait.

Dès que Sly aperçut Bucky sans son cavalier, il comprit qu'il y avait un problème. Il contacta immédiatement Rafe. Ce dernier arriva très vite au ranch et organisa aussitôt les secours. Il prévint les frères de Bethany. Sly sella des chevaux pour tout le monde. Bientôt, ils étaient tous rassemblés pour partir à la recherche du couple.

La nuit tombait. Les hurlements des coyotes avaient quelque chose de menaçant. La tête de Ryan sur ses genoux, Bethany priait pour qu'il continue à s'accrocher à la vie. Il avait repris conscience plusieurs fois, pour un bref instant.

Chaque fois, son seul souci avait été Bethany. La première fois, il prononça son nom, lui parla du fusil, la supplia de se protéger, de ne pas s'endormir. Elle promit.

La deuxième fois, il semblait plus calme. Ou était-il seulement plus faible ?

— Il y a une chanson, murmura-t-il. Un homme se demande si elle sait, s'il a assez fait.

Bethany posa un doigt sur sa bouche et réprima un sanglot.

— Garde tes forces. N'essaie pas de parler.

— Il faut. Important.

Il regarda le ciel.

— Si je ne me réveille pas, j'ai besoin de savoir que tu sais.

— Que je sais quoi ?

— Combien je t'aime.

Il perdit de nouveau connaissance. Bethany laissa libre cours à ses larmes et le berça dans ses bras.

— Je sais, Ryan. Comment pourrais-je ne pas savoir ? Je sais…

La fois suivante, il dit :

— Ils reviennent. Parfois, ils reviennent. Le fusil…

— Il est près de moi. S'il revient, je le tuerai, fais-moi confiance.

Il sourit, leva son regard vers elle, puis ses yeux semblèrent s'égarer.

— C'était merveilleux, tu comprends ?

Elle hocha la tête.

— Oui, Ryan. Je sais combien tu m'aimes. Presque autant que je t'aime, je crois.

Son visage se tordit de douleur.

— Bethany ? souffla-t-il faiblement.

— Quoi ? s'affola-t-elle.

— Je ne crois pas… que je pourrai tenir longtemps.

— Je tiendrai pour toi. Repose-toi, Ryan. Je t'aime tant. Tu ne peux pas me laisser.

Quand il reprit à nouveau conscience, il était si faible qu'il parla à peine. Il lui demanda de promettre de rester au ranch s'il mourait. Elle promit. Puis il perdit connaissance pendant un long moment.

Bethany vérifiait continuellement son pouls. Il était à peine perceptible. Les battements étaient horriblement espacés. Ryan se vidait de ses forces.

Un calme abominable s'empara d'elle tandis qu'elle berçait sa tête contre sa poitrine nue. *Ryan*. Tout n'avait été qu'un rêve, alors ? Un magnifique rêve destiné à prendre fin, comme tous les rêves ?

La lune était haute dans le ciel quand Bethany crut entendre la voix de Jake qui criait son nom. Elle leva absurdement la tête vers l'astre de la nuit, se demandant si elle s'était assoupie et avait rêvé.

— Bethany ! Bethany !

Son cœur bondit d'espoir.

— Jake ? On est là ! Par là ! Jake !

Elle vit des lumières. Des douzaines de lumières qui balayaient la nuit. Elle serra Ryan contre elle et couvrit son visage de baisers.

— Tu as réussi ! Ils arrivent. Tu as réussi !

Mais alors même qu'elle prononçait ces mots, elle se demanda si elle n'était pas en train de se mentir. Il était si affreusement faible maintenant. Parfois, l'amour ne suffisait pas, aussi grand fût-il.

Cauchemars. Bethany rêvait d'hélicoptères. Très bizarre. Ryan et des hélicoptères ? Il avait parlé un jour d'une piste d'atterrissage au Rocking K., mais il n'avait jamais dit qu'il possédait un hélicoptère. Quoi qu'il en soit, elle rêvait qu'ils volaient. Elle sourit tout en s'efforçant de reprendre conscience. Ryan et elle, en train de voler. Obscurité. Lumières éblouissantes autour d'eux. Le bruit assourdissant des pales de l'hélicoptère.

Il y avait aussi Jake, et le frère et le père de Ryan. Elle voulait leur rappeler qu'un mot grossier coûtait 10 dollars, mais son cerveau et sa bouche ne semblaient plus vouloir fonctionner.

— Tout va bien, Bethany, entendit-elle Jake murmurer. Tu as été super, petite sœur.

Bethany avait très froid, pourtant sa peau semblait être en feu. Elle flottait à la frontière entre la conscience et le rêve, sombrait dans le sommeil un moment, se réveillait en sursaut pour voir des visages flous. Sa mère et son père, Jake, et ses quatre autres frères. Tous ceux qu'elle aimait.

Tous sauf Ryan.

Quand elle se réveilla finalement, reposée et lucide, au milieu de la nuit, seul Jake était à son chevet.

— Ryan ? murmura-t-elle aussitôt. Je t'en prie, dis-moi qu'il va bien.

Les yeux de Jake étaient pleins de tristesse.

— Il est encore en vie.

— Qu'est-ce que ça veut dire ?

Elle se redressa sur ses coudes, ce qui lui arracha aussitôt un cri de douleur. Son torse était douloureux au moindre mouvement.

— Le soleil ne t'a pas fait de cadeau. Quand nous t'avons retrouvée, tu souffrais à la fois de brûlures et d'hypothermie.

Bethany classa l'information pour plus tard et mit la douleur de côté. Ignorer la douleur était un truc qu'elle avait appris à faire depuis très longtemps.

— Dis-moi comment il va, Jake. Sans mentir.

Jake poussa un soupir et passa une main dans ses cheveux noirs.

— Mal. Une hanche broyée, trois côtes cassées et quelques autres blessures très sérieuses. Il a perdu beaucoup de sang. Ils lui ont fait une transfusion, avec le sang de Rafe.

La terreur s'empara d'elle.

— Mais il est… il est ici, dans l'hôpital maintenant. Ils vont le soigner, et ça ira. N'est-ce pas ?

Jake ferma les yeux un moment. Quand il les rouvrit, Bethany comprit l'horrible vérité avant qu'il ne la prononce.

— Il est entre la vie et la mort. La nuit a été rude. Les médecins…

Il haussa les épaules et déglutit péniblement.

— Il ne peut pas mourir ! s'écria-t-elle. Pas maintenant qu'il est à l'hôpital. Il ne peut pas mourir ! Ne me dis pas ça !

— Je suis désolé. Ils ont fait tout ce qu'ils pouvaient. Il est trop faible pour l'instant pour être opéré. Il est en unité de soins intensifs. Les médecins disent que, s'il passe la nuit, il sera tiré d'affaire.

— Si ?

Bethany rejeta sa couverture.

— Conduis-moi à lui.

— Bethany… tu n'es pas en grande forme toi-même. Tu ne devrais…

— Conduis-moi à lui !

Jake ne put que s'incliner devant son évidente détermination. Il la souleva du lit, l'installa dans le fauteuil roulant de l'hôpital, lui couvrit les jambes avec une couverture, et la conduisit à l'unité de soins intensifs.

Trois jours plus tard, Bethany était assise près du lit d'hôpital de Ryan. Il dormait profondément sous l'effet des médicaments contre la douleur. Une profonde coupure barrait l'une de ses joues. Elle laisserait une cicatrice sur ce beau visage dont Bethany avait gravé chaque trait dans son cœur. Comme elle aurait aimé le caresser, l'embrasser, ce visage. Mais elle était coincée dans son fauteuil roulant et ne pouvait pas l'atteindre.

Les médecins l'avaient déclaré hors de danger. Il devrait subir une opération de la hanche. Les autres blessures guériraient seules avec le temps. Peut-être boiterait-il légèrement. Mais il vivrait.

Ann Kendrick entra dans la chambre. Elle vint se poster de l'autre côté du lit de son fils. Après lui avoir embrassé le front, elle posa ses yeux gris sur Bethany.

— Il ne comprendra jamais, vous savez. Il en aura le cœur brisé et ne pourra pas vous pardonner. Je connais mon fils.

Bethany baissa la tête. Elle n'avait pas parlé à Ann ni à quiconque de sa décision, mais elle n'était pas surprise que la mère de Ryan ait deviné. C'était une femme dotée d'une grande intuition.

Elle trouva la force d'affronter son regard.

— Est-ce que vous comprenez ma décision ?

Ann regarda longuement Ryan.

— Oui, admit-elle finalement. Je ne devrais probablement pas le dire, mais oui, je comprends.

Elle lissa les cheveux de son fils d'une main tremblante.

— À votre place, je ferais sans doute la même chose. Les Kendrick sont des maris merveilleux. Ils aiment passionnément, de tout leur cœur et de toute leur âme, et ils traitent leur épouse comme une reine. Mais être aimé avec autant de fougue est une très lourde responsabilité pour une femme, en particulier pour quelqu'un comme vous.

— Un terrible fardeau, renchérit Bethany.

— J'aimerais pouvoir vous dire qu'il ne mettra plus sa vie en péril pour sauver la vôtre. Mais c'est impossible. Dieu sait ce que ce sera la prochaine fois ! Dans un ranch, on ne peut jamais prévoir. La seule certitude est qu'il se dressera entre le danger et vous.

— Ann, merci de votre compréhension. C'est si difficile pour moi de partir.

— C'est difficile pour moi de vous laisser partir sans plaider sa cause, d'autant qu'il est incapable de le faire lui-même pour l'instant. S'il était conscient, il vous dirait qu'il préférerait la mort plutôt qu'une vie sans vous.

Bethany ferma les yeux. Elle savait que Ryan dirait exactement cela, mais c'était une véritable torture que d'entendre ces paroles prononcées tout haut.

— J'espère que vous avez bien pesé votre décision, Bethany. Je vous répète qu'il ne vous pardonnera peut-être jamais. Je ne peux pas vous laisser partir sans vous prévenir qu'il n'acceptera sans doute pas de vous revoir si vous changez d'avis.

— Je ne changerai pas d'avis. La veille de l'accident, nous nous sommes mariés dans la montagne. Juste lui et moi, avec Dieu pour seul témoin. J'ai promis de l'aimer plus que moi-même. J'essaie de tenir cette promesse à présent.

— Oh ! ma chérie…

— Si je restais au ranch, la seule façon d'éviter de le mettre en danger serait de me tenir à l'écart des bêtes. Ce ne serait pas un mariage, Ann. Il a besoin de quelqu'un qui partage sa vie, qui travaille à ses côtés et qui ait les mêmes rêves que lui.

— Je sais, admit Ann d'une voix éteinte.

— Vous ne saurez jamais à quel point je vous suis reconnaissante à tous, reprit Bethany dans un soupir ravagé de douleur. Mais cette vie n'est pas pour moi.

Je n'y arrive pas. Tous les efforts du monde ne feront pas de moi une femme valide, et mon égoïsme a failli le tuer.

— Bethany...

Ann inspira pour se donner courage.

— Vous êtes encore très bouleversée, ma chérie. Si vous vous donniez quelques jours de réflexion ? Il vous faut un peu de temps pour prendre de la distance avec ce qui s'est passé. Peut-être qu'une fois calmée vous verrez les choses différemment.

Bethany secoua la tête et sortit de la chambre sans se permettre de regarder Ryan. Ann la suivit aussitôt.

— Si j'attends, je ne partirai pas. Je l'aime tellement. Il serait si facile de commencer à me mentir et de me trouver toutes les bonnes raisons de rester.

— C'est ce que j'espère, avoua Ann avec un rire sans joie.

Bethany arrêta brusquement son fauteuil.

— Vraiment ? Vous n'étiez pas là quand l'ours a attaqué. Regardez-moi dans les yeux et dites-moi que vous ne me détesterez pas si Ryan finit par mourir parce qu'il a voulu me sauver. Pouvez-vous me dire ça ? Imaginez-vous, debout devant sa tombe. Qu'éprouverez-vous en me regardant, Ann ?

Le visage d'Ann devint livide. Elle ne dit rien, mais c'était la seule réponse dont Bethany avait besoin.

Elle laissa Ann Kendrick dans le couloir et ne regarda pas en arrière. Quelques instants plus tard, elle sortait de l'hôpital, accablée par un sentiment de solitude incommensurable.

22

Six semaines plus tard, Ryan gara son pick-up poussiéreux près d'un corral du ranch de son frère. Son père lui fit signe depuis le petit enclos où lui, Rafe et Sly étaient en train de décorner un bouvillon aux pattes entravées.

— Prêt à reprendre le boulot ? lança Keefe.

— Plus que prêt, répondit Ryan en se dirigeant de son pas nonchalant vers la barrière. Je commence à être fatigué de regarder des murs blancs.

Keefe s'avança, observant son fils qui escaladait la barrière avec difficulté.

— C'est toujours douloureux, on dirait.

— Rien de méchant, assura Ryan en sautant dans l'enclos. La journée est trop belle pour rester à l'intérieur, en tout cas.

Keefe sourit en regardant le ciel.

— Rien de tel qu'une matinée d'été pour vous fouetter le sang. Quand on pense qu'on sera bientôt en août. Le temps passe vite.

Ryan eut un rire forcé. Ces jours-ci il ne pouvait pas faire mieux. Il n'avait pas le cœur à rire. Les quatre frères de Bethany avaient traqué l'ours enragé et l'avaient abattu. L'opération chirurgicale de sa hanche avait été une réussite et bientôt il ne lui resterait qu'une légère claudication. Quant au désastre qu'était devenue sa vie intime, les Kendrick avaient de la ressource. Avec le temps, la douleur s'atténuerait.

Ouais. Qu'elle aille au diable. Comme le reste. Peu à peu, son visage s'effacerait de son souvenir, et il oublierait jusqu'à la couleur de ses yeux. Et puis un jour, il n'aurait plus mal.

Du temps. Voilà tout ce dont il avait besoin, un peu plus de temps.

— Ta mère dit que tu vas expédier les affaires de Bethany, reprit son père.

Sa gorge se noua à la seule mention de son nom.

— Le fauteuil roulant et d'autres choses dont je ne me sers pas. Autant qu'elle les ait.

— Ça a dû être dur de prendre cette décision.

Ryan haussa les épaules.

— J'imagine que c'est un pas vers la guérison.

— C'est probablement sage de ta part, soupira son père. Je suis désolé, fiston. Je sais que tu souffres.

— Comme on souffre pour éradiquer un cancer, jeta Ryan d'un ton sans concession.

— C'est un point de vue un peu excessif, souligna son père avec douceur.

— Peut-être, mais c'est ce que je ressens. Pour le meilleur et pour le pire, c'était notre accord. Au premier accroc, elle s'enfuit. Sans un mot, papa. J'ai failli mourir pour elle. Je méritais au moins un adieu. Tu ne crois pas ? Alors, maintenant je m'en moque. J'ai passé le plus dur sans elle. Je passerai le reste.

Keefe se gratta la joue.

— Dommage que tout se soit passé comme ça.

Ryan haussa de nouveau les épaules. Keefe regarda un instant Rafe et Sly travailler.

— Tiens bon, fiston. Un jour tu trouveras la femme de ta vie.

— Je l'ai trouvée. Ça n'a pas marché. Pour moi, c'est fini.

— Tu changeras d'avis.

— Aucune chance.

— Tu sais, fiston, c'est pas que je veuille la défendre,

mais ta mère semble penser qu'elle a de solides raisons. Les femmes…

Il secoua la tête.

— Elles réfléchissent parfois de travers, mais leur cœur est à la bonne place.

Ryan le fusilla du regard.

— Ne commence pas, papa. Si tu as l'intention de retourner ta veste, garde tes pensées pour toi.

— Je ne retourne pas ma veste. Je serai toujours de ton côté. Tu le sais. Seulement…

— Maman t'a monté la tête ? termina Ryan à sa place. Je sais qu'elle espère me voir courir après elle. Ça n'arrivera pas. Point final.

Rafe en avait terminé avec le bouvillon. Il le lâcha dans un enclos attenant, aperçut son frère et lui fit signe. Un instant plus tard, il le rejoignait.

— Salut. Tu as pas l'air dans ton assiette.

Keefe sortit les cigarettes qu'il fumait rarement. Il en prit une tout en regardant son fils aîné approcher.

— Il est de mauvaise humeur. Il suffit de prononcer un certain nom pour qu'il sorte ses griffes.

— Je vois.

Rafe regarda avec amusement le visage fermé de son frère.

— Il y a un remède, petit frère. Tu peux être à sa porte en moins de trois heures si tu ne respectes aucune limitation de vitesse.

— Bon sang !

Ryan arracha le paquet de cigarettes et le briquet des mains de son père. Les deux hommes le regardèrent avec surprise tandis qu'il en allumait une.

— Fichez-moi la paix, tous les deux, ragea-t-il en rendant les cigarettes à son père. Je n'ai pas besoin d'entendre ce genre de foutaises.

Rafe gloussa.

— Quand il en est à allumer une cigarette, il n'est pas loin de céder. Il y a plus qu'à attendre.

Ryan en avait assez entendu.

— Rafe, tu es mon frère, et je t'aime. Mais je jure devant Dieu que si tu ne la fermes pas, tu vas bouffer cette cigarette tout allumée. C'est clair ?

Sly arriva à ce moment-là. Il sourit d'un air pince-sans-rire en sortant son tabac à chiquer.

— On croirait entendre un grizzly blessé à la patte, fiston.

Ryan tira une autre bouffée de sa cigarette, puis la jeta par terre et l'écrasa sous son talon.

— Mettons-nous au travail, grinça-t-il.

— Tu es sûr d'être prêt à en découdre avec ces bouvillons ? Le prochain est costaud.

— Je suis là, non ?

Ryan ouvrit grand le portail pour laisser entrer la prochaine victime, un gros bouvillon noir au regard fou. L'animal, qui vivait encore en liberté peu de temps auparavant, était visiblement très nerveux en compagnie des hommes. Il fit le tour de l'enclos à la recherche d'une issue de secours. Ryan enfonça son chapeau sur sa tête.

— Eh bien, les gars ? dit-il aux trois autres. On y va, ou vous comptez vous rouler les pouces toute la journée ?

Ils soupirèrent en chœur avant de se remettre au travail. Sly entreprit d'attraper l'animal avec une corde. Rafe l'aida à maîtriser l'animal qui n'appréciait pas du tout d'avoir une corde autour du cou. Rien d'inhabituel. Les bouvillons à moitié sauvages n'étaient pas du genre à se laisser faire.

Ryan se prépara à décorner l'animal. Se sachant encore peu rapide, il attendit que Sly et Rafe lui attachent les pattes. Mais le bouvillon fit un bond et Sly, déséquilibré, lâcha la corde. Ryan n'eut que le temps de voir l'énorme bête le charger.

Il lâcha la pince à décorner et tenta de se mettre à l'écart. Sa hanche encore faible céda sous son poids.

Il trébucha et tomba. Il essaya de se relever, mais ses mouvements étaient trop lents.

Il entendit son père crier, puis le vit s'interposer entre lui et l'animal en agitant son Stetson. Le bouvillon baissa la tête et continua de foncer.

— Papa ! Fiche le camp !

Keefe campa sur sa position.

Dans les terribles secondes qui suivirent, le cerveau de Ryan sembla tout enregistrer au ralenti. Il hurla encore pour que son père s'écarte, se dépêchant lui-même de se mettre hors d'atteinte. Puis le choc se produisit. Le bouvillon heurta Keefe au ventre et continua sa course. Le père de Ryan fut soulevé du sol et violemment projeté contre la barrière de l'enclos.

L'animal mugit et s'éloigna. Keefe s'effondra sur le sol, le visage livide, les yeux exorbités. Il porta une main à sa poitrine, comme s'il avait du mal à respirer.

Ryan se précipita à ses côtés. Il chercha à savoir où il avait été blessé, mais il n'y avait aucune trace de sang. Keefe luttait toujours pour respirer, ses lèvres avaient bleui.

Rafe et Sly les rejoignirent. Rafe tomba à genoux près de Ryan.

— Papa ? Ô mon Dieu, c'est son cœur !

Il fouilla ses poches à la recherche de son médicament. Il trouva finalement la petite boîte, en sortit un comprimé, et le fourra sous la langue de son père.

— Essaie de te détendre, papa. Calme-toi.

Ryan se déplaça pour poser la tête de Reefe sur ses genoux. Allait-il mourir ? Si c'était une crise cardiaque, ils étaient trop loin de la ville pour l'emmener à l'hôpital. C'était sa faute. Entièrement sa faute. Il n'aurait jamais dû mettre les pieds dans un enclos, pas avant d'avoir entièrement récupéré son agilité et sa force. Ce faisant, il les avait tous mis en danger. Maintenant, son père allait peut-être mourir.

Sly maintint le bouvillon à distance pendant qu'ils étaient penchés sur Keefe. Une éternité sembla s'écouler avant que le vieil homme récupère son souffle, et puisse articuler quelques mots.

— Ce n'est pas mon cœur, dit-il d'un ton las. J'ai juste eu le souffle coupé.

Un immense soulagement envahit Ryan. Il venait de vivre le plus abominable moment de sa vie. Voir son père se faire percuter par sa faute. Croire qu'il allait mourir. Il n'avait jamais éprouvé un tel sentiment de culpabilité ni une telle peur.

Keefe se releva enfin.

Ryan était encore sous le choc. Il quitta l'enclos et regagna son pick-up sans cesser de penser au drame qui aurait pu se produire. Rafe le rejoignit et posa une main sur son épaule.

— Hé ! frangin ! Tout est bien qui finit bien.

— Il aurait pu mourir par ma faute. Je n'avais rien à faire là. J'aurais dû le savoir.

Rafe lui tapota le dos.

— La vie est pleine de risques. Sly n'a jamais lâché une corde depuis que je le connais. Ça n'arrivera sans doute plus. Nous avons eu de la chance.

— Je tremble encore, murmura Ryan. Et j'ai envie de vomir.

— C'est difficile, je sais, dit doucement Rafe. Il n'y a rien de pire que voir un être aimé souffrir par sa faute.

Rafe posa ses bras croisés sur l'aile de la camionnette.

— Curieux comment le fait d'être au premier rang vous donne une autre vision des choses. Maintenant tu as une idée de ce que Bethany a pu éprouver.

Ryan leva brusquement la tête.

— Qu'est-ce que tu racontes ?

Le regard de Rafe se perdit au-delà des champs.

— Non. Tu as raison. Aucun rapport, n'est-ce pas ? Cinq minutes après l'accident, papa était de nouveau en pleine forme. Elle s'est sans doute senti un million de fois plus mal que toi.

Il tourna un regard grave vers Ryan.

— Tu as failli mourir. Elle t'a tenu dans ses bras pendant des heures. Imagine-toi à sa place, Ryan. Plantée là, à prier pour que tu vives. Sans rien sur elle, couverte de ton sang. Elle était si brûlée par le soleil qu'on a dû lui faire une piqûre pour lui faire perdre conscience. Pendant qu'elle te tenait, je me demande combien de fois elle a eu envie de vomir ? Et tu sais ce qu'il y a de pire encore ? Tu peux espérer t'en remettre. Ta hanche guérira. Tes forces reviendront. Tu ne récupéreras peut-être pas complètement, mais tu n'en seras pas loin, et le jour viendra où tu pourras reprendre toutes tes activités sans mettre personne en danger. Bethany ne peut pas espérer ça. Elle sera paralysée toute sa vie.

Rafe s'éloigna. Sans ajouter un mot. Ce n'était pas nécessaire.

Deux soirs plus tard, la sonnette de Bethany retentit. Dans une autre vie, celle d'avant Ryan, elle se serait réjouie, pensant que l'un de ses frères venait l'inviter à sortir. Là, elle soupira avec agacement, incapable d'envisager la moindre compagnie comme un plaisir. Elle ne voulait pas se distraire. Elle ne voulait même pas voir un visage amical. Elle voulait juste qu'on la laisse seule avec son malheur.

Elle se dépêcha de traverser l'appartement, ce qui n'était pas facile parce qu'elle n'avait pas terminé de défaire tous les cartons de son déménagement. Après s'être débattue avec le verrou, elle parvint finalement à ouvrir la porte jusqu'à ce que la chaîne de sûreté installée par Jake la bloque. Dans l'embrasure, elle entrevit un homme grand et brun en costume et en manteau léger.

— Oui ? Je ne veux rien acheter. Désolée. Je viens juste d'emménager et…

L'homme se déplaça pour qu'elle puisse voir son visage. Elle fixa avec stupeur le regard bleu métallique qu'elle connaissait si bien.

— Salut.
— Ryan ?
Elle défit la chaîne d'une main tremblante.
Les mains dans les poches de son pantalon, il s'appuya d'une épaule au montant de la porte. Que ce soit volontaire ou non, il l'empêchait ainsi de lui refermer la porte au nez.
— Tu as vraiment besoin d'un judas. Ça t'éviterait d'ouvrir aux indésirables.
— Ryan, répéta-t-elle d'une voix nouée par l'émotion.
Son apparence était si différente qu'elle l'avait à peine reconnu. Plus de jean ni de bottes. Ses cheveux étaient parfaitement disciplinés. Le séduisant cowboy avait disparu pour laisser la place à un tout aussi séduisant citadin.
— Si tu as fait tout ce voyage pour me convaincre de retourner au ranch, tu as perdu ton temps.
— Non. Ce n'est pas mon intention. Je ne veux plus jamais te voir au ranch.
Le cœur de Bethany se serra de déception. Quelle idiote elle faisait. Même si elle n'avait pas eu l'intention de céder, elle avait espéré qu'il essaierait au moins de la récupérer.
— C'est moi qui emménage, dit-il.
Elle le regarda d'un air hébété.
— Quoi ?
— Tu m'as entendu. Est-ce que je dois vraiment me répéter ?
Bethany affronta courageusement son regard.
— Je te l'ai dit, Ryan. C'est fini. Je ne…
— Pour toujours, l'interrompit-il. Voilà ce que tu m'as dit.
Il entra.
— Tu m'appartiens. On ne rompt pas l'accord. Si tu n'as pas de grand lit, j'en achèterai un demain.
Il boitait légèrement, remarqua-t-elle. Il se tourna pour fermer la porte, puis mit le verrou et la chaîne. Quand il lui fit de nouveau face, il lui adressa ce mer-

veilleux sourire en coin qui l'avait toujours fait chavirer. La cicatrice sur sa joue, loin de déformer ses traits, lui donnait un charme supplémentaire.

— Je ne rentre pas au ranch avec toi, Ryan.

— Je ne te demande pas de rentrer. J'ai compris ce qui t'empêche de vivre là-bas. Ce n'est pas un problème. Nous vivrons ici.

Un éclat de rire nerveux lui échappa.

— C'est ça. Tu vas quitter le ranch. Et où vas-tu t'installer ?

— Je reste avec toi.

— Pas question. Tu mourrais de chagrin ici. Tu es un rancher dans l'âme. Ça ne marcherait jamais.

— Je ferai en sorte que ça marche.

Il entra dans le salon et regarda les cartons éparpillés.

— Heureusement que tu n'as pas tout déballé. Je veux acheter une maison avec du terrain. Un endroit où nous pourrons au moins garder Wink, Bucky, Cléo, T-Bone et Vagabond.

Bethany serra les bras autour d'elle.

— Une maison ? Tu veux acheter une maison ?

Il se tourna pour lui adresser un regard direct.

— Bethany, on peut compliquer les choses, ou faire simple. Je suis ici, j'y reste. Rien ne me fera changer d'avis. Pourquoi ne pas accepter ce que tu ne peux pas changer, et me donner à manger ? J'ai faim.

Elle savait qu'il l'aimait. Mais l'idée qu'il quitte le Rocking K, simplement pour vivre avec elle, lui brisait presque le cœur.

— Je ne peux pas te laisser faire ça, Ryan. Tu ne seras jamais heureux dans une ville. Tu le sais. Je le sais. Tu mourras à petit feu.

Il haussa les épaules.

— Si je reste au ranch sans toi, je mourrai aussi à petit feu. Je préfère mourir ici avec toi.

Il pénétra dans la cuisine et ouvrit le réfrigérateur.

— Qu'y a-t-il à manger ?

— Je n'ai pas encore fait beaucoup de courses.

Il soupira et ferma la porte. Puis il la considéra d'un air gourmand.

— Je n'ai pas vraiment envie de manger, finalement. J'ai faim de toi.

Elle leva une main.

— Il faut d'abord régler ça.

— C'est déjà réglé.

Il écarta les pans de son manteau pour lui montrer ses vêtements.

— J'ai même acheté de nouveaux habits. Ma décision est prise.

Il s'avança lentement vers elle, se débrouillant, même en costume de ville, pour garder sa démarche de cowboy nonchalant. S'appuyant sur les bras de son fauteuil, il plongea son regard dans le sien.

— Je t'aime tellement, Bethany. Je serai heureux là où tu es. Laisse-moi une chance de te le prouver.

Elle le voyait à peine maintenant à travers ses larmes.

— Oh ! Ryan ! tu ne peux pas faire ça. Tu es né et tu as grandi sur ce domaine. Ton cœur est là-bas, il y sera toujours. Je ne peux pas t'arracher au Rocking K.

— Tu l'as déjà fait, souffla-t-il, et il la souleva dans ses bras.

Elle s'agrippa à son cou, nichant sa tête au creux de son épaule, à peine capable de croire au bonheur d'être de nouveau dans ses bras.

— Ryan, je t'aime.

— Je le sais, murmura-t-il d'une voix émue.

Puis il l'emporta dans la chambre pour lui montrer combien elle lui avait manqué.

Très longtemps après, Bethany reposait entre ses bras, fixant le plafond sans vraiment le voir. Il avait réellement décidé de rester, se rendait-elle compte. Ce n'était pas une tactique pour la faire changer d'avis. Il l'aimait au point d'accepter de vivre à Portland et n'avait absolument pas l'intention de la convaincre de revenir au ranch.

C'était pourtant ce à quoi il était parvenu.

Elle se rappela la promesse qu'elle lui avait faite, de l'aimer plus qu'elle-même. C'était finalement lui qui lui montrait la véritable signification de cette promesse en l'aimant avec tant de générosité. Elle se sentait tout à coup si misérablement égoïste.

— Je rentrerai à la maison avec toi, murmura-t-elle. Si tu peux faire que ça marche ici, je peux sûrement me débrouiller que ça marche là-bas.

— Pas question.

Ils passèrent un long moment à argumenter. Puis ils éclatèrent de rire ensemble. Quand le calme fut revenu, Ryan lui raconta l'incident avec le bouvillon.

— C'est là que j'ai compris, mon amour. Tu n'as pas peur pour toi. Tu as peur que je me mette de nouveau en danger pour assurer ta sécurité. Nous ne pouvons pas vivre ainsi.

— Nous ne pouvons pas vivre ici non plus. Tu n'es pas fait pour la ville, Ryan.

— Bien sûr que oui. J'ai des diplômes, je te rappelle. Je peux trouver un travail qui me motive. Et l'argent n'est pas un problème.

Ils argumentèrent encore. Puis il se leva pour commander des pizzas. Une fois celles-ci livrées, ils mangèrent de bon appétit, et firent de nouveau l'amour. Bethany s'endormit dans ses bras, un pli soucieux barrant son front, car elle savait au fond d'elle que, quoi qu'il fasse pour y parvenir, il ne serait jamais heureux dans une ville.

Le lendemain matin, Ryan se réveilla seul dans le lit. Bâillant et se frottant les yeux, il se cogna à plusieurs cartons avant d'atteindre la cuisine. Près de la cafetière, il trouva un mot de sa fiancée en fuite.

Cher Ryan,

Je ne sais pas comment te dire ça, alors je vais droit au but. Je te quitte une fois encore. Ça ne marchera jamais. J'y ai pensé toute la nuit. Je préfère te perdre d'un coup parce que tu auras fait quelque chose de totalement insensé pour me protéger que te voir perdre lentement ta joie de vivre, ce qui arrivera sans aucun doute si tu restes ici.

Bref, mon amour, je rentre à la maison. Désolée de le faire de cette manière, mais tu es si obstiné que les mots n'auraient servi à rien. S'il te plaît, essaie de ne pas être trop en colère contre moi.

Je t'aime.

Bethany

Ryan poussa un juron quand il eut terminé de lire. Puis il se précipita dans la chambre pour s'habiller.

Il était un peu plus de midi quand Ryan arriva au ranch. Le van de Bethany était garé devant l'écurie. Son humeur ne s'arrangea pas quand il ne la vit ni dans la maison ni dans les bâtiments annexes et dut partir à sa recherche. Évidemment, il la trouva finalement au bout du seul chemin qu'il n'avait pas encore exploré, celui qui conduisait à son arbre de méditation.

Elle était assise dans son fauteuil roulant sous le grand pin, le regard tourné vers les montagnes, une expression mélancolique sur son joli visage. Il voulait être en colère contre elle. Il venait de faire un nombre impressionnant de kilomètres pour elle, après tout. Et sa petite intrigue ne résoudrait rien. Il ne pouvait pas la laisser vivre dans un endroit où elle aurait constamment peur, que ce soit pour elle-même ou pour lui.

Seulement, comment rester en colère contre elle ?

— Bethany ! aboya-t-il.

Un homme avait sa fierté, tout de même.

— Qu'est-ce que tu t'imagines ? Je t'ai dit hier soir que je ne reviendrais pas ici, que ça ne marcherait jamais.

Elle n'eut même pas la bonne grâce de sursauter. Elle se contenta de sourire en attendant qu'il la rejoigne.

— Je suis furieux. Tu pars à Portland et je te suis. Puis tu reviens ici contre ma volonté. Qui porte la culotte dans cette famille ?

Elle regarda son costume de ville.

— Aucun de nous pour l'instant.

— Ne détourne pas le sujet. Ce n'est pas l'habit qui fait l'homme. J'ai réfléchi et j'ai décidé que nous vivrions à Portland.

— J'ai juste changé d'avis pour toi.

— De quel droit ?

Elle sourit avec sérénité.

— Tes racines sont ici, Ryan, et elles sont profondes, alors c'est ici que nous resterons. J'ai eu tort. Je le sais maintenant. Nous restons ici, sur le domaine Kendrick, point final.

Ryan avait une envie folle de la secouer comme un prunier. Mais il se contint.

— Tu seras malheureuse ici.

Il embrassa le domaine du regard.

— Les dangers sont partout.

— Il y en a autant en ville, seulement d'un genre différent. Et j'ai décidé de prendre la vie à pleines mains, tu te souviens ?

— Oui.

— Ce domaine est ta vie, dit-elle avec douceur en tournant vers lui des yeux brillants d'émotion. Et il est aussi la mienne. J'ai eu tort de m'en aller. C'était une erreur stupide. Je pensais agir pour ton bien, et je le pensais encore hier jusqu'à ce que je te voie devant ma porte. Il m'a fallu ça pour comprendre qu'il y a différentes façons de mourir. Il y a des morts qui ne concernent pas le corps, mais le cœur et l'âme.

— Oh ! mon amour !

Elle leva une main pour qu'il la laisse finir.

— Je ne vivais pas vraiment avant de te rencontrer. Je dépérissais lentement. Tu crois que je serais heureuse à Portland en te voyant t'étioler à ton tour ?

La colère de Ryan avait complètement disparu.

— Non, je ne crois pas.

Des larmes coulèrent sur les joues de Bethany.

— Je veux vivre chacun de nos moments ensemble comme si c'était le dernier. Et le seul endroit où ce soit possible est ici.

Il se rapprocha d'elle. Quand il se pencha pour croiser son regard, elle leva vers lui des yeux étincelants de larmes et de joie mêlées.

— Je veux retrouver mon vaurien de cow-boy.

— Ton quoi ?

Elle lissa des deux mains les épaules de son costume.

— Tu fais un très séduisant citadin, mais je te trouve beaucoup plus sexy en jean, avec tes bottes poussiéreuses et ton Stetson sur les yeux. Je veux retrouver mon cow-boy.

Ryan la souleva de son fauteuil et la serra dans ses bras.

— Tu l'as retrouvé, mon amour.

Il l'embrassa jusqu'à ce qu'ils soient tous les deux à bout de souffle. Puis il l'emporta en direction de la maison.

— Qu'est-ce que tu fais ? Tu ne peux pas me porter jusqu'à la maison ?

— Pourquoi pas ?

— Parce que c'est stupide. Ta hanche ! Repose-moi dans mon fauteuil et...

— C'est comme ça que je veux te faire franchir le seuil de notre maison.

Elle rit malgré elle.

— On ne t'a jamais dit que tu es un peu fou ?

— Certains l'ont suggéré. Je n'en ai pas tenu compte.

Blottie contre lui, Bethany regarda derrière eux le lac, les arbres et les montagnes majestueuses. Elle était si heureuse d'être de retour. Si parfaitement heureuse.

Notre maison, avait-il dit. Et il avait tellement raison. Elle avait pris la bonne décision, aussi bien pour lui que pour elle-même.

Notre maison. Il n'y avait rien de plus beau que ces deux simples mots.

Épilogue

Dans les annales de la famille Kendrick, il est à présent inscrit que Ryan Kendrick, fils d'Ann et de Keefe Kendrick, prit pour épouse Bethany Coulter, le 31 août 2000. Il n'y est pas précisé que le mariage eut lieu au bord du lac Bear Creek en ce magnifique jour d'été et fut en fait une double cérémonie. Ce même après-midi, Sly Glass et Helen Boyle furent aussi unis par les liens du mariage. Les annales ne disent pas non plus que la mariée la plus jeune venait juste de découvrir qu'elle était enceinte et qu'elle rayonnait de bonheur.

Les invités couverts de poussière avaient chevauché trois heures pour atteindre le lac. La famille Coulter était convenablement représentée, le père de Bethany et ses cinq frères lançant des regards noirs au fiancé jusqu'à ce qu'il dise « oui ».

Aucun ours ni puma ne vint troubler la cérémonie. Cependant, un certain taureau nommé T-Bone fit acte de présence. Intimidé par le rassemblement de tant d'inconnus, il s'arrêta à une distance respectable et ne beugla qu'une fois pour prévenir son maître qu'il l'avait retrouvé. Perché sur son large dos, un chat tacheté choisissait ce moment pour faire sa toilette.

Après la cérémonie, Mary Coulter adressa un sourire tout miel à son mari et lui tendit un caleçon soigneusement plié. Harv éclata de rire, puis regarda le caleçon d'un air dubitatif.

— Tu as pensé à apporter du sel et du poivre ?

Mary sourit et l'enlaça par la taille. Zeke, le musicien de la famille Coulter, joua une mélodie sur son violon. Les parents de Bethany regardèrent Ryan prendre sa nouvelle épouse dans ses bras et l'entraîner dans une valse magique où elle ne touchait pas terre.

— Je me trompais sur son compte, admit Harv. Ses yeux brillent d'amour chaque fois qu'il la regarde.

— Et c'est pareil pour elle, murmura Mary. Si ça peut te consoler, moi aussi je me trompais. Tu as vu comme elle rayonnait quand elle était à cheval ? Elle est née pour ça, et je lui ai interdit ce plaisir pendant trop longtemps. Je n'en suis pas fière.

Harv lui donna une petite tape affectueuse.

— Nous étions terrifiés à l'idée qu'un autre accident lui arrive. Elle l'a compris.

— Heureusement que Ryan a eu la sagesse de ne pas se comporter comme nous.

— Oui. Regarde comme elle est heureuse.

Bethany regardait son mari avec des yeux brillants d'amour. Quand leurs regards se croisèrent, elle rejeta la tête en arrière et sourit. Elle avait la même expression que lorsqu'ils faisaient l'amour, pensa-t-il, sentant aussitôt son désir renaître.

Dieu qu'il l'aimait !

Il s'arrêta de danser pour le lui dire à sa façon, avec un long baiser passionné qui donna sans doute l'impression aux invités qu'ils n'étaient peut-être plus les bienvenus. Peu lui importait. Sa femme et lui avaient décidé de passer leur lune de miel dans les montagnes. Plus tôt les invités partiraient, mieux ce serait.

— À quoi penses-tu ? lui demanda-t-elle.

— Je pense que je suis l'homme le plus heureux au monde.

— Oh ! Ryan ! je t'aime tant.

Ryan savait qu'elle le pensait de tout son cœur. Il savait aussi qu'elle ne pouvait pas l'aimer autant qu'il l'aimait.

Il se remit à tournoyer, si heureux qu'il doutait de toucher terre lui-même.

À cet instant-là, alors qu'il plongeait son regard dans ces immenses yeux bleus qui lui rappelaient tellement les violettes sauvages, Ryan eut la certitude que la magie qui les unissait ne disparaîtrait jamais. Certaines grandes histoires d'amour n'ont pas de fin.

Il en serait ainsi pour eux.

6213

Composition
CHESTEROC

Achevé d'imprimer en Italie
par GRAFICA VENETA
le 6 mai 2012.

1er dépôt légal dans la collection: août 2002.
EAN 9782290056257

ÉDITIONS J'AI LU
87, quai Panhard-et-Levassor, 75013 Paris

Diffusion France et étranger : Flammarion